무적택배

무적택배 1
이원 판타지 장편 소설

초판 1쇄 찍은 날 § 2004년 2월 12일
초판 1쇄 펴낸 날 § 2004년 2월 22일

지은이 § 이원
펴낸이 § 서경석

편집장 § 문혜영
편집 § 이종민 · 신혜미
마케팅 § 정필 · 강양원 · 이선구 · 김규진 · 홍현경

펴낸곳 § 도서출판 청어람
등록번호 § 제1081-1-89호
등록일자 § 1999. 5. 31
어람번호 § 제1-0466호

주소 § 경기도 부천시 원미구 심곡1동 350-1 남성B/D 3F (우) 420-011
전화 § 032-656-4452 팩스 § 032-656-4453
E-mail § eoram99@chollian.net

ⓒ 이원, 2004

값 8,000원

ISBN 89-5831-021-9 04810
ISBN 89-5831-020-0 (SET)

이원 판타지 장편 소설

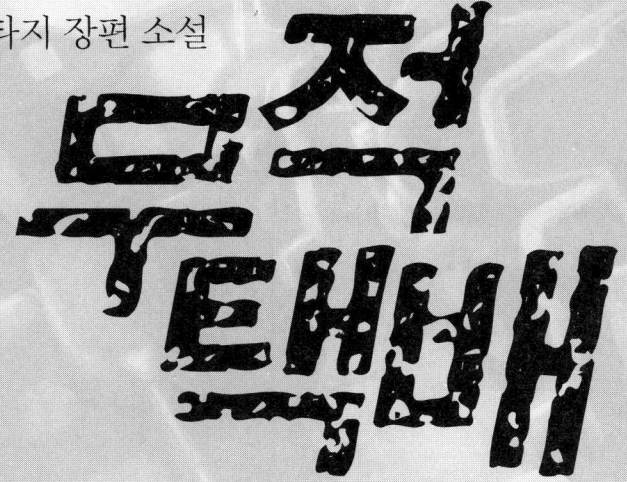

무적택배

1

무적택배 사람들

도서출판

청어람

목차

1
무적택배 사람들

프롤로그

[무적택배호의 승무원 여러분, 지구연방 제32번 우주 스테이션 엘리지앙에 오신 것을 환영합니다. D블록 5번 도크에 정박하십시오!]

스피커를 통해 울리는 낭랑한 음성의 안내 방송을 귓전으로 흘려들으며 멍한 얼굴로 앉아 있던 박창은 뒤에서 누군가 머리를 탁 때리는 바람에 정신을 차리고 돌아보았다.

"정신 차려라, 박창. 한두 번 겪는 일도 아닌데 왜 그렇게 멍청해?"

형인 박상이 그의 뒤에 서서 싱글싱글 웃고 있었다. 그는 2살 터울인 동생 박창과는 그다지 닮지 않은 편이었다. 동생인 박창이 쌍꺼풀 없이 살짝 찢어진 날카로운 눈매에 다소 불량스러운 끼를 풍기는 데 반해 박상은 짙은 눈썹 아래 보기 좋게 쌍꺼풀이 진 표정이 풍부한 눈과 단정하고 뚜렷한 이목구비를 가진 수려한 인상의 남자였다.

"사장님, 아직 착륙하려면 멀었습니다."

조종석의 우진이 돌아보고 주의를 주었다.

"아, 미안."

박상은 겸연쩍은 얼굴로 자신의 자리로 돌아가 앉았다. 그의 자리는 통제실에 있는 다른 모든 사람들을 내려다볼 수 있게끔 뒤쪽 중앙에 높게 자리하고 있는 선장석이었다.

"안전장치도 하세요. 괜히 어디 머리 찧고 나중에 뭐라 하지 마시구요."

우진의 거듭되는 주의에 박상은 머리를 긁적이며 지시에 따랐다. 박창이 박상을 향해 고개를 돌리고 농담조로 말했다.

"확실히 우진 씨는 개인 우주선을 몬 경력이 있어서 안전사고에 민감하다니까. 바다 씨는 우리가 통제실에서 머리를 찧든 엎어지든 아무 말도 안 하는데."

우진의 옆에 앉아 있는 또 한 사람의 조종사인 한바다는 박창의 말처럼 다른 사람들이 무얼 하든 아랑곳없이 묵묵히 자신의 일에만 열중하고 있었다. 그들의 우주선이 천천히 방향을 트는데 통제실의 오른쪽 끝에 앉은 마라나가 오른편 상단의 모니터를 가리키며 박상을 돌아보았다.

"사장님, 스테이션 외곽에 대형 우주선이 정박해 있는데요?"

박상은 그것을 보고 꽤 기쁜 낯이 되었다.

"잘됐군요. 저런 것이 같이 가면 한시름 덜겠어요."

그때 박상의 왼쪽 전방에 있는 좌석에 앉은 지혜가 심드렁하니 한마디 던졌다.

"저게 우리랑 같이 콜로프에 간다는 보장은 없잖아요. 지구로 돌아가려는 것일지도 모르고."

그러자 박창이 핀잔을 주었다.

"지혜 누나도 참, 아직도 적응을 못하네. 지구로 가는 우주선은 저 반대쪽 블록에 정박해야지. 저건 지금 B블록에 대고 있으니까 우리처럼 콜로프에 가는 거지."

"아, 그런가?"

지혜는 눈을 껌뻑거리며 모니터를 쳐다보았다. 박상이 쓴웃음을 흘리며 박창에게 말했다.

"그냥 넘어가라. 지혜가 저러는 거 한두 번이냐?"

박창이 낄낄거리며 맞장구쳤다.

"하긴 달리 이름이 안지혜겠어? 노 소피아. 지혜없음!"

"박창, 나이값 좀 해라. 나이가 몇인데 아직도 이름 가지고 장난이야? 유치하게스리."

지혜는 발끈해서 박상과 박창 형제를 째려보았다. 그녀가 더 쏘아붙이려는데 조종석에서 우진이 큰 소리로 말했다.

"스테이션에 입항합니다. 잡담 금지!"

그들의 우주선 무적택배호는 입구가 크게 열려 있는 스테이션의 내부 도크로 들어갔다. 전방의 대형 모니터가 비추는 바깥의 모습은 우주 공간에서 어느새 스테이션 내부의 금속제 벽과 눈부시게 점멸하는 유도등으로 바뀌어 있었다. 잠시 후 가벼운 진동음이 전체에 울리고 우주선이 안착하는 느낌이 들었다.

"착륙 완료. 이젠 일어나서도 돼요."

우진의 안내에 사람들은 좌석의 안전장치를 풀고 일어나기 시작했다. 박상은 선장석 바로 옆에 고정되어 있는 소형 캐비닛에서 서류철을 꺼내 들고 뒤적이면서 빠진 서류가 없는지 살펴보고 있고, 다른 사람들은 가지고 내릴 소지품을 챙기고 있었다. 지혜는 자신의 좌석 뒤에 마련된 고정대에 연결되어 대기하고 있던 로봇에게 지시했다.

"가자, 조수."

—예, 주인님.

'조수'라고 불린 지혜의 로봇은 신장 1m 40㎝의 아담하게 생긴 엔지니어링 보조 로봇이었다. 원통형 동체에 반구형 두부(頭部)가 얹혀 있고 양쪽에 케이블이 달린 팔을 달고 있는 조수는 촌스러운 생김새였지만 공장에서 대량 생산된 로봇이 아닌 수제품이기에 보기보다 성능이 꽤 뛰어난 편이었다. 다리가 없는 대신 평소에는 지면에서 살짝 떠서 이동하는 반 중력 시스템을 채택하고 필요 시에는 몸체에 장착된 부스터를 이용해 날아다니면서 일을 처리할 수도 있었다.

"사장님, 나가시지요."

우진의 재촉에 박상은 고개를 끄덕였다.

"수고 많았습니다. 먼저들 나가세요."

통제실을 나가서 비좁은 복도를 지나 왼쪽 측면의 출입구로 간 그들은 문을 열고 자동 계단을 내서 스테이션 바닥으로 내려갔다. 그곳에 지붕이 없는 무인 전기차가 곧 도착했다. 박상 등이 올라타자 전기차는 왔던 방향으로 돌아갔다.

전기차 뒷자리에 앉은 우진은 그때까지 머리를 묶고 있던 끈을 풀고 탈탈 흔들어 긴 머리칼을 늘어뜨렸다. 앞좌석에서 그 모습을 돌아본 박창이 장난스레 말을 건넸다.

"아, 우진 씨는 머리 풀고 있을 때 얼른 보면 영락없이 아가씨 같아. 머리도 길고 몸도 호리호리하고 얼굴도 예쁘잖아요."

"흥! 또 저더러 상체 빈약하단 말 하려고 그러죠?"

우진이 받아치는데 옆에 앉은 마리나가 실실 웃으며 말했다.

"그렇게 평소에 운동 좀 하지 그래요?"

"싫어요. 숨 쉬기 운동이면 충분해요."

우진은 입을 삐죽이고 고집을 부렸다. 마리나의 일란성 쌍둥이 자매인 릴리가 고개를 갸웃거리며 물었다.

"우진 씨 머리, 처음 만났을 때보다 더 자란 것 같은데… 그렇게 길면 귀찮지 않아요?"

영국계 백인 어머니와 한국계 아버지 사이에서 태어난 마리나와 릴리 자매는 연한 갈색 머리칼에 활달하고 싹싹한 인상의 아가씨들로 무적택배호의 경비를 담당하고 있는 무장 승무원이었다.

"이게 오히려 편해요. 미용실에 자주 갈 필요도 없고."

우진은 머리칼을 뒤로 쓸어 넘기며 말했다. 다른 사람들의 대화를 흘려듣고 있던 박상은 앞을 바라보며 중얼거렸다.

"우리는 늦어도 모레까지는 출발 준비를 마칠 수 있는데 바깥의 대형 우주선은 수속이 다 끝났으려나? 같이 갈 수 있으면 좋을 텐데."

그의 말을 듣고 바다가 말했다.

"어지간하면 같이 갈 수 있지 않을까요? 여기서 콜로프의 에체 스테이션까지는 위험 구역으로 분류되고 있어 가급적 여러 대의 우주선이 모여서 다니도록 유도하지 않습니까?"

그때 박창이 박상에게 물었다.

"서류는 다 잘 챙겨왔지?"

박상은 서류철을 뒤적이며 한 번 더 점검했다.

"응. 여권 7개에다 연방 출입국 허가서, 콜로프의 출입국 허가서, 사업자 등록증, 무역 허가증, 총기류 등록증, 무장 허가증, 화물 목록……."

뒤에서는 마리나가 지혜에게 말을 건넸다.

"심사는 금방 끝날 거니까 있다가 라운지에 가서 생맥주나 한잔하는 게 어때요?"

"그러죠."

지혜는 흔쾌히 응했다. 박창이 그들에게 당부했다.

"내일 아침부터는 무적택배호를 점검해야 하니까 너무 많이 마시면 안 돼요."

"알고 있어."

지혜가 대답하는데 릴리가 웃으며 말했다.

"그런데 우리 우주선 이름 말이에요. 그냥 무적호면 멋있을 텐데 무적택배호라니까 좀 그렇지 않아요?"

박창이 멋쩍게 대답했다.

"어쩔 수 없었어요. 무적호라는 이름은 전함에 이미 쓰이고 있더라구요."

우진이 끼어들었다.

"전 오히려 특색있고 좋다고 보는데요? 제 마음에는 꼭 들어요."

우진의 말에 박상이 웃으며 돌아보았다.

"동감. 이름 덕분인지 아직까지 큰 사고 없이 잘해오고 있잖습니까."

잡담을 나누는 사이 전기차는 스테이션의 관리국에 도착했다. 무적택배호 사람들은 전기차에서 내려 관리국으로 들어갔다.

이틀 뒤 모든 검사와 점검을 마친 무적택배호는 엘리지앙 스테이션을 떠났다. 그들의 우주선은 다른 우주선 7대와 편대를 이루고 있었다.

가운데에는 그들이 엘리지앙 스테이션에 도착할 때 보았던 대형 화객선—화물과 여객을 함께 운반하는 우주선—픽시 호가 자리하고 무적택배호를 포함해 규모가 작은 7대는 양측으로 나누어 늘어섰다.

엘리지앙 스테이션을 떠나서 일주일째. 바다와 교대하고 휴식을 취하러 방에 들어간 우진을 제외한 6명은 통제실에서 각자의 자리를 지키고 있었다.

"엘리지앙에서 에체 스테이션까지는 항상 긴장된단 말이야. 서로 좀 가까이 만들었으면 좋았을 걸 왜 이리 멀리 만들었을까? 2주씩이나 항행해야 하다니."

우주선의 통제 시스템과 항법 시스템 등에 이상은 없는지 정기적으로 살펴보던 지혜가 문득 기지개를 켜며 불만스러운 말투로 말했다. 감시 레이다를 맡고 있는 박창이 대꾸했다.

"2주면 가까운 거지. 지구연방과 콜로프 사이에 무력 분쟁이라도 일어나 봐. 워프 게이트가 있는 양측의 스테이션들이 1차적으로 공격 대상이 될 텐데 그걸 어떻게 바짝 붙여놓을 수 있겠어?"

"그럼 관리라도 잘하든지. 양쪽 다 나 몰라라 하고 내버려 두면 어떡해? 그러니까 우주 해적들이 들끓잖아."

지혜의 불평에 사장인 박상이 피식 웃었다.

"서로 떠넘기니 그렇지. 간단히 말해서 2주 거리지 보통 넓은 영역이 아니잖아. 제대로 관리하자면 인력이니 장비니 장난이 아닐걸?"

조종석 왼쪽의 측면에 앉아 무기를 맡고 있는 릴리가 대화에 가담했다.

"우리도 우주선이 더 크면 좋았을 걸 그랬어요. 그러면 레이저 포도 지금보다 큰 걸 장착할 수 있고, 미사일도 많이 달고, 파워도 훨씬 세질 테고, 무장 승무원도 더 넣을 수 있을 것 아니에요. 저기 픽시 호처럼 요."

그 말에 박상은 황당하다는 표정을 지었다.

"저렇게 큰 우주선으로 택배 사업을 하자구요? 도저히 채산이 안 맞아요. 차라리 해적이나 밀수로 전업하는 게 낫지."

그때까지 잠자코 있던 조종석의 한바다가 진지하게 반박했다.

"그건 안 될 말씀입니다. 저렇게 큰 해적선이 있으면 바로 토벌될 겁니다. 아무리 지구연방과 콜로프가 이 일대의 치안 책임을 서로에게 미루는 입장이라고는 해도 양측 우주군이 대규모 해적까지 내버려 둘 정도로 태만하지는 않을 테니까요."

그의 심각한 반응에 박상은 멋쩍은 얼굴로 변명했다.

"그저 농담 삼아 해본 말입니다."

그러나 바다는 어디까지나 진지했다.

"해적은 농담거리가 아닙니다. 우리가 당면한 가장 큰 위협이잖습니까?"

"아, 예. 그렇죠……."

다른 사람들은 땀을 삐질삐질 흘리며 대답하는 박상의 모습에 키득거렸다. 얼마 동안 잡담을 더 주고받던 그들은 점차 그것도 시들해져서 조용히 자신이 맡은 일만 하기 시작했다.

얼마나 시간이 흘렀을까, 별안간 바다가 그 침묵을 깨고 큰 소리로 말했다.

"픽시 호로부터 연락입니다. '우측 전방에 예상치 못한 혜성 출현. 그리 위험하지는 않은 것 같으나 경계 요망'이랍니다."

박상은 의아해했다.

"혜성이 지나간다는 이야기는 듣지 못했는데?"

"우리 레이더에도 잡혔습니다. 굉장히 빠른데요?"

레이더를 맡고 있는 박창이 말했다. 박상은 바다에게 물었다.

"항행을 계속해도 되겠습니까?"

"이 상황에선 계속할 수밖에 없죠."

바다의 음성에 불안한 긴장이 담겨 있었다. 오래지 않아 조종석 전방의 대형 모니터에 혜성이 모습을 드러냈다. 길게 꼬리를 끌고서 우주 공간을 내달리는 그것을 보고 릴리가 감탄사를 발했다.

"와아! 아름답다!"

그러나 그녀의 말이 채 끝나기도 전에 바다의 쩌렁쩌렁한 음성이 통제실을 울렸다.

"픽시 호에서 다시 통신. '혜성이 갑자기 방향을 틀었음. 레드 벨트 유성군에 충돌 가능성 80%. 위험. 회피하라'. 모두 빨리 안전장치부터 하세요."

바다는 비상 버튼을 누르며 소리치고는 한껏 굳은 얼굴로 우주선의 조종을 수동으로 전환했다. 그때 통제실의 문이 열리고 우진이 달려들어 왔다.

"무슨 일이에요?"

"혜성이에요."

박창의 대답에 우진은 맥 빠진 표정이 되었다.

"뭐야? 별것 아니잖아요."

바다가 소리쳤다.

"레드 벨트 유성군과 충돌한대. 가능성 80%… 젠장! 100%래!"

우진은 허겁지겁 조종석으로 달려가서 앉았다. 바다가 다급하게 우진에게 지시했다.

"일단 내가 조종할 테니 우진 씨는 보조 엔진 점화하고 대기하고 있어!"

"알았습니다! 보조 엔진 점화했습니다."

뒤에서 박창이 물었다.

"왜 그래요? 뭐가 어떻게 되는데?"

정신을 한곳에 집중하고 잔뜩 긴장해 있는 조종사들을 대신해 대답한 것은 지혜였다.

"혜성이 유성군에 충돌하는 순간 수소 폭탄의 수천에서 수십만 배에 달하는 어마어마한 에너지가 발생하게 돼. 그게 우리 쪽으로 덮치면 끝장이야. 그뿐이 아냐. 유성의 성질에 따라 어떤 일이 뒤따를지 몰라. 강력한 전자파라도 발생하는 날이면……."

지혜가 말을 멈추고 입술을 깨물었다. 박상이 서둘러 물었다.

"어떻게 되길래?"

"전자파와 더불어 태양에 버금가는 빛 에너지가 순간적으로 방출될 거야. 처음엔 모든 기계가 멈추고 그 다음엔 어마어마한 열에 의해 산산조각나게 되지. 그런 일이 일어나면 우주선이 아니라 제아무리 견고한 군사기지라 해도 버티지 못할 거야."

지혜의 설명을 듣고 모두들 사색이 되었다.

"그럼 우린 어떻게 되는 거죠?"

떨리는 목소리로 묻는 릴리에게 지혜는 한껏 가라앉은 톤으로 대답했다.

"하늘에 맡기는 수밖에요."

그러자 박창이 절망적으로 부르짖었다.

"여긴 우주잖아! 하늘이 없어!"

대형 모니터를 통해 측면의 픽시 호가 방향을 틀면서 전속력으로 전진하는 모습이 보였다. 무적택배호도 출력을 만개해서 픽시 호를 따라잡았다. 무적택배호와 비슷한 처지인 다른 6대의 우주선들도 각자 나름대로 속도를 내고 있었으나 픽시 호와 무적택배호를 따라잡지 못하고 있었다.

"와, 그래도 저게 따라잡아지네. 이 녀석도 제법 빠른데?"

조종석의 우진이 낮게 감탄했다. 선장석에서 박상이 물었다.

"빠져나갈 수 있겠습니까?"

우진은 초조하게 대답했다.

"모르죠. 충돌 규모에 따라 다를 것이고 충돌하는 순간 주로 어느 방향으로, 어느 정도로 에너지파가 퍼져 나가느냐에 달린 거죠."

이번에는 마리나가 물었다.

"다른 우주선의 상황을 알 수 없어 답답하네요. 통신을 크게 열어둘 수 없습니까?"

"그러지 않는 편이 나을걸요? 지금 다른 우주선들도 죄다 패닉이에요. 온갖 말이 섞여 나오는데요? 맙소사! 충돌 5분 전?"

우진이 웅얼거렸다. 지혜가 질문했다.

"유성의 물질이 뭐래요?"

"모른답니다. 픽시 호에서 혜성의 궤도 수정을 시도하기 위해 미사일을 쏘는 모양인데요? 우리에게도 지원을 요청해 왔습니다."

"지원이 가능합니까?"

박상의 묻자 마리나가 머리를 흔들었다.

"아뇨. 우리의 미사일은 사정거리가 안 됩니다."

박창이 박상을 돌아보고 울부짖었다.

"그러게 미사일 좀 좋은 거 사지!"

"지금 것도 대출혈이었어, 임마!"

박상이 신경질적으로 대꾸하자 우진이 버럭 소리를 질렀다.

"혜성의 궤도 수정 실패, 충돌 3분 전!"

"픽시 호에선 뭐랍니까?"

"기도하고 있군요……."

박상은 기운이 쭉 빠져서 허탈한 얼굴로 눈을 감고 있다가 지혜에게 물었다.

"우리는 어떻게 될까?"

"모르지. 유성의 물질에 따라 양상이 다르겠지만 지금으로서는 그걸 모른다니까……."

박창이 우진에게 물었다.

"픽시 호에서 다른 말은 없어요?"

"아직도 기도 중이에요."

우진의 말을 끝으로 잠시 아무도 말이 없었다.

얼마 뒤 우진이 넋 나간 사람처럼 망연자실해 내뱉었다.

"…충돌했대요."

그 말이 떨어지자마자 느닷없이 사방이 엄청난 빛에 휩싸였다. 모니터를 통해서 뿜어져 나오는 강렬한 백색 섬광이 통제실을 가득히 메웠다. 우진이 눈을 꼭 감고 중얼거렸다.

"벌써 천국인가?"

그러자 뒤에서 지혜가 나직하게 말했다.

"아니, 지옥일걸요. 이 정도 빛이라면 곧 무지막지한 충격파와 열 에너지가 닥쳐올 거예요. 짧으면 2, 3분, 길면 10분 정도? 벗어나는 건 무리예요."

그 순간 바다가 미친 사람처럼 고래고래 고함을 질렀다.

"이대로 죽을 순 없어! 이렇게 죽을 순 없다구! 소라는 임신 중인데 내가 없으면 안 되는데……! 소라아~"

그는 몸을 앞으로 숙이고 조종간을 부서져라 꽉 부여잡더니 우주선의 방향을 90도로 급선회했다.

"앗, 바다 형! 거기는 방향이……!"

그러나 바다에게 우진의 말은 이미 들리지 않는 상태였다. 그는 튀어나올 듯이 무섭게 눈을 부릅뜨고 조종간을 움켜쥔 채 오로지 앞만 노려보았다.

"엔진 전개! 터보 기능을 사용하겠습니다!"

바다는 크게 소리치면서 조종석 하단에 있는 장치를 잡아당겨 빼고 그 위에 덮인 투명한 뚜껑을 주먹으로 깨뜨린 뒤 안에 있는 빨간 버튼을 눌렀다.

"잠깐만, 바다 씨! 그건 지혜가 멋대로 단 건데!"

박상이 다급히 말리려 했으나 이미 늦었다. 그의 말이 끝나기도 전에 우주선 전체가 격랑에 휘말린 가랑잎처럼 세차게 뒤흔들렸다. 마치 어떤 거대한 힘이 뒤에서 강하게 떠밀며 휘몰아치는 느낌이 들었다.

"픽시 호가……!"

박창이 고개를 번쩍 들고서 대형 모니터를 손가락질했다. 모니터 속에서는 거대한 우주선이 눈부신 섬광에 휩싸인 채 서서히 바스러지고 있었다.

"맙소사!"

박상은 차마 더 볼 수가 없어 얼굴을 돌렸다. 조종석에서는 바다가 계속 소라를 소리쳐 외치고, 양 가장자리 쪽에 앉아 있는 마리나와 릴리 자매는 눈물 섞인 목소리로 아버지를 부르고 있었다. 우진은 모든 것을 포기한 양 아예 조종간을 놓고 양손으로 귀를 틀어막고서 눈을 질끈 감고 있었다.

"치즈 케이크가 먹고 싶어!"

이 상황과 도무지 어울리지 않는 박창의 울부짖음 사이로 지혜가 눈물을 글썽이며 박상을 돌아보았다.

"상아, 미안해. 그 일… 넌 알고 있었지?"

울먹이면서 묻는 지혜에게 박상은 조용히 고개를 끄덕이며 말했다.

"괜찮아⋯⋯."

그러는 동안에도 승무원들의 절규는 계속되고 있었다.

"소라아아!!"

"아빠!!"

"치즈 케이크!!"

우주선의 흔들림은 갈수록 심해져 눈앞의 사물이 제대로 파악되지 않는 지경에 이르렀다. 그리고 어느 순간, 자기 자신을 포함해 존재하는 모든 것이 공중으로 붕 떠오르는 느낌이 들었다.

'이렇게 죽는구나⋯⋯.'

그런 생각을 마지막으로 그들 모두는 까무룩 정신을 잃고 말았다.

■ 제1장

무적택배 사람들

1

삐이익~ 삐이익~ 삐이익~

통제실 전체에 울려대는 소란스러운 소리에 어렴풋이 의식을 되찾고 눈을 뜨는데 바다의 고함 소리가 귀청을 찢었다. 박상을 비롯한 사람들은 그 소리에 놀라 퍼뜩 깨어났다.

"정신 차리세요! 별의 인력에 끌려가고 있어요! 추락한다구요!"

박상이 눈을 비비고 물었다.

"빠져나갈 수 있겠습니까?"

바다가 다급한 목소리로 대꾸했다.

"무리입니다. 에너지가 거의 바닥이에요. 착륙이 고작입니다."

"대체 여기가 어딥니까?"

박창의 질문에 우진이 당황해서 답했다.

"좌표에 없습니다. 우리가 모르는 지역인가 봅니다."

"맙소사! 어디까지 밀려온 거야?"

박상이 얼떨떨해서 중얼거리는데 바다가 외쳤다.

"대기권에 돌입합니다! 빠져나갈 수가 없어요!"

"사장님, 화물을 버려야 합니다! 그래야 강하 속도를 줄일 수 있어요!"

우진이 소리치는 것을 들은 박상은 제대로 생각할 틈도 없이 선장석 정면에 있는 계기판에서 비상 키를 찾았다. 곧 그가 조종사들에게 소리쳤다.

"화물을 버릴 수 없어요!"

우진이 발칵 성을 냈다.

"지금 짐이 문젭니까? 다 죽을 판이라구요!"

"그게 아니고… 화물이 버려지지가 않아요."

절망적인 표정으로 말하는 박상을 보고 박창이 비명처럼 따지고 들었다.

"그러게 내가 우주선 새것 사쟀잖아!"

"임마, 이것도 무리였어! 우리가 그럴 돈이 어디 있었어?"

그 말을 들은 우진의 눈이 휘둥그레졌다.

"그럼 이게 중고였나요?"

그때 바다가 우진에게 신경질적으로 외쳤다.

"지금 그런 게 문제가 아냐! 어서 조종간이나 잡아!"

우진이 몸을 돌리고 조종간을 붙잡았다. 다른 쪽에서 마리나가 큰 소리로 물었다.

"누가 화물칸에 가서 짐을 내려 버리면 안 될까요?"

바다가 대답했다.

"너무 위험합니다. 지금 우리 우주선의 외부 온도는 4만 도를 넘어섰어요. 화물칸 쪽에 갔다가는 안전을 보장할 수 없습니다!"

조종석 상단의 대형 모니터와 그 밖의 보조 모니터에는 온통 강렬한 불꽃이 이글거리고 있었다.

"바다 형, 나한테 조종 맡겨줘요! 바람이 있는 것 같아! 잘하면 상승 기류를 탈 수 있을지도 몰라요."

우진의 요청에 바다는 그를 불안한 눈으로 쳐다보고 물었다.

"자신있어?"

"난 지상 공군 출신이잖아요. 해볼게요."

"어떻게 할 건데?"

"일단은 상승 기류를 타고 조금이라도 낙하 속도를 줄인 다음 착륙 직전에 최대 출력으로 모든 부스터를 동원하면 잠시나마 낙하를 멈출 수 있을지도 몰라요. 그때 지면에 안착하면……."

지혜가 재빨리 제동을 걸었다.

"그랬다간 그나마 남아 있는 에너지를 완전히 고갈시키게 될 거예요."

그러나 우진은 단호하게 말했다.

"방법은 그것밖에 없습니다! 기체가 무거워서 낙하 속도가 너무 빨라요!"

"알았어. 이번은 너한테 맡기지."

바다가 응낙했다. 그때부터 바다를 대신해서 우진이 주 조종간을 잡았다. 차차 모니터에 비치는 외부 상황이 바뀌었다.

"상승 기류를 탈 수 있겠어?"

바다가 초조하게 물었다. 우진은 머리를 세차게 흔들었다.

"안 되겠어. 역시 기체가 너무 무거워요. 젠장, 급강하야! 풀 부스터 준비!"

"알았어!"

바다는 우진에게 보조를 맞추었다. 그런데 안절부절못하면서 모니터를 응시하고 있던 박상이 갑자기 기겁하며 소리를 질렀다.

"맙소사! 도시잖아!"

어스름한 공기에 둘러싸인 도시의 정경이 모니터에 들어와 있었다. 높은 건물은 그다지 없었지만 건물들이 상당히 밀집해 있는 지역이었다.

우진이 말했다.

"어쩔 수 없어요. 궤도 수정이 불가능해요. 저기 저 언덕에 있는 큰 건물 앞의 정원에 착륙해 보죠."

"그러다가 건물을 덮치면 어떡하려고?"

박상이 걱정했지만 우진은 잘라 말했다.

"어쩔 수 없어요! 시가지를 덮치는 것보단 낫죠!"

그 몇 마디의 말이 오가는 사이에도 우주선은 계속 어마어마한 속도로 떨어져 눈 깜짝할 사이에 지면이 가까워졌다.

"50m 지점, 풀 부스터!"

우진의 지시에 바다가 답했다.

"켰어!"

"됐어요. 이제 꺼요. 일단 자세는 잡았는데… 이런, 도저히 건물을 피할 수 없겠어."

"어떻게 안 되겠어?"

"에너지가 없어요! 5m! 돌입합니다! 다시 풀 부스터!"

"오케이!"

그 직후였다.

쿠아아앙! 콰콰쾅!

사방이 무너져 내리는 것이 아닌가 싶을 정도로 무시무시한 폭발음이 연달아 터지면서 우주선 전체가 엄청난 충격을 받아 심하게 흔들렸다. 천지간에 자욱하게 재와 먼지가 피어올라 모니터에는 아무것도 비치지 않았다. 그리고 잠시 후, 우주선이 '쿠쿵' 하는 둔중한 소리를 울리며 어딘가에 걸터앉은 것이 느껴졌다. 파열음은 차츰 잦아들었으나 화면을 가득 메우고 있는 먼지와 재는 여전했고 우주선은 한참 동안 조금씩 기우뚱거리다가 이윽고 균형을 찾고 자리가 잡혔다. 바닥의 요동이 진정되기까지 박상을 포함해 누구도 감히 입을 열지 못했다. 우진이 박상을 돌아보더니 어색하게 보고했다.

"사장님, 일단… 착륙은 성공했습니다."

"결국 건물을 들이받은 거죠?"

"예……."

"건물 안의 사람들은 다 죽었겠군요?"

"새벽인 모양이니까… 자다가 새까맣게 타고 단번에 깔려서… 아플 틈은 없었을 겁니다."

우진의 대답을 들은 박상은 머리를 싸매고 앓는 소리를 했다.

"이제 어떡하지? 대형사고야. 최소 몇 십, 최대 몇 백 명은 죽었겠어……."

우진은 착잡한 얼굴로 애써 변명했다.

"불가항력이었습니다. 이대로 미끄러져서 시가지를 덮치는 것보다는 낫지요. 그랬다간 우주선이 폭발하지 않는다는 보장도 없고…….

우주선이 폭발하면 그야말로 대참사가 되었을 겁니다."

마리나가 지혜에게 물었다.

"그나저나 여기가 어디예요? 지구나 콜로프가 아닌 건 분명하죠?"

자신의 컴퓨터를 들여다본 지혜가 기운없이 대답했다.

"당연히 둘 다 아니에요. 우리가 사고를 당한 지점은 지구와 콜로프를 연결하는 양측 스테이션의 중간 지역이었어요. 지구도, 콜로프도 그 지점에서 일주일을 더 가서 워프 게이트를 통과해야만 갈 수 있는 아득히 먼 거리에 있는데 그 두 곳일 리가 없죠."

"그럼 여기가 어딘지 알 수 없나요?"

"모르겠어요. 항행 기록을 판독해 봐야 알겠지만 지금으로서는 항법 시스템의 좌표에 없는 곳이 확실해요."

지혜의 말에 박상은 고개를 숙이고 더욱 깊게 한숨지었다.

"체포될 일만 남았구나."

박창이 동료들을 둘러보며 말했다.

"지금 체포당하는 게 문제가 아니죠. 우리가 이 우주선을 나가서 살아 있을 수 있느냐부터 따져 봐야죠. 대기와 중력은 어때요? 지구와 비슷합니까?"

"잠깐 기다려 봐, 지금 보고 있으니까."

지혜가 컴퓨터를 조작하면서 대답했다.

"불행 중 다행이랄까… 지구와 비슷하네요. 지구에 비해 대기의 산소 양이 약간 많기는 하지만 극히 미세한 차이예요. 대기 중의 미세 원소에도 지구인에게 치명적인 것은 없어요. 중력은 지구보다 조금 가벼운 정도로 역시 활동에는 큰 지장 없겠어요."

"절묘한 우연이군요."

마리나가 맥없이 웃었다. 지혜는 어깨를 살짝 으쓱거렸다.

"우선은 감사할 일이죠. 그렇지 않다면 우린 기껏 여기까지 와서 며칠 살지도 못하고 죽을 수밖에 없어요. 우주선의 에너지가 다 하고 나면 중력 시스템도, 호흡할 공기도 끊어질 테니까."

박상이 지혜에게 말했다.

"지구와 유사한 환경이라면 중력 시스템과 내부 공기 발생 장치를 끄고 정화 장치를 통해서 외부의 공기를 이용할 수 있겠군. 조금이라도 에너지를 아껴야지."

지혜는 고개를 끄덕이고 다른 사람들에게 말했다.

"그래도 되겠군요. 다들 잠시 동안 일어나지 말고 자리에 앉아들 있으세요. 중력 시스템을 끌게요. 얼마 동안 몸이 좀 무겁게 느껴질 거예요."

지혜는 사람들에게 주의를 주고 시스템을 변환했다. 그 직후 그녀의 말처럼 전신이 묵직하게 아래로 쏠리는 느낌이 들었다. 그들은 좌석 등받이에 등과 머리를 기대고 조종석 상부에 있는 대형 모니터와 측면의 보조 모니터로 시선을 고정시켰다. 그러나 뿌옇게 흐려진 화면에는 먼지 이외에 아무것도 보이지 않았다. 릴리가 말했다.

"바깥이 잘 보이지 않네요. 외부 카메라의 내열 뚜껑 위에 먼지가 두껍게 올라앉은 모양이에요. 이래서는 바깥의 상황을 전혀 알 수 없잖아요. 누가 나가서 닦아야 하지 않을까요?"

"그렇네요. 누가 나가서 닦지?"

박창이 중얼거리는데 마리나가 제안했다.

"지혜 씨의 로봇을 내보내면 되지 않나요?"

지혜는 난처해하며 자신의 로봇 '조수'를 쳐다보았다.

"하지만 이 녀석은 전투용도 아닌데 함부로 나갔다가 무슨 일이라도 생기면 어떡해요?"

그러자 박상이 말했다.

"그렇다고 사람을 보낼 수는 없잖아? 다른 로봇이 있는 것도 아니니 조수가 나가는 수밖에 없지."

지혜는 내키지 않았으나 하는 수 없이 동의했다. 조수가 명령을 받고 통제실을 나가려는데 박창이 고개를 돌리고 소리쳤다.

"힘내라, 쇠돌아!"

─전 쇠돌이가 아닙니다. 제 이름은 조수입니다.

조수는 로봇답게 감정없는 기계 음성으로 그렇게 대꾸하고 통제실의 문을 열었다.

"저 녀석은 한 번도 어김없이 항상 같은 대답을 한다니까. 머리가 나쁜가 봐."

박창의 가벼운 농담에 지혜가 툭 쏘았다.

"이런 때 농담이 나와?"

그러고 있는데 조종실의 스피커로 조수의 통신이 들어왔다.

[사출구에 도착했습니다, 주인님.]

우진은 내부를 비추는 보조 모니터로 조수의 모습을 확인하고 조작 버튼을 눌렀다. 로봇이 서 있는 바닥이 밑으로 열리고 조수는 부스터를 작동해서 바깥으로 나갔다. 지혜는 조수에게 명령을 내렸다.

"외부 카메라, 색적 스캐너 상단을 세척하고 상태를 점검할 것. 되도록 빨리."

[알겠습니다.]

조수는 우주선의 외곽을 돌면서 지시를 이행했다. 외부 카메라가 하나둘씩 깨끗해지면서 모니터에 바깥의 풍경이 들어오기 시작했다. 우주선의 전방을 비추는 대형 모니터에는 시가지의 모습이 담겨 있었고 측면 모니터에는 부서진 건물의 파편이, 후방을 비추는 모니터에는 이들이 처음에 내려서려 했던 정원과 우주선이 들이박은 건물에서 떨어져 나온 파편들이 눈을 뒤집어쓴 것처럼 하얗게 변해 있는 광경이 담겨 있었다.

"전부 하얗네? 눈이라도 내린 걸까요?"

의아해하는 릴리에게 우진이 우물쭈물 말했다.

"다 타서 그걸 겁니다. 이렇게 근거리에서 부스터를 풀 파워로 전개했으니 무리도 아니겠죠."

박상이 지혜에게 말했다.

"조수에게 우리 우주선이 어떤 상태로 있는지 조수의 카메라 영상을 제1모니터로 전송시켜 보라고 해줘."

곧 조수에게 부착된 카메라를 통해 우주선의 정확한 상황이 들어왔다. 이들의 우주선은 넓은 정원을 앞에 둔 큰 건물을 정면으로 들이받아 전파하고 부서진 잔해 위에 얹혀져 있었다.

"기가 막히는군."

박상은 절망적인 신음을 흘렸다.

"이 건물에 있던 사람들은 다 죽었겠어."

별안간 박창이 크게 소리치며 모니터를 손가락질했다.

"형, 저것 봐!"

무적택배호의 전방에 펼쳐진 시가지 곳곳에서 불길과 연기가 치솟고 있었다. 박상은 하얗게 질려서 우진에게 물었다.

"어떻게 된 겁니까, 우진 씨?"

"저건 우리와는 상관없습니다. 추락 직전에 미사일이나 레이저 포라도 발사했다면 모를까."

그러자 마리나와 릴리가 동시에 말했다.

"우리는 아무것도 조작하지 않았어요."

"그럼 저것이 어떻게 된 거지?"

자꾸 겹치는 사태에 박상은 정신이 아득해졌다. 마리나가 짐작했다.

"혹시 폭동… 아닐까요? 저기 멀리 보이는 성벽에 사람들이 기어오르면서 싸우는 것 같습니다만……."

"좀 더 크게 확대해 보세요."

박상의 지시에 우진은 외부 카메라를 조작하여 대형 모니터에 시가지를 확대해 비추었다. 무적택배 사람들은 중력의 변동으로 몸이 무거워진 것조차 잊고 조종석 앞으로 모여들어 시가지의 모습을 뚫어져라 쳐다보았다. 마리나의 말처럼 시내 곳곳에서 검은 연기가 피어오르고 무기를 든 사람들이 거리를 메우고 있었다. 비명 소리와 우렁찬 함성이 외부의 음향 센서를 통해 희미하게 들려왔다. 그런데 아무리 화면을 살펴봐도 그곳에는 차량이나 고층 건물 등 현대 문명의 요소가 전혀 보이지 않았다. 뿐만 아니라 사람들의 손에 들려 있는 무기는 명백히 철제였다.

"사람들이 까만데?"

사람들의 모습을 유심히 관찰하던 박창이 중얼거렸다. 박상이 이어 말했다.

"하지만 지구의 흑인과는 달라. 그보다는 덜 검고, 약간 붉은 기도 도는 것 같고… 구릿빛에 가까워. 들고 있는 무기와 싸우는 양상을 보면 화포나 총기류는 없는 모양인데… 기계류도 안 보이고……. 문명 정도는 지구의 고대나 중세쯤? 아무튼 근대까지도 아니겠어."

우진이 눈을 가늘게 뜨고 모니터에 조그맣게 비춰지는 사람들을 살펴보면서 말했다.

"여기 사람들, 신체랑 이목구비가 우리랑 비슷하게 생겼네요. 손가락도… 다섯 개인 것 같아요. 그나마 다행이군요."

대단한 발견이라도 한 양 기뻐하는 우진에게 릴리가 심드렁해서 물었다.

"그런 게 이런 상황에서 무슨 상관이에요?"

우진이 정색을 하고 말했다.

"왜 상관이 없어요? 굉장히 중요한 문제죠. 피부 색이 다르더라도 기본적인 생김새가 비슷하니까 우선 괴물 취급은 받지 않을 거잖아요. 그리고 손가락이 다섯 개라는 건 이곳 사람들의 문명이 지구와 친연성을 가질 수 있다는 걸 의미해요. 즉 여기 사람들의 도구나 물건들은 지구와 비슷한 개념으로 만들어져 있을 거라는 이야기죠."

그러나 지혜는 우진의 희망 섞인 관측에도 전혀 공감이 가지 않는 듯 냉소적으로 내뱉었다.

"그러면 뭐 해요? 문명 수준이 완전히 다른데. 이 상태에서는 에너지도, 부품도 구할 수 없어요. 우린 어떻게 지구에 돌아가죠?"

"구조 신호를 보내야죠."

바다가 말하자 지혜는 머리를 흔들었다.

"보다 신중하게 생각해야 해요. 얼마나 더 우주선 안에서 시간을 보내야 할지 모르는 상황이에요. 가급적 에너지를 아껴야 해요."

살았다는 기쁨을 느낄 겨를도 없이 통제실의 분위기는 침울하게 가라앉았다. 마리나가 모두를 둘러보며 강한 어조로 말했다.

"이왕 이렇게 된 것 우리 모두 더 냉철해질 필요가 있어요. 먼 장래에 대한 걱정도 좋지만 당장 어떻게 살아남을 것인지부터 우선 생각해 보자구요. 지금 저 상황이 폭동인지 전쟁인지는 몰라도 우린 이 도시의 중심부를 파괴하고 올라앉아 있어요. 이곳의 위치로 보나 건물의 규모로 보나 여긴 이 도시의 책임자, 또는 중요한 사람이 있는 곳이 틀림없어요. 만일 이 도시 사람들이 우리를 벌하겠다고 몰려올 시에는 우주선이 아무리 대철제 무기라도 언젠가는 뚫릴 수밖에 없어요. 게다가 지금 우리에게는 충분한 인원도, 저항할 만한 무기도 얼마 없는 데다가 에너지까지 거의 바닥나 있구요."

　"그래서 어떻게 하자는 말입니까?"

　우진이 물었다.

　"여기서 벗어날 방법이 없는 건 아니에요. 미사일과 레이저 포가 아직 남아 있으니까 유사시 그것을 활용하면 한동안 시간적 여유를 만들 수 있을 겁니다. 그동안 우리는 에어 바이크와 에어 카에 분승하고 여길 벗어나는 겁니다."

　"우주선을 버리자는 말입니까?"

　박창이 물었다. 마리나는 고개를 끄덕였다.

　"하는 수 없죠. 에너지가 없는데."

　"그건 안 돼요."

　지혜는 즉각 반대했다.

　"우주선을 버려두고 가면 보나마나 모조리 파괴되고 말 거예요. 우주선 없이 어떻게 지구로 돌아간단 말이에요?"

　지혜에 이어 바다가 강한 어조로 부르짖었다.

　"맞습니다. 우주선을 버리는 건 희망을 버리는 것과 같습니다. 우린 반드시 돌아가야 합니다. 절대로 포기해선 안 됩니다!"

그때 박상이 차분한 어조로 동료들을 달랬다.

"아직 상황이 완전히 파악된 것도 아닌데 섣불리 판단하지는 맙시다. 마리나 씨의 의견은 어디까지나 최악의 경우를 가정한 것이고 그런 경우에도 마리나 씨의 말처럼 무적택배호에 장착된 무기와 에어 카 등을 이용하면 빠져나갈 수는 있을 겁니다. 인내심을 가지고 우선은 상황을 지켜봅시다."

"언제까지 기다릴 겁니까? 저쪽이 움직일 때까지?"

마리나는 무작정 기다린다는 것이 그다지 마음에 들지 않는 듯 모니터를 흘깃 쳐다보고 딱딱하게 물었다.

"지금은 바깥에 나가봤자 언어가 통하지 않아서라도 곤란합니다. 당분간 외부의 음향 센서를 최대한 열어놓고 언어 통역기에 데이터를 축적시키면서 저쪽 사람들이 어떻게 나오나 관망합시다."

"그게 좋겠어요. 일단 기다려 봐요. 우주선을 버리는 건 최악의 선택이에요. 정말로 위급해지기 전까지는 어떻게든 우주선을 지켜야 해요."

지혜가 박상의 의견에 찬동했다. 마리나는 개운치 않은 기색이기는 했으나 잠자코 고개를 끄덕였다. 릴리가 제안했다.

"그래도 무턱대로 기다리기만 할 것이 아니라 최악의 경우에 대비해야 하지 않겠어요? 탈출해야 할 때를 대비해서 에어 바이크와 에어 카에 꼭 가져가야 할 물건들은 미리 챙겨놓는 것이 어떨까요?"

박창이 맞장구쳤다.

"좋은 생각이네요. 그렇게 합시다. 차고에 에어 바이크가 두 대, 에어 카 두 대, 에어 트럭 한 대가 있으니까 실을 수 있는 한계를 고려해서 한번 모아보죠."

박상도 그 생각이 타당하다고 보고 동료들에게 말했다.

"통제실을 비워둘 수 없으니 순서를 정해서 가져갈 물건들을 모아봅시다. 꼭 필요한 물건들만 가져와야 합니다. 많이 싣지는 못할 테니까요."

말하던 도중 문득 생각난 듯 박상이 박창에게 물었다.

"우리가 이 사업 시작할 때 지혜 아버님이 개업 선물로 주셨던 '에너지 변환기' 말인데, 운동실에 그대로 있지?"

"있긴 하지만……."

박창은 괴상한 표정으로 지혜를 슬쩍 쳐다보더니 말했다.

"그걸로 충분한 에너지를 얻으려면 얼마나 운동을 해야 한단 말이야? 대관절 운동 기계에 연결해서 에너지를 얻다니, 그런 이상한 발상이 어디 있어? 배가 빨리 꺼져서 음식만 많이 축낼걸?"

그러나 박상은 박창의 말을 무시하고 지시했다.

"아무튼 그 에너지 변환기도 에어 트럭에 싣든지 해서 가져갈 수 있으면 가져가자. 쓸모가 있을지도 모르니까."

"운동 기구는?"

"그것까지 다 실으려면 부피를 너무 잡아먹을 텐데……."

"그래도 운동 기구가 없으면 어떻게 에너지를 얻어?"

박창이 말하는데 지혜가 형제의 눈치를 보며 슬며시 말했다.

"에너지 발생기가 운동 기구에 붙어 있어서 전부 가져가야 할 거야."

"전부?"

박상은 망설이는 기색으로 웅얼거렸다.

"그걸 다 넣으면 그것만으로 에어 트럭이 다 찰 텐데."

"어떻게 할 거야, 형?"

박창이 물었다. 박상은 한숨을 푹 쉬고 말했다.

"어쩔 수 없지. 가져가자."

박상의 말이 떨어지자 박창은 귀를 긁적이며 일어났다.

"알았어. 그게 쓸모있는 날이 올 줄은 꿈에도 몰랐네. 아무튼 에너지 변환기랑 운동 기구를 전부 화물칸에 가져다 놓으면 되지?"

"그래. 화물칸에 있는 운반기를 쓰도록 해."

"응."

박창이 나가려는데 박상이 우진과 지혜에게 말했다.

"지혜 너도 가보고 우진 씨도 필요한 물건을 챙겨봐요."

"예. 지혜 씨랑 제 물건도 화물칸에 가져다 놓을까요?"

우진이 일어나며 물었다.

"아뇨. 일단 통제실로 가져오세요. 실을 수 있는 한계를 생각해서 덜어낼 건 덜어내야죠."

"알겠습니다."

우진과 지혜, 박창은 통제실을 나갔다.

무적택배호의 일곱 명은 일단 밖에 있는 조수를 들어오게 하고 그때부터 탈출할 경우 꼭 챙겨야 할 물건들을 가져다가 통제실에 모았다. 지혜가 들고 온 것은 공구 세트와 노트 컴퓨터, 여러 개의 칩 세트, 속옷과 옷가지가 든 가방이었다.

"좀 많지 않아?"

커다란 공구 세트 가방과 칩 세트를 보고 박상이 한마디 하자 지혜는 강력히 주장했다.

"이거야말로 가장 필수적인 것들이야. 이것들 없이 에너지 변환기나 에어 바이크, 에어 카 수리는 뭘로 할 것이며 또 나중에 이 우주선의 잔해라도 수습해서 어떻게든 활용하려면 이런 도구는 꼭 필요해."

말을 마친 지혜는 불만스러운 눈초리로 박상과 박창의 짐을 내려다보더니 힐문했다.

"그러는 너랑 창이 짐이야말로 이게 뭐야? 중화과, 냄비 세트, 빵틀, 과자틀, 계량 스푼 세트, 식칼 세트, 양념 세트, 요리백과… 이걸 다 어디다 쓰려고? 식당 차릴 거야?"

그러자 박창이 당연하다는 투로 답했다.

"밥은 안 먹고 살 거야? 그리고 우주선에서 떠나게 되면 식당이라도 차려서 먹고 살아야지. 솔직히 이런 시대에 지혜 누나 같은 과학자는 완전 실업자야. 우리라도 일을 해야 먹고 살 거 아냐? 이것들이야말로 생존 필수 도구야."

실업자라는 박창의 말에 좌중에는 잠시 어색한 침묵이 감돌았다. 낯선 별에 떨어진 자신들의 처지가 보다 현실감을 띠며 실감나게 다가왔다. 우진이 바다를 쳐다보며 말했다.

"바다 형, 우리도 꼼짝없이 실업자가 되겠죠? 조종할 게 없잖아요."

"난 이 별에 있을 수 없어. 난 돌아가서 소라를 만나야 해."

바다는 우진의 현실적인 근심에 전혀 공감할 마음이 없었다.

"걱정 마요, 우진 씨. 우리가 식당 차리면 종업원 하면 되잖아요. 설마 산 입에 거미줄 치겠어요?"

박창이 위로랍시고 하는 말에 지혜는 혀를 차며 쏘아붙였다.

"식당 같은 소리 하네. 이 별에 지구의 양념이 있다든?"

박창은 태연했다.

"사람 사는 곳이면 향신료랑 조미료는 다 있어. 형이랑 난 적응할 자신 있어. 이런 말도 몰라? 태초에 경제가 있었나니……. 요리는 기본적으로 감각이야. 이쪽의 먹거리를 연구해서 적응하면 되지."

지혜는 기가 차서 대꾸도 하지 않았다. 한편 마리나와 릴리가 가져온 것은 온갖 총기류였다. 그녀들이 평소에 휴대하는 레이저 총과 에너지 팩, 장검 이외에도 여러 개의 큼직한 검은 가방이 테이블 위에 놓여 있었다.

"내용물을 봐도 되겠습니까?"

박상이 청하자 마리나와 릴리는 주저없이 가방들을 전부 열어 보였다. 가방마다 갖가지 무기가 가득 담긴 것을 본 박창과 우진 등은 눈이 휘둥그레졌다.

"세상에! 이거 뭐야? 이거 저격총 세트잖아요? 그것도 군용이네?"

우진이 그중 한 상자를 들여다보고 흥분했다. 총신이 길고 날렵하게 생긴 장총에 소음기, 광학 조준기, 고감도 카메라, 망원경, 망원 렌즈와 망원 카메라, 적외선 안경, 에너지 팩 등이 하나의 세트를 이루고 가방에 빼곡히 수납되어 있었다. 바다도 이것에는 놀란 눈으로 바라보다가 박상에게 물었다.

"사장님, 우리가 아무리 무장 허가선이라지만 이런 무기도 소지하고 있었습니까?"

박상은 쓰게 웃으며 대답했다.

"외계 항행 우주선의 경우에는 몇몇 특정 병기를 제외하고는 특별한 금지 규정이 없어요. 그리고 이건 우리가 구입한 게 아니라 마리나 씨와 릴리 씨 본인들이 가지고 있던 무기구요."

우진은 다른 상자를 보더니 또다시 감탄사를 내질렀다.

"그뿐이 아니에요, 바다 형! 유탄 발사기도 있어! 이것 역시 군용이야!"

릴리가 설명했다.

"저격총은 마리나의 것이고, 유탄 발사기와 이 아절트 나이프 세트는 제 거예요. 아빠가 우리들의 20살 생일 선물로 주신 거죠. 무장 허가증도 여기 있어요."

남자들과 지혜는 눈이 동그래져서 두 자매를 멀거니 바라보았다. 한참 만에 박창이 더듬거리며 말했다.

"두 분의 아버님이 전설의 특공대 연대장이시고 두 분도 아버님을 이어 특공대에 입대했었다는 이야기는 들었지만… 이 정도일 줄은……."

릴리가 가슴을 펴고 긍지를 담아 말했다.

"우리 아빠는 훈장도 많이 받으신 영웅이세요."

"아, 예……."

출입국 때마다 무기의 등록증과 허가증을 첨부해서 신고해 온 박상은 이미 알고 있었기에 새삼 놀라지도 않았지만 나머지 사람들은 다들 그녀들의 중무장에 놀라운 빛을 감추지 못했다.

우진의 짐은 옷 가방과 여러 장의 광 디스크, 미니 플레이어, 초박형 액정 모니터와 여러 권의 전자 책들이었다.

"이런 것들은 전기가 없으면 다 소용이 없을 텐데요. 괜히 짐만 되는 거 아닌가요?"

릴리가 고개를 갸웃거렸다. 우진은 정색을 하고 말했다.

"에너지 변환기가 있다고 했잖아요. 제가 운동해서라도 에너지를 채워 넣겠습니다. 다른 것들도 그렇지만 특히 이 20세기 애니메이션 걸작선은 반드시 가져가야 해요. 한정판으로 나온 희귀본이라구요. 이거

구하느라 얼마나 힘들었는데요."

"지금 그런 것이 문젭니까?"

마라나는 눈살을 찌푸리며 전혀 이해할 수 없다는 반응이었다. 그러나 우진은 대단히 심각한 태도였다.

"꼭 가져가야 할 것을 가져간다면서요? 저한텐 이게 제일 중요해요."

"그건 가져간다 치고 책이라도 빼면 어때요? 무게도 있고 부피가 꽤 나가는데."

박창이 우진의 책들을 집어 들며 말했다. 그것들은 액정 모니터와 유사한 역할을 하는 특수 펄프로 만든 책들로 하나의 책 안에 많게는 수백 권이 담기는 종류였다. 우진은 그것도 양보하지 않았다.

"별로 무겁지 않아요. 부피가 문제라면 제가 안고 탈 게요. 만약에 우주선을 버리고 달아나게 되면 우린 다시는 지구에 돌아가지 못하게 될지도 몰라요. 이것들이 지구의 마지막 추억들이 될지도 모르는데 지구 인류의 유산을 이렇게 버리고 갈 수는 없잖아요."

그 말에 흥분한 바다가 이를 악물고 말했다.

"그런 소리 하지 마. 난 반드시 돌아갈 거야. 돌아가서 소라를 만나야 한다구! 이런 곳에서 끝날 순 없어! 이 가방, 소라가 직접 챙겨준 이 가방을 이대로 가지고 돌아갈 거야. 반드시!"

바다의 불타는 눈동자와 무시무시한 박력 앞에 아무도 감히 다른 소리를 하지 못했다. 비관적인 관측을 함부로 입에 담았다가는 싸움이라도 날 태세였다.

박상은 그의 손에 들려 있는 가방을 착잡한 시선으로 바라보았다. 다른 동료들과는 달리 바다의 짐은 그 가방 하나가 전부였다. 그러나 그 가방 안에 그의 가장 소중한 보물인 아내 소라의 사진이 들어 있음을 짐작하기란 어렵지 않았다. 박상은 부드럽게 말했다.

"아직 희망은 있습니다. 지금 이건 어디까지나 만일의 경우에 대비해 두자는 것이고 일이 의외로 잘 풀릴 가능성도 전혀 없지는 않으니까 희망을 품고 기다려 봅시다. 잘될 겁니다. 우리 우주선보다 훨씬 크고 튼튼한 픽시 호가 꼼짝없이 당하는 그 와중에도 우리는 살아남았지 않습니까?"

바다는 고개를 주억거리고 가방을 테이블에 내려놓았다. 박창이 짐들을 살펴보며 말했다.

"결론적으로 여기서 덜어낼 건 없는 셈이네요?"

"이 정도는 어떻게든 실어지겠지. 화물칸에 가져다 놓읍시다."

박상이 그렇게 말하고 물건들을 운반기에 옮기려는데 아까부터 뭔가 골똘히 생각에 빠져 있던 지혜가 박상에게 물었다.

"그러고 보니 혹시 화물 중에 비서용 안드로이드가 있지 않았어?"

"있지. 이번 화물 중에 가장 고가품이야."

"우주선에 버리고 갈 거라면 차라리 꺼내서 쓰자. 도움이 될 거야."

박상이 가타부타 대답하기도 전에 박창이 지혜에게 물었다.

"에너지는 어쩌고?"

"안드로이드의 내부 축전지에 며칠분의 에너지는 들어 있을 거야. 그런 제품은 출시될 때 약간씩 에너지를 넣어두는 법이니까."

"그래 봤자 며칠이잖아?"

지혜는 아무려면 어떠냐는 표정이었다.

"없는 것보다는 낫겠지. 그리고 에너지 변환기로 얼마간 에너지를 얻을 수 있을 테고."

"우리가 운동을 하면 얼마나 할 거라고 그걸로 필요한 에너지를 제대로 얻을 수 있겠어? 괜히 둔하게 쓸데없는 근육이나 붙지."

박창의 심드렁한 반응에도 지혜는 전혀 개의치 않고 그에게 말했다.

"그만 따지고 나랑 화물칸에 가서 안드로이드부터 가져오자."

"꼭 나만 만만하게 부려먹어."

박창은 투덜거리면서도 지혜를 따라나섰다.

조수를 데리고 통제실을 나갔던 두 사람은 잠시 후 안드로이드가 들어 있는 대형 상자를 화물칸에 비치되어 있는 소형 운반기에 싣고 돌아왔다. 바다를 제외한 네 사람은 호기심에 이끌려 그쪽으로 모여들었다. 바다는 귀환 이외에는 어떤 일에도 마음이 동하지 않는 모양으로 무관심한 얼굴로 있던 곳에 가만히 서 있었다.

특수 재질의 포장지로 단단하게 감싸진 포장을 풀자 은회색 금속 재질로 만든 길쭉한 관 같은 것이 나왔다. 뚜껑을 열어보니 안에는 새파랗게 반짝이는 크리스털 같은 재질로 만들어진 여 인형 안드로이드가 누워 있었다. 머리부터 발끝까지 동일한 재질이었으며 어깨 아래까지 늘어뜨린 긴 머리칼 역시 크리스털을 깎아서 모양을 낸 것이었다. 조붓하게 생긴 동자가 없는 눈과 오뚝한 콧날로 이루어진 얼굴은 퍽 아름다웠으나 일부러 그런 것인지 입이 없었다.

"와아, 굉장한 고급형인데요?"

잘 다듬어진 보석 조각을 방불케 하는 안드로이드의 외형을 보고 우진이 탄성을 올렸다. 박상이 설명했다.

"이건 주문 생산 모델입니다. 대기업의 CEO나 정부 고관 등을 위해 만들어진 물건이라더군요. 이 한 대의 값이 우리 우주선 값과 맞먹을 겁니다."

"중고 가격으로요?"

중고 이야기를 기억하고 있었던지 우진이 자못 짓궂게 물었다. 박상은 겸연쩍게 미소 지었다.

"맞아요. 우리 무적택배호는 중형함급 우주선인데 신형함 같으면 아무리 그래도 이 안드로이드보다는 비싸죠."

"미안해할 것 없어, 형. 우리가 언제 신형함이라고 말한 적 있어? 우진 씨랑 바다 씨가 지레짐작한 거지."

박창의 말에 우진이 피식 웃었다.

"그건 그렇죠. 지혜 씨가 어떻게 손을 보셨는지는 몰라도 처음 보는 모델로 보이기에 당연히 신형함인 줄 알았던 거니까."

박상 등이 둘러서서 구경하는 가운데 지혜는 운반기를 조종해서 상자를 들어 올려 통제실 안쪽 벽면의 홈에 그것을 끼워 고정시켰다. 벽면에는 이 같은 로봇용 장치를 끼워놓는 자리가 여러 개 만들어져 있었다. 상자를 고정시킨 뒤 그녀는 상자의 기동 스위치를 찾아서 켰다.

"이름은 뭘로 할까요?"

기동 스위치 옆에 붙어 있는 계기판을 조작해서 필요한 사항을 입력해 가던 지혜가 동료들을 둘러보며 물었다. 박창이 대뜸 말했다.

"수정, 어때? 크리스털로 만든 것처럼 생겼으니까."

"그거 좋겠네. 그걸로 하지."

지혜는 안드로이드의 이름을 수정으로 입력하고 긴 줄에 달아 옷 안에 걸고 있는 자신의 신원 카드를 꺼내 계기판의 홈에 끼워 넣었다. 카드가 삽입되자 푸른 광선이 나와 지혜의 동공을 정면으로 비춘 뒤 전신을 훑듯이 비추고 꺼졌다. 박창이 흠칫 놀라서 지혜에게 물었다.

"뭐야? 지금 누나를 주인으로 등록한 거야?"

지혜는 당당한 자세로 대답했다.

"앞으로 우리들 중 제일 할 일이 많은 건 나야."

"그래도 그건 심하다. 이게 얼마짜린데."

"먼저 차지하는 사람이 임자야. 그런 게 세상이지."

턱을 치켜들고 의기양양하게 선언하는 지혜를 박상과 박창은 어이 없다는 표정으로 멀거니 바라보았다. 지혜는 자신의 카드를 뽑아내고 마지막 조작을 행했다. 얼마 후 싸늘하게 반짝이는 푸른 크리스털 얼굴의 양눈에 따스한 느낌의 노란 불이 들어왔다. 그리고 수정에게서 말소리가 흘러나오기 시작했다.

─안녕하십니까? 저는 안지혜님을 주인으로 모시는 비서형 안드로이드 '수정' 입니다. 저는 기본 프로그램에 따라 로봇 공학 3원칙─미국의 저명한 SF 작가 아이작 아시모프가 만든 로봇 공학의 세 가지 기본 원칙임─을 준수합니다. 첫 번째, 로봇은 인간에게 위해를 가할 수 없으며 인간이 위험한 상황에 처했을 때 방관해서도 안 됩니다. 두 번째, 로봇은 첫 번째 원칙에 위배되는 경우를 제외하면 인간이 내린 명령에 복종해야 합니다. 세 번째, 로봇은 첫 번째 및 두 번째 원칙에 위배되지 않는 한 자신의 존재를 보호해야 합니다.

입술이 없는 대신 수정이 말할 때마다 입이 있어야 할 자리에서 눈과 같은 색깔의 노란 불빛이 점멸했다.

"나와도 좋아."

지혜가 명령하자 수정은 상자 밖으로 걸어나왔다. 우진은 수정의 모습에 감탄을 거듭했다.

"역시 고급형이라 움직임도 굉장히 부드럽네요."

"진정한 가치는 그 이상이죠."

상자에 첨부되어 있는 제품 설명서를 뒤적이면서 지혜가 설명했다.

"수정은 사무 능력뿐 아니라 고도의 언어 통역 기능을 갖추고 있어요. 지구연방의 주요 언어 및 콜로프 어도 통역이 가능하고 그 외에도 데이터 구축을 통해 전혀 새로운 언어도 통역이 가능하다고 되어 있군요."

"진짜 굉장한 로봇이네. 이런 걸 슬쩍 자기 것으로 만들다니 너무 심한 거 아냐?"

박창은 새삼 분해했다. 그러나 우진이나 박창과는 달리 박상은 감흥 없는 얼굴로 다른 사람들에게 말했다.

"자자, 로봇에는 그만 신경 쓰고 할 일이나 합시다. 이것들을 화물칸에 가져다 놓고 다음 일을 생각해야죠."

박상의 말에 따라 박창과 마리나 등은 선별해 놓은 필수품들을 화물칸으로 가져갔다. 물건들을 가져다 놓고 돌아왔을 때 통제실에 남아 있던 박상은 선장석에 앉아 화물 목록을 들여다보고 있었다. 박창 등이 돌아와서 자리에 앉자 박상이 말했다.

"수고들 많았습니다. 이왕 이렇게 된 거 밥이나 먹고 생각합시다."

그러더니 그는 목록에서 식품 항목을 골라 또박또박 소리 내어 읽었다.

"맥시코 랍스터 20마리에 일본 홋카이도[北海道] 산 털게 30마리, 보르도 화이트 와인 10병, 레드 와인 5병, 알바마르 치즈 1kg, 린트 초콜릿 세트 10박스, 아르메니아 캐비어 2kg ……."

목록을 죽 읽어내린 박상은 고개를 들고 승무원들에게 물었다.

"이중에 뭐부터 먹고 싶어요?"

"그거 화물이잖아?"

놀란 얼굴로 돌아보는 박창에게 박상은 씁쓸한 웃음을 보였다.

"버릴 수 있다면 진작에 버렸을 화물이잖아. 수정도 꺼내 버린 마당에 이깟 음식물이 뭐 어때? 어차피 에너지가 바닥나면 다 썩어버릴 테고 썩어서 버릴 바엔 빨리 먹어버리는 편이 낫지."

릴리가 손을 번쩍 들고 외쳤다.

"적극 찬성입니다. 랍스터부터 먹읍시다!"

"다른 의견은?"

박상이 물었지만 달리 다른 의견은 없었다. 박상은 서류를 집어넣고 일어나더니 박창에게 말했다.

"가자. 내가 삶을 테니 네가 소스 만들어라."

"소스까지?"

"이왕 먹을 거 제대로 먹자."

장난 같은 말투와는 달리 박상의 얼굴에는 초연한 엄숙함이 담겨 있었다. 박창은 그에 화답하듯 결연한 표정을 짓고 일어섰다.

"그래, 먹고 죽은 귀신은 때깔도 좋다고 했어. 랍스터 다음엔 털게 삶아 먹고 콜로프에 도착하면 먹으려고 넣어둔 삼겹살도 구워 먹고… 치즈랑 와인도 먹고 캐비어, 냉동 피자, 봉지 삼계탕… 하여간 있는 거 죄다 먹자구."

"맞다. 먹고 죽는 거다!"

두 형제는 스스로의 감정에 도취해 눈을 번들거리며 분위기도 비장하게 통제실을 나갔다.

"아무 때나 분위기 잡지 마, 바보같이."

지혜가 이마를 짚으며 작은 소리로 한탄하는데 다른 쪽에서는 마리나와 릴리 자매가 자기들끼리 수다를 떨고 있었다.

"사장님이랑 부장님은 요리를 참 잘해."

"맞아. 진짜 프로 같아. 뭘 만들어도 맛있어서 그건 너무 좋아."

현재 직면한 위험도 잊어버린 것 같은 그녀들의 모습에 지혜는 어이없어하며 고개를 설레설레 흔들었다.

'믿을 수 없어. 어쩌면 이 상황에 저런 한가한 말들이 나오는 거지? 저 녀석들이랑 막상막하야.'

2

　박상과 박창 형제가 요리해 온 랍스터를 배가 터지게 실컷 먹고 난 7명은 손을 씻고 다시 각자의 자리에 앉아 모니터로 바깥의 상황을 살펴보고 있었다. 외부의 상황은 아직도 긴박하게 돌아가고 있었다. 불현듯 우진이 정적을 깨고 말했다.

　"이상하네요. 우리가 여기 떨어진 지도 꽤 시간이 지난 것 같은데 아직까지 아무런 움직임이 없으니 말이에요."

　"높은 사람들이 죄다 이 건물에 있다가 죽어서 그런 것 아닐까요?"

　지혜의 짐작에 우진이 반박했다.

　"그렇다 쳐도 이 근처나 도시 외곽에 분명히 병력이 있을 텐데 아무도 오지 않는 건 이상하죠. 보통 무슨 일인지 알아보러 사람들이 바로 몰려와야 하는 거 아니에요."

　화면을 눈짓하며 박창이 말했다.

"자기들끼리 싸우느라 정신이 없어서 그런가 보죠."

릴리도 나름대로 가설을 내놓았다.

"이 건물에 있던 도시의 지배자가 폭군이나 나쁜 놈이었던 것 아닐까요? 그러니까 어떻게 된 일인지 조사할 생각도 하지 않고 저렇게 편이 갈려 싸우는 거겠죠."

마리나가 고개를 주억거렸다.

"제 생각도 그래요. 지휘 체계가 무너진 틈을 이용한 반란이나 쿠데타에 가까운 사태가 일어난 것 아닌가 싶군요."

"그렇다면 차라리 다행이겠습니다. 적어도 여기 사람들 모두가 적은 아니게 될 테니까."

박상은 나지막이 한숨지었다. 본의가 아니었다 해도 자신들이 여러 목숨을 해쳤다고 생각하면 마음이 무겁고 장차 닥쳐올 일들이 무서웠다. 자신이 딛고 서 있는 우주선 바닥 아래 얼마나 많은 사람들이 깔려 있을지 아직도 실감나지 않았다. 다른 사람들 역시 그런 염려에서 자유로울 수는 없었다. 불안과 걱정, 초조함이 뒤섞여 통제실에는 심란한 적막이 자리했다.

'우리는 앞으로 어떻게 될까?

답이 나오지 않을 것을 알면서도 같은 질문이 뫼비우스의 띠처럼 반복해서 머리 속을 맴돌았다. 상상 가능한 모든 끔찍한 상황을 떠올리다가 이것이 꿈이기를 바라는 헛된 기도까지……. 생각에 지쳐 이러다가 미쳐 버릴지도 모르겠다는 충동이 불쑥불쑥 치밀어 오를 즈음 마리나가 입을 열었다.

"우리들 말이에요, 이제부터 어떻게 될지도 모르는데 이번 기회에 서로에 대해 궁금한 것이나 할 말 있으면 다 해버리는 게 어떨까요?"

누구라도 말을 시작한 것이 다행이라 생각하면서도 박상은 조심스럽게 대답했다.

"어떻게 될지 아직 모르는 일입니다."

마리나는 당연하다는 듯 미소 지었다.

"그러니까 하는 말이에요."

박창이 마리나의 의견에 찬성했다.

"그것도 나쁘지 않겠네요. 시간 때우기도 좋고. 어차피 상황을 제대로 파악하려면 언어 통역기의 데이터가 채워질 때까지 기다려야 하니까."

"멍청하게 앉아만 있느니 그 편이 나을지도……."

지혜까지 동조하자 박상이 말했다.

"정 그러면 서로 궁금한 점을 묻되 불만을 토로하거나 다른 사람을 비난하는 것은 삼갑시다. 지금부터 어찌 되든 우리는 모두가 힘을 합해서 이 상황을 타개해 나가야 할 입장입니다. 우리끼리 분열되어서는 될 일도 안 돼요."

"그 말씀은 옳아요."

마리나는 기꺼이 수긍했다.

"그럼 저부터 질문할게요!"

릴리가 손을 번쩍 들고 씩씩하게 외쳤다. 상황에 걸맞지 않게 그녀의 눈은 장난기를 담아 반짝이고 있었다.

"저는 박창 씨께 질문이 있어요. 양 팔뚝에 있는 국자 문신의 비밀을 알려주세요. 왜 하필 국자 모양 문신인가요?"

릴리의 질문을 듣고 우진이 고개를 끄덕였다.

"맞아요. 저도 전부터 그게 궁금했어요. 문신도 그렇지만 부장님이 항상 걸고 있는 목걸이에도 작은 국자가 달려 있잖아요."

"아, 국자 말이죠. 사실 별건 아닌데……."

박창은 쑥스러워하며 머리를 긁적였다.

"그래도 궁금해요. 알려주세요."

릴리의 재촉에 박창은 조금 주저하다가 이야기를 시작했다.

"제가 형이랑 이 사업 시작하기 전에 월면 기지에서 하사관으로 복무했던 건 들어서 아시죠? 그때의 일입니다. 당시 우리 중대 취사병들의 요리 솜씨가 영 엉망이었어요. 어찌나 맛이 없는지 다들 혀가 군을 지경이라며 괴로워하고 있었죠. 제가 몇 번 가서 뭐라고 했는데도 개선 기미가 없어요. 그래도 어지간하면 참았는데 한번은 된장국을 얼마나 개떡같이 끓였는지 도저히 먹을 수가 없더라구요. 참다못해 취사실에 가서 따지는데 취사실 짬장 녀석이 끝까지 바락바락 대드는 거예요. 못 먹겠거든 직접 만들어 먹으라나 뭐라나 하면서 말이죠. 너무 열받아서 아무거나 손에 집히는 대로 잡고 머리를 한 대 때렸는데… 그게 하필이면 쇠 국자였어요. 그것도 또 재수없게 딴 데도 아니고 하필이면 뜨는 부분, 그 국자 머리 부분 있잖아요. 그 부분이 그 녀석 머리에 팍 찍혀 가지고 머리가 터진 거예요. 대형사고가 난 거죠. 구급차 뜨고 한바탕 소동이 일어났죠. 원래는 영창감이었는데 다행히 윗분들이 선처를 베풀어주셔서 어떻게 수습은 됐어요. 그놈 밥 안 먹게 돼서 잘됐다면서 말이죠. 하지만 마리나 씨와 릴리 씨도 아시다시피 군대 생활이란 게 그렇잖아요, 진급 길 막히면 끝장인 거. 그러니 더 있어봐야 소용없고 해서 그 길로 제대하게 됐어요. 그때 나름대로 느낀 바가 커서 국자 문신을 새긴 겁니다. 앞으로는 성질 죽이고 살아야겠다, 뭐, 그런 의미로요. 목걸이는 아버지가 만들어주신 거구요."

이야기를 마친 박창은 사람들의 썰렁한 반응을 대하고 멋쩍어했다.

"그러게 별 이야기 아니랬잖아요."

릴리는 입술을 살짝 오므리고 웃었다.

"그래도 궁금증이 풀렸으니 만족해요."

다음에는 지혜가 손을 들었다.

"난 우진 씨에게 질문."

"저요? 하세요."

"우진 씨한테 가끔 연락 오는 그 아가씨, 여자 친구예요? 사이가 좋은 것도 같고 나쁜 것도 같고… 애매하던데."

지혜의 호기심 어린 질문에 우진은 시큰둥해서 손을 흔들었다.

"여자 친구는 무슨, 오히려 원수에 가까워요."

마리나가 궁금해하며 물었다.

"그 아가씨, 전에 우리 사무실에 찾아온 적도 있었잖아요. 스타일도 괜찮고 귀하게 자란 부잣집 아가씨 같던데 정확하게 무슨 사이인 거예요?"

"아무 사이도 아니에요. 전에 제가 개인 우주선 조종사 했을 때 그 집 딸이에요. 꽤 크게 사업을 하는 집안이라 우주선도 신형에다 좋은 거였고 근무 조건도 좋았어요. 그런데 그 여자애가 문제였죠. 나이도 저보다 어린 게 처음부터 보자마자 반말을 하지 않나, 자기 볼일에 부려먹으려 들지를 않나, 애가 영 글러먹은 거예요. 얼마 동안은 원래 개성질이 그러려니 하고 참았는데 나중엔 도저히 안 되겠더라구요. 그래서 때려치울 작정을 하고 막판에 한번 크게 싸웠죠. 처음엔 말로 시작했는데 걔가 먼저 뺨을 때리는 거예요. 그래서 저도 때렸죠. 그랬더니 또 때리더라구요. 결국엔 서로 치고 받게 되었는데 치사하게 나중에는 두 손으로 제 머리칼을 움켜잡고 뜯더라구요. 신경질이 나서 저도 같이 잡고 싸웠죠. 그런데 어느 순간 머리에서 뜨악 소리가 나면서 강렬한 충격이 오더니 그 다음엔 정신을 잃었어요. 깨어나 보니 병원이더군요. 알고 보니 그 애의 하이힐 굽으로 제가 머리를 맞은 거였어요."

"멀쩡한 사내가 여자랑 머리끄덩이를 잡고 싸우다니… 우진 씨, 아무리 그래도 그건 너무한 것 같은데……."

박창이 가볍게 혀를 차며 설레설레 머리를 흔들었다. 우진은 얼굴이 벌게져서 항변했다.

"전 원래 몸으로 하는 싸움 잘 못해요. 그리고 머리칼은 걔가 먼저 잡았지 전 당하다가 반격한 것뿐이라구요."

"그래서 어떻게 됐어요?"

지혜가 웃음을 참으며 물었다.

"결과적으로는 잘됐죠. 사장님이 직접 병원에 오셔서 사과하고 퇴직금이랑 치료비에다 위로금까지 넉넉히 주셨어요. 따지고 보면 저도 썩 잘한 건 아니니까 그걸로 원만하게 합의 보고 거긴 그만뒀죠. 그 다음에 찾은 직장이 여기구요. 그 애랑의 인연은 그것으로 끝이려니 했는데 무슨 원수가 졌는지 그 뒤에도 가끔 연락해서는 남의 속을 뒤집는 거예요. 그 일로 제가 바보가 되기라도 하면 자기가 곤란해지니까 신경이 쓰인대나 뭐래나 하면서 말이죠."

그 대목에서 마리나가 딱하다는 투로 말했다.

"우진 씨, 생긴 것과 다르게 사람이 왜 그렇게 둔해요? 그 여자애가 우진 씨 좋아하는 거구만."

"그럴 리가 없어요. 걔가 얼마나 저한테 딱딱거리는데요. 좋아하면 잘해줘야 하는 거 아녜요?"

"사람따라 표현법도 다른 거죠. 안 그래요, 지혜 씨?"

"그건 마리나 씨 말이 맞아요. 우진 씨가 너무 눈치없이 자기 마음을 몰라주니까 심통이 나서 그런 것 같아요."

"에이, 설마……."

우진은 도저히 믿을 수 없다며 머리를 짤짤 흔들었다. 그러나 마리나는 확신을 담아 말했다.

"못 믿겠거든 내기해도 좋아요. 이번에 우리가 살아서 지구에 돌아가면 분명히 알 수 있을 거예요."

"그게 언제쯤인가가 문제죠."

지기 싫은 마음에 우진이 무심결에 던진 한마디에 분위기는 단번에 가라앉았다. 마리나와 릴리는 서로의 얼굴을 바라보며 중얼거렸다.

"그건 그렇군. 몇 년쯤 걸리게 되면 문제잖아. 확인이고 뭐고 안 되겠네."

"애인 아니라 부부라도 새 출발 했을걸? 요즘 세상에 누가 기약도 없이 몇 년씩이나 기다리고 있겠어?"

쌍둥이 자매의 말에 박상이 인상을 팍 쓰며 손가락으로 바다를 살짝 가리켰다. 마리나와 릴리는 아차 싶어서 입을 다물었다. 바다는 암울한 얼굴로 고개를 떨구고 있었다. 그의 앙다문 입을 비집고 한 마디 한 마디 또렷하게 말이 새어 나왔다.

"소라는 절대 그럴 리 없어요. 제가 죽었다는 확실한 증거가 나오지 않는 한 절 기다려 줄 겁니다."

나직한 음성이었지만 섣불리 토를 달았다가는 싸움이라도 날 것 같은 기세였다. 아무도 함부로 대답하지 못했다. 곧 박상이 애써 밝은 음성으로 말했다.

"훨씬 뒤의 일까지 미리 당겨서 걱정하지는 맙시다. 어떻게 될지 아직은 모를 일 아닙니까? 다른 건 더 궁금한 것 없습니까?"

우진이 냉큼 말했다.

"저요. 전 지혜 씨께 궁금한 것이 있는데요. 지혜 씨는 항공 우주학에다 컴퓨터 공학 박사 학위까지 취득하셨고 얼마 전까지 유명한 대기업 연구소에 계셨다고 들었는데 그런 좋은 경력을 가지고 왜 무적택배에 엔지니어로 오신 겁니까?"

지혜는 멋쩍게 웃으며 박상과 박창 형제를 가리켰다.

"질긴 정 때문이라고나 할까. 어릴 때부터 바로 옆집에 살면서 같이 자라다 보니 남 같지 않고… 이 맹한 형제를 저라도 나서서 챙겨줘야 할 것 같아서 말이에요. 이 둘의 부모님께 빵이랑 과자도 많이 얻어먹고 정말 신세를 많이 졌어요. 아들만 둘이라 서운하다시며 절 친딸처럼 귀여워해 주셨죠. 이 둘이 '박민당(朴敏堂)' 본점의 아들들인 건 아시죠?"

릴리가 눈을 반짝이며 말했다.

"네. 박민 씨는 20대에 지구연방 제빵 대회 및 주요 대회를 두루 석권한 것으로 유명한 분이잖아요. 우리가 20살 되던 생일 때 달빛시[月華市]에 아빠와 놀러가서 박민당 본점의 케이크를 먹었었어요. 아빠가 특별 주문한 라즈베리 케이크이었는데 정말 환상적인 맛이었죠. 그 꿈 같은 맛이 아직도 잊혀지지 않아요."

지혜는 맹한 형제라는 말 때문인지 묘한 표정을 하고 있는 박상의 얼굴을 곁눈질하고 재빨리 덧붙였다.

"하지만 그게 전부는 아니에요. 새로운 경험도 하고 자유롭게 지내고 싶기도 해서 결정한 거예요. 기업 연구소는 아무래도 분위기가 경직되고 답답하니까……. 전 어머니보다 아버지를 닮아서인지 아버지처럼 자유로운 발명가적 삶이 적성에 맞는 것 같아요."

"지혜 씨 아버님이 발명가세요?"

마리나가 물었다. 지혜 대신 박창이 실실 웃으면서 답했다.

"네. 좋은 분이기는 한데 좀 괴짜시죠. 지혜 누나랑 성격이 붕어빵이라고 생각하시면 될걸요? 어머님은 아주 진지한 과학자신데 지혜 누나는 아버님을 닮았어요. 형이랑 제가 이 사업 시작할 때도 희한한 축하 선물을 주셨죠. 아까 옮겨다 놓은 에너지 변환기가 그분 작품이에요."

"그래서 불만있어?"

지혜가 째려보자 창은 실실 웃었다.

"아니, 좋다는 말이지."

우진은 조종석의 계기판을 돌아보며 납득하는 표정이었다.

"그래서 우주선을 이리저리 개조한 거군요? 처음에는 왜 이렇게 요상한 것들이 많이 붙어 있나 했다니까요."

"덕분에 살아남은 거잖아요."

지혜가 으쓱해하자 바다가 고개를 주억거리고 조그맣게 덧붙였다.

"그건 사실이죠. 과다한 출력이 에너지를 과하게 소모해 버린 것이 유감이긴 하지만."

지혜가 겸연쩍어하며 말했다.

"어쩔 수 없는 문제예요. 새로운 기술이 자리를 잡으려면 수십, 수백 번의 실험을 거쳐야 하는데 기업이 아닌 개인이 그렇게 하긴 어려우니까요."

바다도 그 점은 순순히 인정했다.

"아무튼 감사할 일이죠. 에너지든 뭐든 우선은 살고 나서 생각할 문제니까."

분위기가 다시 무거워지는 듯하자 박창이 다소 과장된 명랑한 음성으로 마라나와 릴리에게 물었다.

"이번에는 제가 질문하죠. 마라나 씨랑 릴리 씨는 아버님의 뒤를 이어 특공대원이었죠? 아직 한창때일 텐데 왜 벌써 제대하셨습니까?"

마라나와 릴리는 서로 눈짓을 주고받더니 릴리가 대답했다.

"군대에서만 일생을 보내는 건 재미없을 것 같아서요. 사회 경험을 해보고 싶었어요. 이왕이면 여기저기 다닐 수 있는 모험적인 일이면 좋겠다고 생각했는데 마침 여기서 사람 구하는 걸 보고 응시했던 것이구요."

그런데 마라나가 시니컬한 미소를 머금더니 말했다.

"사실 그건 대외용 발언이고 진짜 이유는 따로 있어요."

"마라나, 그건 좀······."

릴리가 곤란한 기색으로 마라나를 쳐다보았지만 마라나는 태연했다.

"지금 같은 상황에서 숨길 거 뭐 있어?"

"진짜 이유가 대체 뭐길래 그러십니까?"

우진이 궁금해했다. 마라나는 주먹을 부르쥐며 비장한 표정을 지었다.

"우린 민간인 남편을 얻고 싶었어요. 군인 아빠의 폐해를 온몸으로 느끼며 살아왔기 때문이죠. 특공대가 너무나도 체질에 맞은 나머지 뼛속까지 특공 정신이 배어 있는 아빠 덕분에 우리 자매는 어릴 때부터 특공대원이나 다름없이 살아왔어요. 새벽에 기상해서 운동으로 하루 일과를 시작하는 건 기본이고 강한 자만이 살아남는다는 기치 아래 온갖 특공 무술을 섭렵해야 했고 다른 아이들이 즐겁게 보내는 방학 기간에 우리는 오지에서 생존 훈련을 해야 했죠."

지혜가 뜨악해서 물었다.

"어머니께서 말리지 않으셨어요?"

그러자 릴리는 깊은 한숨을 내쉬었다.

"엄만 너무 일찍 돌아가셨어요. 우리가 4살 때 불의의 사고를 당하셨죠. 그 일이 아빠의 어긋난 정열에 불을 붙이고 말았어요. 아빤 늘 말씀하셨죠. 엄마가 특공 무술만 익혔어도 그렇게 돌아가시지는 않았을 거라고. 우리를 강하게 키우겠다고 엄마의 장례식에서 엄숙하게 맹세하셨던 그때 우리의 운명은 결정나고 말았어요."

마리나가 쓴웃음을 지으며 말했다.

"어릴 땐 그게 너무 싫어서 어른이 되면 당장 독립해서 그런 일과는 담 쌓고 살 거라고 생각했었는데 우리도 모르게 체질이 되어 있더라구요. 결국 둘 다 아빠의 뜻을 이어받아 특공대로 들어갔죠. 하도 단련이 잘되어 있어서 특공대 들어가도 하나도 어려운 일이 없더군요."

릴리가 키득거리며 덧붙였다.

"그래서 우리 별명이 준비된 특공대원이었다는 것 아니겠어요."

박창이 물었다.

"그럼 아버님께서 두 분이 제대하는 것에 대해 뭐라고 하시지 않던가요?"

"별말씀없으셨어요. 우리가 어릴 때는 굉장히 무서운 아빠였는데 요즘은 퍽 관대해지셨거든요. 잘 생각해서 알아서 결정하라고 하시더군요."

마리나의 대답에 이어 릴리가 말했다.

"이젠 우리 둘이 힘을 합하면 아빠에게 이겨요. 일 대 일은 아직 무리지만."

지구에 혼자 남아 있을 아버지 생각을 해서인지 릴리의 표정이 잠깐 흐려졌다. 하지만 그녀는 이내 생긋 웃으며 화제를 돌렸다.

"우리 이야기는 이것으로 끝이에요. 전 한바다 씨에게 질문할게요. 한바다 씨는 우주군 조종사였다고 들었는데 무엇 때문에 제대하셨어요? 전에도 물었지만 대답해 주지 않으셨죠?"

바다는 짧게 한숨짓고 무겁게 입을 열었다.

"제대하기 전에 저는 테스트 파일럿으로 복무하고 있었습니다. 신형함의 성능을 시험하는 임무를 맡고 있었지요. 그런데 새 중형함의 성능 테스트 도중에 큰 사고가 일어나서 그때 저와 함께 있던 동료 여럿이 사망하거나 다쳤고 저도 크게 부상을 입었습니다. 아내 소라와는 그때 입원했던 병원에서 만났습니다. 절 담당한 의사였거든요. 몸의 부상은 회복되었지만 마음의 상처는 쉽게 치유되지 않더군요. 아무리 노력해도 그날의 악몽에서 벗어날 수가 없었습니다. 그래서 퇴원과 동시에 제대하게 된 겁니다."

바다의 이야기를 듣고 있던 박상이 혼잣말처럼 중얼거렸다.

"그러고 보면 우리들 모두는 사고와 무관하지 않은 사람들이군요."

"네? 뭐라고 하셨어요?"

잘 듣지 못한 우진이 물었지만 박상은 머리를 흔들었다.

"아무것도 아닙니다."

그때 대형 모니터를 응시하고 있던 마리나가 화제를 바꾸었다. 그녀의 말투는 군대에서 보고할 때처럼 경직되어 있었다.

"도시 외곽 지역 성채의 깃발들이 차츰 바뀌고 있습니다. 우리가 왔을 당시에는 흰 바탕의 깃발이 대부분이었는데 지금은 황색 깃발이 여럿 생겼는데요?"

그녀의 말에 모두의 주의는 바깥의 상황으로 쏠렸다. 마리나가 본 것처럼 외부에 어떤 판도 변화가 일어나고 있는 것이 분명했다.

"역시 반란이나 전쟁인 걸까?"

박상이 턱을 괴고 심각하게 중얼거렸다. 우진은 사태를 낙관적으로 해석하려 애썼다.

"역시 아까 릴리 씨가 말한 것처럼 우리들의 우주선에 깔려 죽은 여기 지도자가 좋은 사람은 아니었나 봐요."

"지금으로선 그 추측이 맞기를 바랄 수밖에 없겠군요."

박상은 쓰게 대꾸하고 등받이에 몸을 깊숙이 묻었다. 뒤늦게 식곤증이 몰려오는 것인지 갑자기 눈꺼풀이 무거워지며 견딜 수 없이 피곤했다. 그 모습을 본 지혜가 사람들에게 말했다.

"지금처럼 다같이 모여 있을 게 아니라 교대로 휴식을 취하는 게 어떻겠어요? 이러고 있는다고 당장 방법이 생길 것도 아니고 쉬면서 기력을 보충하는 편이 나을 것 같은데."

마리나가 동의를 표했다.

"그게 좋겠네요. 진득하게 기다리려면 체력이 필요하죠."

그래서 바다와 마리나, 박창 세 사람이 통제실에 남아 있고 박상 등 네 사람은 그곳을 나와 침실로 향했다.

"피곤하긴 한데 잠이 올지 모르겠어."

복도에서 지혜가 나지막이 말했다.

"잘될 거야. 그런 최악의 상황에서도 살아남았잖아?"

박상은 억지로 긍정적인 태도로 가장하며 지혜를 격려했다. 자신의 방문을 열고 들어가려던 우진이 말했다.

"전 말이에요, 옛날에 그런 생각을 했어요. 만약에 세상이 전쟁 같은

걸로 멸망하거나 큰일이 터진다면 힘들게 살아남아서 고생하느니 단번에 깨끗하게 죽는 게 낫겠다구요. 그런데 막상 그와 비슷한 상황에 처하니까 뒷일이야 어찌 되든 살겠다고 기를 쓰게 되데요. 참 웃기죠?"

박상은 피식 웃고 우진의 어깨를 툭 쳤다.

"세상이 망한 건 아니죠. 세상이 바뀐 거지. 힘냅시다. 살아가려면 그 수밖에 없어요."

우진은 애매한 얼굴로 얌전하게 고개를 끄덕이고 방으로 들어갔다. 박상은 지혜와 릴리가 방으로 들어가는 모습을 지켜보고 자신도 방으로 들어갔다.

우주선의 침실은 1인용 침대와 벽장, 작은 테이블이 붙어 있는 작고 기능적인 방이었다. 전날 그가 일어나서 나간 그대로인 방을 보면서 박상은 잠깐 동안 이상한 감흥에 잠겼다. 침대에 눕기 전 습관처럼 근무복을 벗으려던 그는 이내 한숨과 더불어 다시 그것을 채워 입었다. 언제 무슨 일이 닥쳐 통제실로 뛰어나가야 할지 모르는 상황이다. 신발만 벗고 침대에 드러누웠는데 자꾸 마음이 심란해졌다.

"젠장, 꿈이라면 좋겠어."

꿈이라면, 한숨 자고 일어났을 때 모든 것이 정상으로 돌아와 있다면 더 바랄 것이 없을 것 같았다. 꿈이기를 간절히 바라며 박상은 눈을 감았다.

어렴풋이 잠이 들었는데 통제실에서 바다가 비상 벨을 누르고 다급한 음성으로 연락을 보내왔다.

[어서들 나오세요! 우주선 바깥에 사람들이 몰려오고 있습니다!]

박상은 그 소리를 듣자마자 튕겨나가듯이 침대에서 벌떡 일어났다. 복도로 나가니 지혜와 우진, 릴리도 방에서 나오는 참이었다. 통제실로 서둘러 달려들어 간 그들은 모니터부터 바라보았다.

십수 명의 사람들이 우주선 뒤편의 하얗게 타버린 정원으로 들어서고 있었다. 그들의 선두에는 허리까지 오는 긴 검은 머리칼을 늘어뜨린 젊은 여자가 있었는데 발끝까지 길게 끌리는 하얀 옷을 입고 팔뚝에 고리형 팔찌를 차고 있는 것으로 보아 높은 신분의 사람인 것 같았다. 우주선 쪽으로 느릿하게 다가온 사람들은 어느 정도의 거리에 이르자 멈춰 섰다. 무적택배 사람들은 숨을 죽이고 그들을 지켜보았다.

"뭐 하려는 걸까요?"

릴리가 말라 버린 입술을 혀로 축이며 중얼거렸다. 그녀의 음성은 긴장으로 갈라져 있었다. 우진이 말했다.

"무기를 들고 있지 않은 것으로 봐서 적대적이지는 않을 것 같아요"

우진의 말처럼 여자와 사람들에게 무기로 보이는 것은 없었다. 선두에 선 여자는 양손을 모으고 고개를 숙이며 큰 소리로 무어라 말하기 시작했다. 그녀의 뒤에 선 사람들은 그녀의 동작에 맞추어 일제히 몸을 숙이고 바닥에 엎드렸다. 바닥이 온통 하얀 재투성이라 그들이 움직일 때마다 풀썩거리며 눈처럼 재가 일어났지만 누구도 그런 것에 신경 쓰지 않는 기색이었다.

"절을 하는 것 같은데요? 일단은 좋은 징조인 셈인가?"

우진의 추측에 박창이 찜찜한 듯 중얼거렸다.

"그런데 사람들 손가락이……."

여자를 제외한 사람들은 무릎을 꿇고 상체를 바닥에 완전히 엎드린 자세로 팔을 구부려 양손을 하늘을 향해 들고 있었는데 그들 모두 양손의 가운뎃손가락을 세워 들고 있었다.

"우리더러 엿 먹으라는 건가?"

박창이 팔짱을 끼며 심각한 태도로 말하자 우진이 핀잔을 주었다.

"문명이 다르잖아요. 지구만 해도 옛날에는 뺨 때리는 것이 인사였던 곳도 있고 침 뱉는 인사를 했던 곳도 있대요. 그런데 손가락 세우는 게 뭐 어떻다고 그래요?"

"그런 식으로 보자면 절하는 것도 지구와는 다른 의미로 볼 수 있겠네요?"

박창의 비딱한 대꾸에 우진은 머리를 흔들었다.

"그건 다르죠. 저렇게 고개를 푹 숙이고 엎드린 자세는 몸이 완전히 무방비가 된다구요. 적대적인 포즈치고는 너무 위험하죠."

여자는 크고 낭랑한 음성으로 계속 무어라 말을 했고 엎드린 사람들은 어느 대목에서 목소리를 합해 영창하듯 말하고 일어났다. 그리고 다시 엎드렸다. 무적택배 사람들은 이제 어떤 일이 일어날 것인지 숨을 죽이고 그들을 지켜보았다. 그런데 그때부터 여자와 사람들은 같은 행동을 몇 번이고 반복했다.

한참이 지나도록 변화가 없자 모두들 맥이 풀리기도 하고 지루해질 지경이었다. 마리나가 갑갑해하며 짜증을 냈다.

"도대체 저게 뭐 하는 걸까요? 아까부터 계속 저러고만 있으니 더 초조해지잖아요."

답답하기는 다른 사람들도 마찬가지였다. 박창이 지혜에게 물었다.

"지혜 누나, 무슨 말을 하는지 알아낼 수 없어?"

지혜는 컴퓨터로 언어 통역 시스템을 점검하고 말했다.

"지금은 저쪽 언어에 대한 데이터가 전무해서 통역이 안 돼. 데이터가 어느 정도 축적될 때까지는 기다릴 수밖에."

릴리는 잠 기운이 남아 퉁퉁 부은 눈을 비비면서 불평했다.

"말이라도 알아들을 수 있으면 좋을 텐데 너무 답답하네요."

박상은 맥 풀린 듯 피곤한 얼굴로 눈을 감고 손가락으로 관자놀이를 꾹꾹 눌렀다. 마리나가 박상 등에게 말했다.

"네 분은 방에 가서 더 주무세요. 지금으로서는 당장 상황이 바뀔 것 같지 않네요. 번갈아가며 체력을 보충합시다."

"그게 좋겠군요."

박상과 우진 등은 고개를 끄덕이고 방으로 돌아갔다.

두 팀으로 인원을 나누어 교대로 일부는 잠을 자고 일부는 통제실을 지키는 동안 하루가 가고 날이 저물었다. 이튿날 날이 밝은 후 그들은 통제실 한쪽 구석에 세 면을 유리로 막아 테이블과 의자를 놓은 소회의실 겸 휴게실에 모여 앉아 아침을 먹었다. 불안과 긴장 때문인지 식욕이 없고 배도 고프지 않아 다들 먹는 둥 마는 둥 했다. 그동안에도 모두의 시선은 자주 모니터를 훑고 있었다.

상황은 어제와 비슷했다. 달라진 점이라면 멀리 보이는 도시 외곽의 성채에 걸린 깃발들이 대체로 새로운 종류로 바뀌어 있고 도시 안쪽에 점재한 요새처럼 보이는 높은 건물들에서도 깃발이 바뀐 곳이 늘어났다는 정도였다. 특히 이들의 우주선이 올라서 있는 언덕을 향해 그 깃발들이 점진적으로 다가오는 것은 확연해 보였다. 어스름한 새벽의 대기에 둘러싸인 도시의 정경을 바라보던 박상이 중얼거렸다.

"아무래도 세력 판도가 바뀌고 있는 모양인데? 도시 외곽에서 밀고 들어온 세력이 이겨가고 있는 것 같군요."

마리나가 고개를 끄덕였다.

"우리가 짐작했던 것처럼 이 건물에 있던 도시의 지배자가 폭군이었나 봐요."

"문제는 도시 안으로 밀고 들어오는 사람들이 우리에게 어떻게 나오느냐겠죠."

지혜는 근심 어린 눈길로 모니터를 바라보았다. 우진이 우주선 후방을 비추는 모니터들을 가리키며 말했다.

"적어도 우리 우주선의 뒤편에 와 있는 사람들과 같은 편인 건 분명해요. 전혀 동요하지 않고 저러고 있잖습니까."

전날 오후에 처음 모습을 드러낸 이래 여자와 사람들은 줄곧 그곳을 지키고 있었다. 그들은 잠깐씩 쉬어가면서 큰절과 낭송을 지치지도 않고 반복하고 있었다.

박상은 숟가락을 놓고 일어나 선장석으로 가서 선장석 앞에 놓인 컴퓨터로 언어 통역 시스템의 통역 가능률을 살펴보았다. 아직 20%에도 못 미치는 상황이었다. 그나마 전혀 생소한 언어이므로 컴퓨터의 오차 범위가 클 수밖에 없다는 점을 고려하면 실제로는 10% 내외가 될까 말까로 보는 편이 나을 정도였다. 역시 우주선 뒤에 와 있는 십수 명의 사람들의 입에서 흘러나오는 말들만으로는 부족한 모양이었다.

"여기 상황을 조금이라도 제대로 파악하려면 시간이 더 필요하겠습니다. 초조하지만 조금만 더 참고 기다립시다."

벌써 몇 번이나 같은 말을 반복하고 있는 것인지……. 스스로도 지겹다는 생각이 들었으나 달리 해줄 수 있는 말이 없는 것도 사실이었다.

'우리가 살아남은 것이 과연 행운일까?

차마 입 밖에 낼 수 없는 불안한 질문을 자신에게 던지며 박상은 모니터가 담아내는 도시의 전경을 암담한 시선으로 훑었다.

■ 제2장

신의 화살

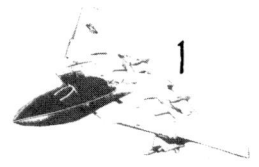

1

　지루하고 초조한 시간이 흐르고 또 하루가 지나 추락 사흘째를 맞이했다. 식사 시간을 제외하고 두 개 조로 나뉘어 통제실을 지키고 잠을 자는 터라 일곱 명 모두가 얼굴을 마주하는 시간은 얼마 되지 않았다.

　일행의 말수는 전날보다 줄어 있었고, 식욕 또한 마찬가지였다. 박상이 끓인 닭죽을 묵묵히 입에 떠 넣으면서 그들의 눈은 끊임없이 모니터들을 탐색하고 있었다.

　"저기 7번 모니터 좀 보세요!"

　우진이 큰 소리로 말했다. 우주선 후방을 비추는 모니터였다. 여자와 사람들이 있는 곳으로 새로운 사람들이 등장하고 있었다.

　"형, 무기를 들고 있어."

　박창은 숟가락을 툭 떨어뜨리고 불안해했다. 박상이 황급히 사람들에게 지시했다.

"각자 자리에 가서 대기합시다."

그들은 식사를 멈추고 자신들의 자리로 달려갔다.

"더 확대해서 잡아봐요."

박상의 지시에 따라 후방의 모습이 대형 모니터에 비춰졌다. 새로 나타난 사람들은 어림잡아 수십 명은 되었고 갑옷 같은 것을 입고 저마다 무기를 들고 있었다. 그들의 선두에는 젊은 남자가 있었다. 짙은 갈색 피부에 창백하게 빛나는 백색 머리칼을 늘어뜨린 그는 그 낯선 피부 색에도 불구하고 아름답다고 느껴지는 인물이었다.

"누굴까요?"

마리나가 긴장하여 소곤거리듯 말했다. 특별히 누군가에게 물은 것은 아니었으나 우진이 대답처럼 말했다.

"저 사람들의 대장이겠죠. 딱 감이 오잖아요."

다른 사람들의 눈에도 우진의 예상이 타당해 보였다. 예사롭지 않은 인상을 풍기는 그 젊은 남자는 먼저 와 있던 검은 머리칼의 여자에게 다가가 한 손을 가슴께에 대고 살짝 고개를 숙여 인사했다. 그리고 그녀와 낮은 소리로 뭔가 이야기를 나누었다. 박상은 언어 통역 시스템을 점검했다. 해독률은 30%에도 미치지 못하고 있었다.

'이 상태로는 의사 소통이 원활하지 못하겠는데…….'

그렇게 생각하며 다시 모니터로 눈을 돌렸을 때 젊은 남자와 그를 따라온 무장한 사람들은 무적택배호를 향해 고개를 조아리고 있었다. 우진이 안도하며 모두를 돌아보았다.

"다행이다. 적대적인 세력은 아닌가 봐요."

"그걸 어떻게 확신해요?"

릴리는 여전히 불안한 얼굴을 하고서 자신의 앞에 있는 무기 제어

장치에서 손을 떼지 않았다. 쌍둥이 자매답게 마리나 역시 똑같은 자세로 대기 중이었다. 그녀들의 긴박한 모습에서는 언제라도 무기를 발사할 수 있는 마음의 자세가 엿보였다. 박창이 박상에게 말했다.

"어쩌지? 이대로 보고 있어도 될까?"

박상은 입을 꾹 다물고 심각한 눈빛으로 생각에 잠겼다. 언제까지나 우주선 안에 틀어박혀 있을 수 없는 것은 자명했다. 당장 우주선의 에너지는 점차 바닥을 드러내고 있는 판이었다. 그것이 아니라도 이런 상태로 오래 갇혀 있다가는 제풀에 지쳐 무슨 일이 날지 몰랐다. 불안에 질린 나머지 우주선에 장착된 무기라도 발사하는 날이면 사태는 걷잡을 수 없어질 것이다. 박상이 마침내 입을 열었다.

"제가 나가보겠습니다."

그의 말에 다들 깜짝 놀랐다. 지혜가 만류했다.

"위험할지도 몰라. 언어 통역 시스템도 미비한데 무슨 일이라도 생기면 어쩌려고 그래?"

"언어 통역 시스템이 제대로 작동되기까지 기다리자면 여기서 한 달 넘게 있어도 될까 말까야. 그때까지 우주선에 머물 수도 없고 또 어떻게든 이 상황의 돌파구를 뚫어야 해. 저쪽의 책임자가 왔을 때 인사를 해두는 것이 좋을 것 같아."

우진이 그의 말에 찬성했다.

"그 말씀이 옳은 것 같습니다. 그렇지만 이런 상황에서 나설 결심을 하시다니 사장님, 정말 용감하시네요."

우진의 칭찬에도 박상은 반응을 보이지 않고 자리에서 일어나 긴장한 태도로 동료들을 둘러보며 말했다.

"제가 나가는 대신 앞으로 이곳에 머물러 있는 동안 무적택배사의 사장으로서, 또 선장으로서 저를 중심으로 행동할 것을 약속해 주십시오. 우리는 현재 낯설고 불확실한 상황 속에 던져져 있고 숫자도 7명이 고작입니다. 우리끼리 분열하는 일이 있어서는 안 됩니다."

그 말에 반대하는 이는 아무도 없었다. 오히려 이 어려운 상황에서 박상이 리더로서 책임을 자임하고 나선 것에 안도하는 기색들이었다. 바다가 말했다.

"사장님께서 그렇게 말씀해 주시니 조금은 마음이 놓이는군요. 사장님의 말씀대로입니다. 우리가 흩어져서는 될 일도 안 됩니다. 저는 사장님을 믿고 따르겠습니다."

우진이 뒤를 이었다.

"저도 바다 형과 같습니다."

마리나와 릴리도 동시에 고개를 주억거렸다. 모두의 의견이 모이자 박상이 동료들에게 말했다.

"모두 동의해 주시니 고맙습니다. 그럼 저 사람들이 저곳을 떠나기 전에 만나봐야 할 테니 지금 나가보겠습니다."

"잠깐만요."

마리나가 박상에게 다가와 길쭉한 금속 작대기를 내밀었다.

"레이저 검이에요. 사용법은 아시죠?"

"예."

박상은 쭈뼛거리며 그것을 받아 들었다. 박창도 자리에서 일어났다.

"형, 잠깐 기다려."

부리나케 통제실을 나갔다가 돌아온 박창의 손에는 금속제 냄비 뚜껑이 들려 있었다. 의아해서 쳐다보는 형에게 박창은 심각한 표정으로 말했다.

"혹시 모르니까 이걸 우주복 안에 넣어서 가슴을 가리고 가."

박상은 어이없어하며 냄비 뚜껑을 보았다. 우주복 안에 이것을 넣으면 꽤나 우스운 모양새가 될 것이 뻔해 보였다.

"…우주복이 방어해 줄 텐데 그냥 이대로 가면 안 될까?"

그런데 뜻밖에도 마리나가 박창을 거들고 나섰다.

"우주복은 레이저 무기나 타격을 막는 데는 뛰어나지만 검과 같은 날이 있는 무기에는 취약해요. 에너지 방패가 효과적이긴 하지만 에너지 소모가 많아서 지금 사용하기 그러니까 그거라도 우주복 안에 넣고 가시는 게 좋겠어요."

결국 박상은 우주복 안에 냄비 뚜껑을 넣어 가슴에 대고 나가게 되었다. 비록 현재의 통역률은 낮지만 약간의 말이라도 통하기를 기대하며 우주선의 언어 통역 시스템과 연결된 헤드폰식 통역 장치를 머리에 쓰고 헬멧도 썼다. 조수와 수정은 만약의 사태에서 그를 보호하는 임무를 띠고 딸려보내기로 했다. 통제실을 나가기 전 박상은 남은 사람들에게 단단히 당부했다.

"제가 지시하기 전에는 절대 우주선의 무기를 사용해서는 안 됩니다. 최악의 경우에도 조수와 수정이 조치를 할 테니까 대기하고 있으세요. 특히 마리나 씨와 릴리 씨, 무기 제어 계기판에서 손 좀 떼고 있으세요."

"네."

마리나와 릴리는 계면쩍은 얼굴로 배시시 웃으며 조금 물러나 앉았다. 박상은 그것을 확인하고서야 통제실을 나갔다. 우주선 측면의 출입구는 통제실에서 가까워 만일의 경우 위험할지도 모른다는 판단에 따라 박상은 화물칸을 지나 우주선 뒤쪽의 출입구로 갔다. 박창 등은 내부 모니터를 통해 박상이 우주선 복도를 걸어가는 모습을 지켜보았다.

리더를 자처하며 자원해서 나섰지만 박상이라고 두렵지 않을 까닭이 없었다. 그의 걸음은 누군가에게 억지로 끌려가는 사람마냥 불안정하고 무거웠다. 미적거리면서 출입구로 다가간 박상은 스위치에 손을 대고 문을 열려고 했다. 그런데 문은 꼼짝도 하지 않았다. 몇 번을 시도해도 결과는 같았다.

"문에 이상이 생겼나 보군. 젠장, 이래서 화물을 버릴 수 없었던 것이로군."

박상이 웅얼거리는데 헤드폰을 통해 박창의 음성이 들려왔다.

[형, 왼발로 힘껏 차버려.]

그의 말 뒤로 마리나의 목소리도 들렸다.

[농담하지 마세요. 저게 발로 찬다고 열려요?]

그 순간 박상은 왼발을 번쩍 들어 문을 힘껏 걷어찼다. 쾅 소리가 나며 문이 아래로 떨어져 나갔다.

[세상에! 어떻게 한 거예요?]

마리나와 릴리의 놀란 외침이 들렸지만 박상에게는 그런 것쯤 아무래도 좋았다. 문짝이 떨어져 나간 자리를 통해 정원 뒤쪽에 모여 있는 사람들과 시선이 마주친 것이다. 하기는 그렇게 요란한 소리가 났으니 주의가 쏠릴 만도 했다.

건물을 태우고 부수면서 들이받고 올라선 터라 우주선에서 바닥까지는 꽤 높이 차이가 있었다. 박상은 잠시 눈을 감고 크게 숨을 들이마신 뒤 우주복 등에 달린 부스터를 작동시켜 아래로 내려갔다. 수정과 조수도 그를 따랐다.

[형, 힘내!]

[조심해, 상아!]

박창과 지혜의 격려도 그에게는 먼 세계의 소리처럼 아득하기만 했다. 이 별 사람들의 시선을 느끼며 걸음을 떼는데 몸이 말을 잘 듣지 않아 움직임이 어색했다.

뻣뻣하게 굳어서 꺼떡거리며 힘겹게 한 발짝 한 발짝 걸음을 떼는 그의 모습을 바라보며 통제실 사람들은 조마조마해했다.

"형, 꼭 관절 인형 같아."

박창이 침을 꿀꺽 삼키며 중얼거렸다.

어렵사리 앞으로 걸어나간 박상은 사람들의 표정을 파악할 수 있을 정도의 거리에 이르자 멈춰 섰다. 정원에 있던 사람들은 일제히 고개를 조아리거나 가운뎃손가락을 세우고 엎드렸다.

이제 어떤 일이 일어날 것인가? 통제실에 남은 사람들은 숨 막히는 긴장감 속에서 모니터를 뚫어져라 지켜보고 있었다. 그런데 박상은 석고상처럼 굳어서 가만히 있기만 했다.

침묵이 지속되자 박상의 앞에 있는 사람들도 조금 이상했던지 묘한 표정으로 살며시 고개를 들었다. 그럼에도 박상이 미동도 하지 않고 가만히 있자 처음에 사람들을 이끌고 와서 있던 젊은 여자가 먼저 입을 열었다. 박상이 머리에 쓰고 있는 언어 통역 장치의 헤드폰을 통해 그녀의 말이 통역되었다. 통제실의 사람들도 스피커의 볼륨을 최대한으로 해놓고 통역되어 나오는 말을 들었다. 그러나 아직 통역률이 낮은 까닭에 단편적으로만 의미가 전달될 뿐이었다.

"…영광입니다. 저는 파디아입니다……."

박상은 파디아가 그녀의 이름인지 아니면 어떤 직위를 나타내는 것인지 헷갈려 하면서 헤드폰으로 들리는 말에 신경을 집중했다. 신, 기쁨, 해방… 등의 몇몇 단어가 그의 주의를 끌었다.

여자가 말을 마치자 이번에는 백색 머리칼의 남자가 공손한 태도로 말을 시작했다. 시작은 비슷했으며 그는 자신을 '오텐 베르테스' 라고 말했는데 역시 이름인지 지위인지는 분명치 않았다. 그러나 간간이 전달되는 의미로 그가 뒤에 있는 사람들을 이끌고 온 지도자, 또는 지휘관이라는 것은 알 수 있었다.

그의 말이 끝난 뒤에도 박상은 대답이 없었다. 과도한 긴장으로 입을 뗄 수 없을 만큼 얼어붙어 있는 것이었다. 답답해진 박창이 박상에게 메시지를 보냈다.

[형, 뭐 해? 뭐라고 말을 해야 할 것 아냐!]

동생의 재촉에 박상은 정신을 차리고 얼굴을 번쩍 들었다. 하지만 사람들의 기대에 찬 뜨거운 시선을 마주하자 다시금 목이 꽉 잠겨 버렸다.

[사장님, 정신 차리세요!]

귓전을 윙윙거리는 동료들의 다그침에 박상은 억지로 목소리를 짜냈다. 입술이 파르르 떨리면서 떨어지지 않는 것을 간신히 비집고 마침내 그의 입에서 말이 나왔다.

"굿 모닝……."

곧 헤드폰과 연결되어 박상의 입술 앞에 대어진 작은 마이크를 통해 이 별 사람들의 언어로 통역된 음성이 나왔다. 박상의 말보다 약간 늦게 시차를 두고 흘러나온 음성은 박상 자신의 음성을 처리하여 통역하는 시스템인 까닭에 언어는 다를지언정 거의 그의 음성이라 할 수 있었다.

사람들은 어리둥절한 얼굴로 박상을 멀뚱멀뚱 바라보았다. 통제실에서는 다들 절망에 빠져 머리를 감싸 쥐고 있었다.

　"그게 대체 뭔 소리야, 형?"

　박창이 괴로워하며 중얼거리는데 파디아라는 여자가 잔잔히 미소 지으며 박상에게 답했다. 통역 시스템을 통해 들려온 그 말은 '아름다운 아침'이었다.

　"다행이다. 의미가 통했나 봐요."

　우진이 안도의 한숨을 내쉬었다. 지혜는 긴장 때문인지 입을 꽉 다물고 코끝을 살짝 잡아당기는 동작을 반복하고 있었다.

　한편 박상은 여자의 미소에 크게 용기를 얻었다. 그 미소는 부드럽고 공손한 느낌을 분명히 전달하여 그녀가 전혀 적의를 품고 있지 않다는 것을 깨닫게 해주었다. 그는 자신이 하려고 생각해 두었던 말들을 천천히 입 밖에 냈다. 자신의 이름을 말하고 우주선을 가리키며 자신이 그것의 책임자라고 하자 어느 정도 의미가 통했는지 여자와 남자, 그리고 그 외 사람들 모두 대충 이해하는 표정들이었다. 박상은 마지막으로 하얀 머리칼의 남자를 향하여 '잘 부탁한다'는 말을 덧붙였다. 파디아라는 여자의 경우에도 뭔가 고귀한 신분의 사람일 것이라는 짐작은 들었지만 오늘 새롭게 등장한 이 남자는 그에 더해 군사적인 힘을 가진 실질적 책임자, 말하자면 반란군의 대장 같은 사람일 것이라는 생각이 들어서였다. 남자는 무엇 때문인지 잠시 크게 당황한 기색을 보이더니 금세 얼굴이 상기되었다. 그는 뭐라 대답하며 한 손을 가슴에 얹고 고개를 숙였다. 그의 말은 대충 짐작컨대 열심히 하겠다는 뜻으로 들렸다.

　"아직 저 안에 할 일이 있어서 들어가겠습니다."

이 말이 적절히 통역이 되었든 말았든 상관없이 박상은 그들에게서 돌아섰다. 상상했던 최악의 상황이 일어나지 않은 것은 천만다행이었으나 더 오래 이곳에 머물기에는 그의 의지력이 한계 치에 이르러 있었다. 박상은 나올 때보다 몇 배는 빠른 걸음으로 우주선을 향해 걸어갔다. 조수와 수정은 통제실에서 내리는 지혜의 명령을 받아 박상의 뒤를 따르며 그를 보호했다. 나올 때 이용했던 우주선의 출입구에 이르자 박상과 수정은 부스터를 이용해 올라갔고 조수는 뒤에 남아서 박상의 발길질에 떨어져 나간 문짝을 원래의 자리에 대고 용접으로 막기 시작했다.

우주선으로 들어온 박상은 뛰다시피 내부 복도를 지나 통제실로 돌아와서 길게 한숨을 토하고 헬멧을 벗었다. 그의 얼굴은 하얗게 질려 있었고 머리칼까지 식은땀으로 온통 젖어 있었다. 지혜가 그에게 다가가 가볍게 포옹했다.

"잘했어."

박상은 그 말에 겨우 고개를 끄덕이고 진지한 눈빛으로 박창을 비롯한 동료들의 얼굴을 둘러보다가 입을 뗐다. 아직도 흥분과 긴장이 가시지 않은 듯 그의 목소리는 가늘게 떨려 나왔다.

"일단… 저 사람들이 우리에게 적대적이지 않다는 것은 확인했습니다. 하지만 이제부터가 진정한 시작입니다. 여러분, 우리는, 우리들 모두는… 뭉쳐야 합니다. 뭉치면 살고… 흩어지면 죽습니다."

듣고 있던 박창이 멀뚱한 표정으로 말했다.

"형, 목소리 떨리는 게 꼭 한국 초대 대통령 이승만 같애."

박상은 기껏 분위기를 잡고 심각하게 말하는데 박창이 찬물을 끼얹자 박상은 기특한 동생을 째려보았다. 지혜가 딱해하며 물었다.

"그렇게 떨 거면서 왜 나가겠다고 자원한 거야?"

박상이 나가 있는 동안 얼마나 코끝을 만지작거렸던지 지혜의 코는 술이라도 마신 사람처럼 빨개져 있었다.

"누가 언제 나가든 나가야지 언제까지나 이 안에 틀어박혀 있을 수는 없잖아. 조종사들은 우주선을 모는 데 꼭 필요하니까 절대 내보낼 수 없고 마라나 씨나 릴리 씨는 자칫하면 무기부터 휘두를지 모르니 불안해서라도 안 되겠고, 그렇다고 너나 창 녀석을 내보낼 수도 없잖아."

이제야 긴장이 풀리는지 박상의 얼굴에 조금씩 핏기가 돌아오고 있었다. 그때 모니터를 통해 뒷문을 용접기로 막고 있는 조수를 본 마리나가 물었다.

"그런데 아까 저 문을 어떻게 떼어내신 거예요? 저게 발 힘으로 가능한 일이 아니잖아요?"

박창이 실실 웃으며 형을 대신해서 대답했다.

"형이 발 힘이 좀 세요."

마라나는 도저히 못 믿겠다는 표정으로 콧잔등에 주름을 지었다.

"발 힘이 아무리 세어도 그렇지 어떻게 저게……?"

그러나 못 들은 척 박상은 다른 곳을 보며 딴청을 부렸다. 그러고 있는데 바다가 다른 이야기를 꺼냈다.

"아무튼 이야기가 잘 풀렸으니 우주선을 버리고 달아나지 않아도 되겠군요."

"일단은요. 궁극적으로는 바깥의 상황이 어떻게 정리되느냐에 달려 있다고 봐야겠지요."

박상이 잠정적으로 말했다.

모니터로 보이는 외부 상황은 어제보다 전투가 줄어들고 차츰 정리되어 가는 것처럼 보였지만 지금까지도 시가지 곳곳에 연기가 오르고 있고 소란이 이어지고 있었다. 우진이 말했다.

"지금까지의 전개를 정리해 보면 당장의 안전은 확보했지만 아직 안심하기에는 이른 것 같네요. 우리의 짐작이 맞다면 바깥의 사람들은 이제 막 이 도시로 진입했어요. 이 건물의 위치나 규모를 볼 때 여기에 도시의 지배자와 그 부하들이 있었을 가능성이 커요. 우리가 이 건물을 뭉개면서 착륙하는 과정에서 군을 지휘할 사람들이 대거 사고를 당했을 것이고 그것이 결과적으로 저 사람들에게 크게 도움을 준 것이겠죠. 그렇다면 저 사람들과 우리는 공동운명체가 되는 셈이에요. 즉 저들이 다시 적에게 밀려나면 우리도 끝장날 거라는 거죠. 그렇게 되면 설령 무사히 달아날 수 있다손 쳐도 우주선은 포기해야 돼요."

우진의 말을 경청하고 있던 바다가 걱정스레 물었다.

"그럼 앞으로 어떻게 해야 하지?"

"그것까지는 저도 모르겠어요."

우진은 자신없는 얼굴로 고개를 저었다. 그러자 마리나가 말했다.

"저와 릴리가 에어 바이크로 주변을 정찰해 보죠. 지금 이 도시와 우리가 어떤 상황에 있는지 더 자세히 알아볼 필요가 있겠어요."

"위험하지 않겠습니까?"

박상이 염려했으나 마리나는 자신있게 말했다.

"이곳 사람들의 무기에 총포류가 없는 건 확실하니까 고도를 높이 잡으면 괜찮을 겁니다. 또 우리 에어 바이크에는 카메라가 달려 있으니까 우주선에 화면을 전송하면 자세히 분석할 수도 있을 테구요."

"위험하지만 않다면 그게 좋겠습니다. 크게 도움이 될 겁니다."

바다는 마리나의 의견에 적극 찬동했다. 박상이 생각하기에도 외부 상황에 대한 정보가 필요한 것은 사실이었다.

"알겠습니다. 그럼 조심해서 다녀오십시오."

박상이 마지못해 동의하자 마리나와 릴리는 즉시 나갈 준비를 했다. 그런데 그때쯤 우주선 뒤의 상황에 변화가 생겼다. 여자와 남자가 사람들을 이끌고 그곳을 떠나고 있었다. 여자와 함께 와서 첫날부터 있던 사람들 중 세 명만을 남기고 다른 사람들은 정원을 나가 곧 보이지 않게 되었다.

"어딜 가는 걸까요?"

우진이 궁금해했지만 누구도 대답할 수 있는 사람은 없었다.

마리나와 릴리는 우주복 위에 헬멧을 쓰고 차고를 나갔다. 다행히 차고 문은 크게 손상을 입지 않아 두 사람은 각자 에어 바이크를 타고 바깥으로 나갔다. 바퀴가 없는 오토바이 형태의 에어 바이크는 보통 자기 부상 시스템을 이용해 제한 고도를 지키며 지면을 따라 달리는 1인, 또는 2인용 운송 수단이었으나 이들의 경우에는 특수 목적용으로 분류되어 있는 부스터 겸용 모델을 사용하고 있었다. 두 사람의 에어 바이크는 무적택배호에서 나가자마자 고도를 높여 빠른 속도로 상공으로 올라갔다. 두 대의 에어 바이크에 부착된 카메라를 통해 시가지와 우주선의 전경이 두 개의 보조 모니터에 들어왔다.

보조 모니터에 비춰지는 화면으로 박상 등은 자신들의 우주선이 정확하게 어떤 상태에 있으며 현재의 위치가 시가지의 어디쯤인지 파악할 수 있었다. 우주선이 내려앉은 언덕은 시내 중심부였고 우주선이 내다보고 있는 전방뿐 아니라 후방의 정원 아래쪽에도 언덕을 빙 둘러 시가지가 펼쳐져 있었다. 언덕 위는 성벽으로 둘러싸여 있었고 성벽 안쪽에 넓은 정원을 끼고 凹자 형을 엎어놓은 형태로 세 개의 큰 건물이 자리 잡고 있었다. 무적택배호가 들이받고 올라선 것은 그중 가운데에 있는 가장 큰 건물이었다. 중앙 건물의 양 끝에 세로로 서 있는 두 개의 보다 작은 건물은 분리된 별도의 건물인 덕분에 별다른 손상없이 그대로 서 있었다. 건물들의 반대 편인 정원 끝에는 양쪽에 두 개의 탑을 끼고 있는 출입문이 있었다.

마라나와 릴리의 에어 바이크는 잠시 우주선 주변의 모습을 비추다 언덕을 떠나 시가지 위로 날았다. 언덕을 중심으로 주변에는 큰 건물이 제법 많았고 조금 더 벗어나자 고만고만한 건물들이 늘어서 있었다. 시내 곳곳에는 군사 시설로 짐작되는 건물들도 있었는데 그것들 대부분에는 반란군의 황색 깃발이 올라 있었다.

[고도를 더 높이겠습니다.]

박상에게 보고를 하고 두 사람은 보다 높이 올라가 좀 더 원경을 비추었다. 이곳은 큰 강을 옆에 끼고 발달한 성곽 도시로 주변에는 평야가 넓게 펼쳐져 있었다. 화면을 바라보던 우진이 한 끝을 가리키며 소리쳤다.

"다들 저걸 보세요."

우진의 말에 미처 반응하기도 전에 마라나의 흥분된 고함 소리가 스피커를 찢을 듯 날카롭게 울렸다.

[세상에! 저거 보이세요?]

무적택배호가 있는 도시 너머 펼쳐진 들판에 가득히 운집해 있는 병사들의 무리가 보였다. 그들 사이에 올라 있는 깃발은 도시에 원래 걸려 있던 하얀색의 그것이었다.

[더 접근해 보겠습니다.]

마리나의 목소리가 약간 떨리고 있었다.

"조심하십시오. 위험할지도 모르니 고도는 그대로 유지하구요."

박상이 서둘러 주의를 주었다. 그의 음성은 마리나보다 더 떨려 나오고 있었다.

[알고 있습니다.]

마리나는 짤막하게 대답하고 릴리와 들판 쪽으로 갔다. 그녀들의 이동에 따라 모니터에 적 군세의 모습이 더욱 자세히 비추어졌다.

"어마어마하군."

박창이 신음을 삼켰다. 박상이 마리나에게 물었다.

"숫자가 대략 얼마쯤 되는지 알 수 있겠습니까?"

[우리가 직접 세는 것은 무리예요. 저와 릴리가 위를 죽 훑어볼 테니 컴퓨터로 스캔해서 숫자를 세어보도록 하세요.]

마리나와 릴리는 그 말을 남기고 하얀 깃발을 나부끼고 있는 대병력의 위를 넓게 훑었다. 모니터 하단에 표시되는 숫자를 지켜보고 있던 일행은 말을 잃었다. 컴퓨터가 추정한 적병의 숫자는 10만에서 12만 사이였다.

[얼마나 되는 걸로 나옵니까?]

릴리가 물었다.

"10만에서 12만이요."

우진의 대답에 마리나와 릴리는 잠시 말이 없었다. 곧 마리나가 말했다.

[제가 보기에도 그쯤은 될 것 같군요.]

박상이 마리나에게 말했다.

"이 도시 안에 있는 병력은 얼마나 되는지 둘러봐 주세요."

[알겠습니다. 성벽과 요새를 중심으로 훑어보겠습니다.]

마라나와 릴리는 방향을 돌려 도시에 돌아와서 도시를 둘러싸고 있는 외곽의 성벽과 성내의 크고 작은 요새들의 상공을 지나갔다. 컴퓨터가 추정한 도시의 병력은 3만에서 3만 5천 사이였다.

[도시의 병력은 얼마로 나옵니까? 절반쯤은 되나요?]

대략 육안으로 보기에도 적에 비해 열세인 것이 확연히 느껴졌던지 마라나가 걱정스레 물었다. 박상이 맥 빠진 목소리로 대답했다.

"절반 이하입니다. 3만에서 3만 5천으로 추정하는군요."

마라나와 릴리는 대답할 말을 잃은 듯했다. 우진이 말했다.

"이쪽이 숫자가 많이 부족하긴 하지만 수성전이잖습니까? 보아하니 여긴 대포도 아직 없는 시대인 모양인데 그런 경우에는 성을 거점으로 해서 방어하는 측이 훨씬 유리하니까 희망을 가져볼 수도 있지 않을까요?"

그러나 릴리는 부정적이었다.

[꼭 그렇게 볼 수만은 없겠는데요. 여기 성벽은 별로 미덥지 못해 보이는 데다 방어선이 너무 넓어서 방어가 얇아질 수밖에 없어요. 게다가 아무리 봐도 이쪽 군대는 정규군으로 보이지 않습니다. 복장이나 무기가 전부 제각각이에요. 거기에 비해 들판 쪽의 군대는 복장이 통일되어 있는 것만 봐도 정규군이 확실합니다. 도시에 있는 반란군이 수적으로도 열세인데다 병사들의 질도 떨어져요.]

릴리의 비관적인 지적을 접하고 통제실의 분위기는 한층 가라앉았다. 박창이 걱정이 가득한 표정으로 박상에게 물었다.

"역시 우주선을 버리고 달아나는 수밖에 없는 걸까?"

그러자 바다가 격하게 반응했다.

"그건 안 됩니다! 우주선을 버리면 지구로 돌아갈 희망은 아예 사라집니다. 그럴 수는 없어요! 난 소라를 만나야 합니다! 절대 여기에 남을 수 없습니다!"

"이중에 여기 남고 싶은 사람이 누가 있겠습니까? 방법이 없으니까 하는 말이죠."

박창의 음성에는 어쩔 수 없는 짜증이 묻어 있었다.

"방법이 없긴 왜 없습니까? 이 도시가 아직 점령된 것도 아니지 않습니까?"

"아직은 안 됐지만 곧 될지도 모르죠. 도저히 이길 상황으로 보이질 않는데 뭘로 우주선을 지킬 겁니까?"

박창과 바다가 설전을 벌이는데 박상이 그들을 제지했다.

"두 사람 다 조용히 하세요. 섣불리 결론 내리지 말고 우리가 취할 방도가 없을지 마라나 씨와 릴리 씨가 돌아오는 대로 의논해 봅시다."

두 사람에게 말한 박상은 마라나에게 지시했다.

"정찰을 종료하고 우주선으로 돌아오십시오. 모여서 이 문제를 의논해야 할 것 같습니다."

[알겠습니다. 곧 귀환하죠.]

마라나 자매는 에어 바이크의 방향을 돌렸다.

마라나와 릴리가 돌아오기를 기다려 무적택배의 7인은 회의에 들어갔다. 통제실 한 켠에 있는 긴 테이블에 둘러앉은 자리에서 박상이 마라나에게 의견을 구했다.

"마라나 씨의 생각에는 어떻게 된 상황인 것 같습니까? 우리가 처음에 생각했던 것처럼 지금 이 도시에 있는 사람들이 반란군이고 밖에 모여 있는 이들이 정규군일까요?"

"지금으로서는 그렇게 보는 편이 타당할 것 같습니다."

마리나는 단정을 피하면서도 박상의 시각에 동조했다. 우진이 말했다.

"아무튼 지금 이 도시에 있는 사람들이 패하면 우리 우주선도 끝장이에요. 그게 제일 중요한 점 아니겠어요?"

박상은 고개를 끄덕이고 일행에게 말했다.

"전에도 말했듯이 지구로 귀환하려는 희망을 위해서는 우주선을 포기할 수 없습니다. 그러자면 이 도시의 사람들이 승리해야 할 것이구요. 이 도시 사람들의 선전만을 바라고 가만히 앉아 있어서는 안 될 것 같습니다. 우리가 뭔가 할 수 있는 일이 있다면 찾아서 해야 하지 않겠습니까?"

박창이 뚱한 얼굴로 반박했다.

"다 좋은 말인데 고작 일곱 명으로 뭘 하겠어? 우리에게 전투병기가 있는 것도 아니고……."

마리나가 말했다.

"미사일이 12대 있기는 하지요. 우주용이라 파괴력은 꽤 센 편이에요. 어차피 우주선을 포기하고 떠나게 되면 버릴 수밖에 없는 것들이니 이번 기회에 써버리는 건 어떨까요?"

그러나 박창은 여전히 시큰둥했다.

"적의 병력이 10만이 넘는다면서요? 미사일 12발로 뭘 어쩌려구요? 그걸로 10만 병력을 다 잡을 수 있는 것도 아니잖습니까?"

박상이 조용히 동생을 나무랐다.

"우리 우주선에는 그렇게 무시무시한 위력의 미사일은 없어. 있다손 치더라도 그렇게 많은 사람을 죽여서 어쩌자는 거야? 우리가 살인마도 아니고."

마리나가 냉철한 어조로 말했다.

"그런 무기가 있다면 사용 못할 것도 없죠. 우리의 생존이 달린 문제니까요. 적을 앞에 두고 인도주의나 양심의 가책 운운하는 것은 어리석은 짓이에요. 왜냐하면 적은 절대 우리를 그렇게 봐주지 않을 것이고 패배는 치명적인 결과를 낳게 되는 법이니까요."

마리나의 철저하게 군인다운 논리에 박상은 조금 어이없다는 표정이 되기는 했지만 지금 그 문제로 그녀와 논쟁을 벌일 처지는 아니었기에 잠자코 있었다. 따지고 보면 틀렸다고만은 할 수 없는 주장이기도 했다. 우진이 마리나와 릴리에게 말했다.

"말씀은 알겠는데 미사일이 얼마나 효과가 있을지는 의문이에요. 말씀처럼 우주용이라 크기에 비해 위력이 센 편이지만 12대로 적의 병력을 줄이면 얼마나 줄일 수 있겠습니까? 게다가 사람들이 밀집한 곳에서는 사람들의 몸이 일종의 방패로 작용해서 파괴력과 살상력이 떨어집니다. 12대 모두를 발사한다 해도 그리 큰 효과를 기대하긴 어려울 겁니다."

릴리가 기다렸다는 듯이 말했다.

"가장 효율적으로 활용하는 방법이 없는 건 아닙니다. 미사일을 이용해서 적의 식량과 무기 창고를 파괴할 수 있다면 그 이상 없지요."

"식량과 무기 창고?"

박상이 되묻자 릴리는 힘차게 고개를 끄덕였다.

"네, 적의 식량 창고와 무기 창고를 공격하는 것은 시대와 장소를 불문하고 유효한 작전이에요. 아무리 대군이라도 식량과 무기 없이는 아무것도 못하니까요."

우진이 반색하며 손뼉을 탁 쳤다.

"좋은 생각이네요. 사람들을 공격할 일이 아니라 물자 창고를 공략하면 가장 효과가 크겠어요."

그러나 지혜는 미심쩍어했다.

"그런 중요한 시설을 눈에 보이게 두었겠어요? 분산해서 숨겨놓지 않았을까요?"

우진이 머리를 흔들었다.

"그렇지는 않을 겁니다. 여긴 지금 화약도 없는 시대예요. 누가 공중에서 정찰하는 일 따위는 있을 수도 없고 하물며 폭격이 가능할 리도 없는데 현대 지구처럼 복잡하게 생각해서 숨길 이유가 없습니다. 또 보급이 말이나 수레로 이루어진다는 점을 감안하면 결코 본진에서 그리 먼 곳에 있지는 않을 겁니다. 방어를 강하게 굳힌 진지나 군세 안에 두었을 가능성이 큽니다."

우진의 말을 듣고 릴리가 말했다.

"그러고 보니 조금 전에 정찰할 때 적진 안쪽에 여러 개의 성채가 있는 것을 보았습니다. 고도가 높아서 자세히 살피지는 못했지만 그쪽으로 사람과 물자가 오는 것 같았어요."

"그래요? 그럼 아까 들어온 영상 정보를 살펴보죠."

지혜가 제안했다. 무적택배 사람들은 그때부터 마리나와 릴리가 정찰해서 보냈던 영상 정보를 검토하기 시작했다. 릴리가 보았다던 몇 개의 성채를 확대해서 살펴보니 그녀가 말했던 것처럼 물자를 실은 짐마차와 사람들이 오는 모습 내부에 쌓여 있는 물자 더미가 보였다. 성채는 총 여섯 개였고 일정한 간격을 두고 흩어져 있었다.

"식량과 무기를 모아둔 곳이 맞는 것 같은데요?"

우진의 말에 마리나는 고개를 갸웃거렸다.

"그렇게 보이기는 합니다만 지휘관이 정말 어리석다고 말할 수밖에 없군요. 이렇게 드러나는 곳에 식량과 무기를 두다니……. 공격 지점을 노출시키고 있는 것이나 다름없지 않나요?"

그러나 우진의 생각은 달랐다.

"제가 보기에는 그렇지 않습니다. 현대 지구인의 관점에서 보면 바보 같은 짓이겠지만 현재 이곳의 수준에 비추어보면 오히려 현명한 판단이라고 보이는데요? 이 시대의 전력으로 요새를 공략하기란 대단히 어려운 작전일 것이고 하물며 여섯 곳을 동시에 공략한다는 것은 불가능에 가까운 이야길 겁니다. 우리의 미사일은 여기 사람들로서는 상상도 할 수 없는 변수인 것이구요."

바다가 우진의 말을 받았다.

"아무튼 저 여섯 개의 성채에 적의 물자가 있다면 우리들의 입장에서는 잘된 일이군요. 우리로서는 어떻게든 시도해야 할 입장 아닙니까?"

그들의 이야기를 듣고 있던 박상이 마리나에게 물었다.

"우리의 우주선에서 미사일을 발사해서 저 성채들을 명중시키는 것이 가능하겠습니까?"

마리나가 화면을 응시하면서 말했다.

"가능하다고 봅니다. 저와 릴리가 에어 바이크로 저 요새들의 위치를 잡아서 유도하고 여기서 그 정보를 바탕으로 발사하면 되니까요. 다행히 우진 씨가 지상 공군 파일럿 출신이니까 미사일 제어를 맡아주면 될 것 같네요."

"해보겠습니다."

우진은 군말없이 수락했다. 이렇게 되자 바다는 우주선을 지킬 수 있을 것이라는 희망에 생기를 되찾았다.

"아무튼 적의 물자를 공격하는 건 좋은 생각인 것 같습니다. 어느 시대나 식량 없이 싸울 수는 없을 테니까 물자를 모아둔 성채가 파괴되면 적도 물러갈 겁니다."

"물러가지 않으면 그땐 어떻게 하죠?"

지혜는 아무래도 불안이 가시지 않은 기색이었다.

우진이 강한 어조로 말했다.

"월등히 많은 병력을 가지고도 저 정도로 신중하게 머리를 쓴 사람이면 절대로 바보가 아닐 겁니다. 바보가 아니라면 당연히 물러나겠죠. 그리고 그 다음의 일은 그때 생각하고 지금은 어쨌든 할 수 있는 일을 해봐야죠."

박상이 우진의 주장에 동의했다.

"내 생각도 우진 씨와 같습니다. 일단 해봅시다."

일련의 과정을 지켜보고 있던 박창이 적이 감격스러워했다.

"우리들 이러고 있으니까 무슨 전쟁 영화 찍는 것 같지 않아요? 분위기 끝내주네."

박상을 비롯한 여섯 명은 상황 파악 못하고 생뚱맞은 소리를 하는 박창을 썰렁하게 쳐다보았다. 박상은 박창을 무시하고 다른 사람들에게 말했다.

"실행은 이제 정해졌고 시기는 언제로 하는 것이 좋겠습니까?"

마리나가 대답했다.

"빠르면 빠를수록 좋겠죠. 저쪽이 언제 대열 정비를 마치고 공격해올지도 모르고 우리 쪽도 에너지 사정 때문에라도 오래 버틸 수가 없

습니다. 빨리 이 상황을 정리하고 시간을 얻어야 뒷일을 생각할 수도 있지 않겠습니까?'

에너지 문제에는 지혜도 공감했다.

"에너지는 상당히 심각한 문제예요. 시간을 끌수록 우리의 가용 에너지는 떨어질 거예요. 빠른 시일 내에 충전해야 할 겁니다."

"좋습니다. 그럼 언제로 하죠?'

박상이 다시 묻자 마리나와 릴리가 동시에 대답했다.

"내일 하죠."

"내일?'

아무리 빠를수록 좋다지만 바로 다음날이라니, 너무 급박한 일정이라 박상은 당황해서 두 자매의 얼굴을 쳐다보았다. 마리나가 설명했다.

"어차피 우리는 적의 의도나 계획을 전혀 모르고 있고 알아낼 방법도 없습니다. 목표는 간단히 노출되어 있고 우리들 자신의 에너지 문제도 있고… 더 시간을 끌 이유가 없다고 봅니다."

릴리는 마리나의 말이 옳다는 듯 결연한 눈빛으로 고개를 주억거렸다. 박상은 지혜와 우진 등의 얼굴을 둘러보았다. 모두들 애매한 표정을 짓고 있었으나 반대의 뜻은 아니었다. 이런 중대한 결정을 내리는 것이 처음이라 박상이 그렇듯이 어떻게 해야 할지 갈피를 잡지 못하는 것이었다. 잠깐 동안의 침묵을 깨고 박창이 말했다.

"까짓것, 합시다. 햄릿처럼 날새도록 고민하다가는 맞아 죽는 수가 있어요. 차라리 돈키호테처럼 돌진합시다."

박상이 미덥지 않은 얼굴로 박창을 쳐다보고 푸념했다.

"전혀 설득력없는 비유로군."

"내일이 싫으면 언제 하려고? 좋은 생각이라도 있어?"

"없어."

"그럼 내일 하면 되겠네?"

깨끗이 결정을 내려 버린 박창은 우진 등을 둘러보며 물었다.

"내일 하는 것에 반대하는 사람 있어요?"

아무도 입을 여는 사람이 없자 자동적으로 찬성으로 간주되어 다음 날의 공격이 확정되었다.

"내일 언제쯤 공격할 겁니까?"

박상의 질문에 마리나가 말했다.

"이왕 할 거라면 빠른 것이 좋죠. 심리적인 면에서 볼 때 이런 유의 기습 공격은 아침이나 밤이 더 유효합니다. 하지만 밤에 공격하기에는 현재의 우리 상황이 여의치 못하니까 아침으로 합시다. 새벽에 동이 트면 저와 릴리가 나가서 유도를 시작하고 그때부터 4시간째 되는 시점에 미사일 공격을 시작해서 30분 이내에 타깃을 전부 파괴하는 것으로 하죠. 우리는 지금 미사일을 낭비할 입장이 아닙니다. 가급적 최소한의 공격으로 최대의 효과를 거두기 위해서는 면밀한 계산과 정확한 공격이 필요합니다. 한 대, 한 대의 미사일이 가장 정확한 장소에 떨어져서 한 방에 각 요새를 붕괴시켜야 합니다."

마리나의 설명을 듣고 있던 박상이 우진에게 걱정스레 질문했다.

"상당히 어려운 일이겠는데 가능하겠습니까, 우진 씨?"

우진이 시원스럽게 대답했다.

"맡겨주십시오. 무적택배호의 미사일은 우주용이라 파괴력이 꽤 센 편입니다. 명색이 대함 요격용 미사일 아닙니까? 그리고 미사일 제어는 제가 좀 자신있는 분야구요. 복무 시절에도 그랬고 그런 게임이 제 장기였죠. 게다가 여기 요새는 잘은 몰라도 생긴 것이 엉성해 보입니다."

릴리가 동감을 표했다.

"그건 우리가 보기에도 그렇더군요. 위에서 둘러봐도 성채가 약해 보여요."

박상은 결론을 지었다.

"좋습니다. 그러면 내일 동이 트면 작전을 개시해서 4시간째 시점에 공격을 시작하여 30분 이내에 마치는 것으로 합시다."

그때 지혜가 말했다.

"내일 아침에 적의 물자들을 파괴할 거라면 이 사실을 이 도시의 사람들에게 알려야 하지 않겠어요? 아무것도 모르고 있다가 난데없이 큰 폭발이 연달아 일어나면 크게 놀랄 텐데요."

바다도 지혜의 생각에 찬동했다.

"제 생각도 같습니다. 이 도시 사람들이야말로 당사자인데 어떤 일이 일어날 것인지는 알아야겠지요. 또 적장이 우리 생각처럼 순순히 물러나 주지 않을 가능성도 있구요."

마라나도 그 점은 수긍했다.

"당연히 알려야겠죠. 현재의 상황은 이곳 사람들에게 너무 불리해요. 설령 적이 물러나지 않는다 해도 적의 물자를 파괴한다면 그것만으로도 상황 타개에 크게 도움이 될 겁니다. 이 사실을 알려줘서 사기를 북돋을 필요가 있습니다."

"그런데 누구에게 어떻게 알리죠?"

박창의 질문에 모두 말문이 막혔다. 잠깐 생각하던 박상이 말했다.

"오텐 베르테스, 이름인지 지위인지는 모르지만 그 젊은 남자에게 이야기합시다. 정확하게는 몰라도 그 사람이 이곳의 지휘관인 것은 분명한 것 같으니까."

"설명은 어떻게 하고? 아직 말이 제대로 통하지도 않는데."

박창이 또 물었다. 이번에는 우진이 대답했다.

"그림과 보디랭귀지, 그리고 일부 통하는 말들을 조합하면 어떻게 되지 않을까요? 보디랭귀지만 잘 활용해도 절반 이상은 뜻이 통한다잖아요."

"그런 간단한 내용이 아니니 문제죠."

박창은 계속 걱정했다. 그러자 우진이 자신이 하겠다고 자원했다.

"제가 해보죠. 그림을 그려가면서 쉬운 말로 여러 번 되풀이해서 설명하면 알아들을 겁니다. 그 남자, 인상이 예사롭지 않은 것이 보통 사람은 아닐 것 같던데요? 한 번쯤 만나서 이야기해 보고 싶었어요."

이번에는 지혜가 물었다.

"시간은 어떻게 설명할 생각이에요? 일출 4시간 뒤에 공격을 개시해서 30분 이내에 끝난다는 건 시계도 없이 설명이 어렵지 않을까요?"

우진은 그 점에서도 막힘이 없었다.

"제 방에 1시간짜리 모래시계가 있습니다. 그걸로 설명하죠. 어차피 우리가 보는 시계도 연방 표준시니까 모래시계로 측정하면 거의 비슷할 겁니다."

"우진 씨는 이상한 물건을 곧잘 가지고 있더니만 실제로 쓰일 때도 있군요."

릴리가 웃었다. 우진이 하겠다는 것을 반대하는 사람은 없어서 설명은 우진에게 맡기기로 했다. 우진은 내친김에 한 가지 더 제안했다.

"이번에 그 사람이 오면 우리 모두 내려가서 인사를 나누는 게 어떨까요? 우주선이 당장 여길 떠나 날아갈 수 있는 것도 아니고 한동안은 이곳에서 신세를 질 수밖에 없을 텐데 이 기회에 인사를 해두는 것도 좋을 것 같은데요."

"일리있는 말이군요. 그렇게 합시다."

박상이 먼저 찬성했다. 지혜도 아이디어를 냈다.

"그 사람에게 설명한 다음 조수와 수정을 딸려보내죠. 모래시계로 설명한다고 해도 정말 그 사람이 이해할지는 미지수잖아요. 공격 개시 시간을 알려줄 겸 수정을 통해 이 별 사람들의 언어 데이터를 수집하게 하죠. 수정은 자체적으로 언어 정보를 수집하는 기능이 있으니까 통역률을 높이는 데 크게 도움이 될 거예요."

내일의 할 일과 세부 사항을 결정지은 무적택배 사람들은 조수와 수정을 우주선 밖으로 내보냈다. 오텐 베르테스를 불러달라는 뜻을 전달하기 위해서였다.

우주선 뒤편의 정원 한 끝에는 세 명의 사람들이 자리를 지키고 있었다. 조수와 수정이 나가자 세 사람은 공손하게 고개를 조아렸다. 그들에게 다가간 수정이 '오텐 베르테스'를 거론하자 세 사람은 뜻을 이해한 듯 자신들끼리 무엇이라 낮게 속삭이더니 그중 한 명이 종종걸음으로 그곳을 떠났다. 조수와 수정은 남은 두 사람과 그곳에 서 있고 무적택배 사람들은 우주선을 나갈 준비를 했다.

한참 뒤 은빛 머리칼의 남자가 검은 머리칼의 파디아라는 여인과 서두르는 걸음으로 올라왔다. 모니터로 그가 온 것을 확인한 무적택배의 일곱 명은 미리 약속한 대로 전원 우주선을 나왔다. 조수와 수정은 지혜의 지시를 받고 남자와 여자를 우주선 아래로 안내해 왔다.

조수를 따라 우주선으로 다가오던 남자는 우주선에서 나오는 이들을 보고 퍽 긴장한 태도였다. 2미터쯤 앞까지 걸어온 그와 파디아는 더 이상 다가오지 않고 머리를 숙였다. 박상이 일행을 대표해 말을 시작했다. 언어 통역 기능이 부족한 것을 감안해서 그는 가급적 쉬운 말을 골라 반복하려 애썼다.

"이 사람들은 제 동료들, 친구들입니다. 우리는 모두 일곱 명입니다. 제 이름은 박.상.이고 우리 배의 선장, 즉 캡틴입니다."

자신의 이름은 전에도 소개한 바였지만 우주선을 가리켜 가며 이름에 특히 방점을 찍어 또박또박 말하고 남자의 얼굴을 보니 그는 신중한 표정으로 고개를 살며시 가로젓고 있었다.

'모르겠다는 건가?

박상은 난감한 눈빛으로 자신의 일행을 쳐다보았다. 남자의 표정으로 봐서는 이해한 것도 같은데 머리를 흔드니 갈피가 잡히지 않았다. 우진은 가만히 있으라며 박상에게 손짓하고 인사를 건넸다.

"안녕하십니까? 제 이름은 류우진입니다."

그의 다음으로 다른 사람들도 차례로 이름을 밝히고 인사했다. 남자는 그때마다 일일이 머리를 숙여 예를 나타냈다. 그리고 무적택배 사람들에게 자신을 다시 소개했는데 자신의 이름을 오텐 베르테스라고 밝혔다. 우진은 통역기의 스위치를 잠깐 끄고 일행에게 소곤거렸다.

"직위가 아니라 이름이었나 보군요."

박상 역시 통역기를 끄고 우진에게 작은 목소리로 말했다.

"우진 씨가 설명해 본다고 했죠? 부탁합니다."

"예."

우진은 고개를 끄덕이고 베르테스에게 더 가까이 다가오라고 손짓했다. 그리고 서류철에 받쳐 온 백지를 그의 앞에 펼쳤다. 박상을 비롯한 나머지 일행은 우진이 베르테스에게 어떤 식으로 설명하려는지 호기심 반 걱정 반으로 지켜보았다.

우진은 하늘에 떠 있는 태양을 가리키고 베르테스가 그것을 바라보고 있자 해가 지는 방향으로 천천히 손가락을 움직였다. 그리고 다음으로 해가 떠오르는 방향으로 손가락을 옮기면서 느릿하게 말했다.

"해가 지고 하루의 밤이 지나고 내일 아침 다음 해가 떠오르고 나서……."

우진은 백지에 볼펜으로 그림을 그렸다. 건물의 잔해에 올라타고 있는 자신들의 가오리 형태의 우주선을 그리고 우주선을 손으로 가리키자 베르테스는 명백히 이해한 표정을 지었다. 그리고 우진은 우주선의 주위를 빙 둘러 성벽을 표현하고 성벽 안쪽에는 도시 사람들이 걸고 있는 깃발을, 성 바깥쪽에는 적의 깃발 모양을 그려 넣었다. 베르테스는 대단히 진지한 눈빛으로 그것을 보고 있었다. 적의 깃발을 그린 지역에 여섯 개의 탑을 그려놓고 뭔가를 먹는 시늉을 하고 칼의 그림을 탑 위에 그리자 베르테스는 가볍게 고개를 가로저었다.

지켜보고 있던 박창이 형 박상에게 속삭였다.

"전혀 못 알아듣고 있는 거 아냐? 자꾸 머리를 흔들잖아."

"글쎄, 얼굴 표정은 알아듣고 있는 것 같은데 혹시 알겠다는 의미로 흔드는 건가?"

박상도 헷갈리고 있었다.

우진은 베르테스의 반응을 주의 깊게 지켜보면서 설명을 계속했다. 우주선의 그림에서 화살표를 여섯 개, 그리고 그것이 적의 성탑에 날아가서 맞추는 것을 그린 뒤 입으로 폭발음을 흉내 내면서 탑에 불길을 그려 넣었다. 베르테스의 표정은 더욱 심각해졌다. 그가 우진에게 질문했다. 내일이라는 단어가 나오는 것으로 보아 내일 아침은 알아들은 모양이고 구체적인 시기를 묻는 것 같았다.

우진은 우주선의 자기 방에서 가지고 온 모래시계를 꺼내서 그에게 보여주었다. 지구 연방의 표준시로 1시간짜리 모래시계였다. 모래가 위에서 아래로 떨어지는 것을 보여주고 모래가 전부 떨어진 뒤에 다시 엎으라고 말하며 우진은 손가락으로 천천히 4를 세었다. 그것으로도 부족하다고 생각했던지 그는 다른 백지에 모래시계의 그림을 4개 그리더니 거기에 절반의 그림을 더했다. 그러면서 천천히 반복해서 설명했다.

"이것이 이렇게 4번 떨어진 뒤 여기에서 거대한 화살이 날아가서 적의 성을 하나씩 파괴할 것입니다. 그리고 이 시계의 모래가 절반쯤 떨어질 때까지는 6개의 성이 모두 부서질 겁니다. 제 말을 알겠습니까?"

베르테스는 또렷한 눈빛으로 확실하게 고개를 가로저었다. 그리고 자신이 이해했음을 알리려는 듯 우진의 설명에서 주요 부분을 읊었다. 베르테스의 진짜 음성이 들린 뒤 조금 늦게 귀에 꽂힌 헤드폰을 통해 통역된 음성이 들려왔다. 통역이 불가능한 부분은 그의 원 발음이 그대로 나왔으나 통역된 부분만큼은 똑똑히 들렸다. 베르테스가 대략의 사항을 올바르게 이해하고 있는 것은 분명해 보였다. 뒤이어 그는 내일 자신들이 어떻게 하겠다고 말했으나 그 부분에서는 의미가 잘 전달되지 않았다.

자신의 의사가 제대로 전달되었다는 확신이 들자 우진은 의기양양해서 일행을 보았다. 박상 등도 충분히 만족스러워하는 표정이었다. 우진은 베르테스에게 조수와 수정을 가리키며 말했다.

"이들을 데리고 가십시오. 내일 아침 우리가 공격을 시작할 때를 알려줄 겁니다."

베르테스는 고개를 숙이고 물러났다. 우진과 베르테스가 이야기를 나눌 동안 곁에서 조용히 지켜보고 있던 파디아는 일행에게 고개를 조아리고 베르테스와 함께 떠났다. 조수와 수정은 베르테스를 따라갔다. 박상 등은 그 모습을 지켜보다가 우주선 안으로 돌아갔다.

통제실로 들어서며 박창이 길게 기지개를 켰다.

"하도 긴장하고 있었더니 배가 다 고프네."

"식사 시간이 다 되긴 했네요. 하늘이 빨개졌어요."

릴리의 말을 듣고 외부 모니터를 보니 어느덧 하늘 끝이 장밋빛으로 물들어가고 있었다.

"낙조는 지구와 같군요."

우진의 말투가 쓸쓸하게 잠겨들었다. 박창도 나름대로 추억에 잠겨들었다.

"저걸 보니 학교 다닐 때 지구로 수학여행 갔던 일이 생각나네요. 그때는 텔레비전에서나 보던 붉은 하늘을 직접 보는 게 그저 좀 신기한 정도였는데……."

얼마 동안 지구에 대한 향수에 젖어 있는데 스피커를 통해 우렁찬 함성이 들려왔다. 언덕 아래 시가지에서 들려오는 소리였다. 그것은 공포나 두려움과는 다른 전의와 도취의 함성이었다.

"무엇을 축하하는 걸까요?"

지혜가 궁금해했다.

"우리가 적의 물자를 파괴할 것이라는 이야기를 사람들에게 한 것 아닐까요?"

박창의 짐작에 마라나는 의아한 표정이 되었다.

"설마요? 만에 하나 그렇다면 절대로 현명한 행동이 아닌데요? 적의 첩자가 도시 내에 있을지도 모르는데 그런 사실을 발설해선 안 되죠.

적들이 물자를 밤새 다른 곳으로 옮겨 버리면 공격의 효과가 떨어질 테니까요."

우진은 머리를 짤짤 흔들었다.

"베르테스라는 남자, 그렇게 멍청한 사람으로 보이지는 않았어요. 아마 다르게 돌려 말해서 사람들의 사기를 진작시킨 것 아니겠습니까?"

"그러길 바라야죠."

릴리는 눈을 가늘게 뜨고 시가지의 풍경을 담아내고 있는 모니터를 응시했다. 그 모습은 출진을 앞둔 병사의 그것처럼 비장했다. 씁쓸한 얼굴로 석양을 바라보던 박상은 돌아서서 문 쪽으로 가며 동생 박창의 팔을 툭 치고 지나갔다.

"가서 저녁 식사나 준비하자."

"응."

통제실을 나와 주방으로 가면서 박창이 한숨을 섞어 말했다.

"형, 진짜 우리 앞으로 어떻게 될까?"

"어떻게든 살아봐야지."

"그러니까 어떻게든 살아질 것 같으냐고."

"나도 모르겠다."

박상은 체념에 가까운 미소를 흘렸다.

"어쩌겠냐? 살아남은 이상 살아봐야지."

2

다음날 새벽 지평선 너머 태양이 떠오르자 작전이 개시되었다. 간단한 식사로 속을 채운 마라나와 릴리가 에어 바이크를 타고 출발한 직후 통제실 정면의 대형 모니터 상단에 4시간으로 지정해 놓은 시계가 표시되어 시간을 측정하기 시작했다. 쌍둥이 자매가 우주선을 떠난 지 얼마 지나지 않아 마라나의 목소리가 들려왔다.

[이상한데요? 성내의 병사들이 대거 대열을 정비하고 있습니다.]

마라나의 어리둥절한 반응에 이어 릴리가 다급히 덧붙였다.

[성문이 활짝 열려 있습니다. 기병들은 이미 나가기 시작하고 있구요.]

릴리의 에어 바이크가 보내오는 영상을 보니 지구의 말과 유사하게 생긴 동물을 탄 이곳의 기병들이 크게 열려 있는 성문을 지나 성 밖에서 대열을 정비하고 있었다. 이곳 기병들이 타고 있는 말은 지구의 것보다 체격이 컸으며 다리가 길고 근육이 잘 발달된 몸을 가지고 있었다. 기병들의 모습을 확대해서 자세히 살펴보던 우진은 뭔가가 마음에 걸리는지 고개를 갸웃거렸다.

"이상하네요. 기병들의 무기나 갑옷은 대단히 엉성해 보이는데 안장이나 편자 같은 건 잘 갖춰져 있네요. 뭔가 어울리지 않는데?"

한편 박창은 우진과 다른 부분을 보고 있었다.

"무기가 전혀 표준화되어 있지 않군요. 갑옷도 제각각이고 들고 있는 무기도 각양각색인데요?"

바다가 박창의 말을 받아 말했다.

"정규군이 아니라는 말이겠죠."

박상이 심각해져서 우진에게 물었다.

"우진 씨, 어제 우리의 뜻이 제대로 전달된 것이 맞습니까? 혹시 우리가 어떤 특별한 수를 써서 적들을 섬멸하는 것쯤으로 오해하고 있는 것 아닙니까?"

자신들이 적의 물자를 파괴할 것이라고 알려준 것은 어디까지나 이 도시 사람들이 전의를 잃거나 항복하지 않기를 바라는 의미에서이지 부족한 병력으로 공격에 나서라는 의도 따위는 조금도 없었다. 따라서 현재의 상황은 무적택배 사람들에게 있어서 전혀 뜻밖의 사태였다.

"사장님도 제가 설명할 때 같이 계셨지 않습니까? 전 분명히 바로 전달했다고 보는데요?"

우진도 당황하고 있었다.

"그렇다면 어째서 나갈 준비를 하는 겁니까?"

우진에게 따질 일이 아닌 것을 알면서도 답답한 나머지 박상의 말투는 자연스럽게 그렇게 되고 있었다.

"그걸 제게 물으셔도……."

우진은 난처한 표정으로 어깨를 움츠렸다. 지혜가 말했다.

"조수에게 영상을 전송하게 해보죠. 베르테스라는 사람의 옆에 있다면 다소나마 상황을 짐작하는 데 도움이 될 거예요."

지혜가 조수에게 명령을 보내고 보조 모니터 한 대를 조수의 카메라와 연결시켰다. 곧 조수의 카메라를 통해 베르테스가 있는 곳의 풍경이 비춰졌다. 조수와 수정이 있는 곳은 건물 안이 아니라 외부, 정확히 말해 성벽의 위였다. 그곳에는 여러 명의 사람들이 심각한 분위기를 연출하며 서 있었다. 제일 처음 이들의 우주선 뒤에 나타났었던 검은 머리칼의 여자 파디아도 그곳에 있었다. 파디아는 그녀 자신과 비슷한 복장을 한 몇몇 사람들과 얼마간 떨어진 곳에 모여 서서 베르테스와 다른 이들을 지켜보고 있었다.

"베르테스를 비춰봐."

지혜의 지시에 따라 조수는 베르테스의 모습을 잡았다. 베르테스는 갑옷과 무기로 단단히 무장을 갖춘 모습으로 성벽 끝에 서서 성을 나가는 병사들을 지켜보고 있었다. 어깨 아래까지 드리워진 그의 은빛 머리칼이 아직 차가운 새벽의 태양 빛을 반사해 대낮의 달처럼 창백하게 빛났다.

"좀 더 다가가서 얼굴을 비춰봐."

지혜가 지시했다. 조수는 반 중력 장치로 지면 위를 미끄러지듯 움직여 부드럽고 조용하게 베르테스의 옆으로 갔다. 베르테스는 조수의 존재를 눈치 채지 못한 것인지, 아니면 신경 쓰지 않는 때문인지 아무런 반응도 보이지 않았다. 깊은 생각에 빠진 듯 고요히 가라앉은 그의 옆얼굴에서는 무거운 공기가 감돌고 있었다. 기적에 대한 기대로 들뜬 것 같은 기색은 전혀 없었다.

"분위기를 봐서는 바보 같지 않은데……."

박상이 혼잣말로 중얼거렸다.

조수가 자신의 모습을 찍고 있는 것을 알 리 없는 베르테스는 고개를 들어 멀리 지평선을 응시하면서 뒤의 사람들에게 나지막한 음성으로 무엇인가 말했다. 아직까지 그의 말은 정확하게 의미가 파악되지 않았으나 어투로 보아 지시나 명령인 것 같았다. 베르테스뿐 아니라 그의 뒤에 있는 다른 사람들의 대답도 마찬가지로 매끄럽게 통역되지 못하고 있었다. 그러나 단편적으로 통역되는 말들과 그들의 음성에서는 크나큰 걱정과 불안이 진하게 묻어났다. 적어도 베르테스와 그의 부하들이 편한 마음으로 현재의 상황을 보고 있는 것이 아니라는 사실은 분명했다. 근심을 떨치지 못하는 기색이 역력한 부하들의 모습에도 불구하고 베르테스는 동요하지 않고 냉철한 태도를 견지하며 그들에게 연속적으로 명령을 내렸다. 그의 명령을 받아 그들 중 몇 명이 앞서 내려갔다. 부하들을 먼저 내려 보낸 뒤에도 한동안 그 자리를 지키고 있던 베르테스가 어느 순간 태양을 향해 고개를 살짝 숙이고 입속으로 뭔가 읊조렸다. 그 모습은 경건하며 간절했다.

"뭐라는 걸까요?"

궁금해진 박창이 지혜를 돌아보고 물었으나 지혜는 모르겠다며 머리를 흔들었다.

"목소리가 너무 작아서 잡지 못했어."

마침내 베르테스 자신도 돌아섰다. 조수는 지혜의 명령을 이행하느라 베르테스의 동선에 맞추어 그의 바로 옆을 따르며 움직였다. 그의 부하들은 조수와 수정의 진로에 방해가 되지 않도록 비켜주며 정중하게 배려하는 모습을 보여주었다. 수정은 우진이 건넸던 1시간짜리 모래시계를 들고 있었다.

성벽 위에서 도시 안쪽으로 내려가는 계단으로 발을 디디기 직전 베르테스의 표정이 일변했다. 지금까지 그의 얼굴을 뒤덮고 있던 불안의 그늘이 흔적도 없이 말끔히 가시고 자신감에 넘치는 미소가 만면에 피어났다. 그의 모습이 보이자 성벽 아래에 운집해 있던 병사들과 시민들 사이에 엄청난 환호성이 올랐다. 베르테스는 자신에 찬 미소로 그들의 환호에 답하며 천천히 성벽을 내려왔다. 그의 당당한 태도는 전투에서 이미 승리를 거둔 개선장군처럼 느껴질 정도였다.

"야, 표정이 순식간에 바뀌네? 배우다, 배우야!"

박창이 감탄했다. 우진은 박창과는 다른 의미로 탄복하고 있었다.

"진짜 지휘관은 저래야 하는 거래요. 속으로 아무리 불안해도 지휘관이 그걸 표시 내는 건 금물이죠. 그 불안이 몇 갑절로 증폭되어 병사들에게 빠르게 파급될 테니까요. 저 베르테스라는 남자, 우리가 처음에 봤던 대로 역시 보통 사람은 아닌 것 같아요."

우진의 평을 듣고 있던 지혜가 궁금해했다.

"우진 씨는 어떻게 그런 걸 그렇게 잘 알아요? 그런 것도 만화랑 애니메이션에 나오나요?"

우진은 싱긋 웃었다.

"꼭 그런 건 아닌데요, 제가 잡다하게 이것저것 뒤적이는 걸 좋아해서요. 역사에도 관심이 좀 많아요."

"우진 씨는 파일럿이 되지 않았으면 아마 만화가나 애니메이터가 되었을 것 같아요."

박창의 말이 듣기 싫지는 않았던지 우진이 웃으며 말했다.

"아니면 소설가가 됐을지도 모르죠."

"흐음, 그것도 꽤 어울렸을 것 같네요."

고개를 끄덕이던 박창이 불현듯 생각났는지 미사일 이야기를 꺼냈다.

"그런데 우진 씨, 오늘 미사일 12대를 다 쏠 생각입니까?"

"아뇨. 다음에 또 무슨 일이 있을지 모르는데 최대한 아껴야죠. 지금 계획으로는 요새 하나당 한 대씩 6대만 쓰고 6대는 남길 겁니다."

"아무리 파괴력이 강한 미사일이라지만 한 발만 가지고 요새를 무너뜨릴 수 있겠습니까?"

박상이 말했다.

"그럴 수 있도록 해야죠. 이곳의 성벽은 대포 같은 화기에 대응한 구조는 아니니까 피해를 최대화시킬 수 있는 곳을 잘 골라서 공격하면 효과를 볼 수 있을 거라고 생각합니다. 너무 걱정 마세요. 잘될 겁니다."

우진은 낙관적인 태도를 유지하며 도리어 다른 사람들을 격려했다. 그때 마라나의 긴장된 목소리가 그들의 주위를 일깨웠다.

[한가하게 잡담 나눌 때가 아닙니다. 적의 요새 상공에 접근하고 있습니다.]

"알겠습니다."

우진은 몸을 돌려 자세를 바로하고 대답했다. 다들 자신의 자리에 착석하는 가운데 지혜가 일행에게 말했다.

"그럼 이제 조수에게서 오는 영상을 끌게요. 가급적 불필요한 에너지 낭비를 막아야 하니까요."

지혜는 조수에게 명해 베르테스를 비추는 일을 중지시켰다.

그로부터 한동안 통제실에서는 우진과 마라나, 릴리가 주고받는 짤막한 대화들만 오갔다. 우진은 그녀들로부터 전송되어 오는 영상 정보를 바탕으로 공학 계산기를 이용해 각 요새별로 좌표 및 각도를 계산하기 시작했다. 다른 사람들은 행여 그에게 방해가 될세라 입을 꼭 다물고 조용히 그 모습을 지켜보고 있었다. 시가지를 비추는 모니터에는 멀리 성문을 지나 결집하는 도시의 병력이 보였다.

지루한 듯 짧은 듯 4시간이 지나고 드디어 미사일을 발사할 순간이 왔다. 도시의 병력은 베르테스의 지휘 하에 전장으로 떠난 지 오래였다. 마라나와 릴리는 방향을 나누어 각각 3개씩 요새를 맡아 미사일을 유도하는 역할을 담당했다. 우진의 조작에 따라 기체에 수납되어 있던 미사일 포트가 우주선의 측면 상단에 열렸다.

"선장님, 미사일 발사 준비 완료했습니다."

우진의 긴장된 보고에 박상은 한차례 심호흡을 하고 그에게 지시했다.

"좋습니다. 공격 시작하세요."

"예."

과거의 공군 시절로 되돌아간 기분이 되었던 것인지 우진의 태도는 전에 없이 딱딱하면서도 절도가 있었다. 우진은 머리와 눈에 쓰고 있는 제어기에 온 신경을 집중하고 미사일 발사대를 힘껏 잡았다.

"제1탄 발사합니다!"

우진의 말이 끝나자마자 우주선 양측에서 두 대의 미사일이 동시에 발사되었다. 두 미사일은 천지를 찢을 듯한 무시무시한 굉음을 일으키며 나란히 날아가다가 양쪽으로 크게 갈라지더니 각기 다른 방향으로 날아갔다. 대기를 가르며 길게 꼬리를 끌고 가는 그 모습은 하늘에 구름의 길을 내는 것 같기도 하고 거대한 활시위에서 날아간 천공의 화살 같기도 하였다.

미사일들이 내는 굉음에 귀를 틀어막고 있던 박창이 입속으로 웅얼거렸다.

"우주용이라서 소음 제어 장치가 되어 있지 않다더니 과연 무지하게 시끄럽네."

두 대의 미사일이 하늘을 가로질러 날아가는 모습은 도시에 남아 있는 사람들을 비롯해 전장에 나선 병사들에게도 또렷이 보였다. 소리 때문에 주의가 쏠릴 수밖에 없기도 했다. 사람들이 의아함과 경악에 차서 지켜보는 가운데 힘차게 날아간 미사일은 약간의 시차를 두고 각각 하나씩의 요새를 들이받고 어마어마한 기세로 폭발했다.

쾅쾅! 쿠와아앙!!

사방이 뒤흔들리는 폭발음에 뒤이어 두 개의 요새가 아이들의 블록 장난감처럼 와르르 무너지는 모습이 모니터에 담겼다.

[명중입니다!]

[이쪽도 그렇습니다!]

마라나와 릴리의 목소리가 극도의 흥분으로 비명처럼 높아져 있었다.

평소의 성격 같으면 기뻐서 펄쩍펄쩍 뛸 법도 하건만 우진은 조금도 긴장을 늦추지 않고 다음 작업에 들어가 있었다. 통제실의 누구도 우진의 집중에 지장을 줄까 봐 감히 기쁨의 환성 따위 낼 엄두도 내지 못하고 숨을 죽이고 그를 지켜보았다. 지금까지 장장 4시간가량 그토록 면밀하게 계산하고 설정해 왔건만 아직도 계산할 것이 그리도 많던지 우진의 손은 바삐 움직이며 연신 조작을 계속하고 있었다.

"제2탄 발사합니다!"

그 말이 나오기까지 소요된 대략 7, 8분의 시간이 다른 사람들에게는 무척이나 길고 지루하게 느껴졌다. 첫 번째의 성공에도 불구하고 우진의 음성은 팽팽한 긴장감이 담겨 있어 차갑게 느껴지기까지 했다. 또다시 사정없이 고막을 자극하는 굉음을 뿌려대며 두 대의 미사일이 하늘을 내달렸다. 그들도 어김없이 목표한 요새에 정확하게 명중하여 그곳을 무너뜨렸다.

연이은 성공에도 우진의 태도에는 변함이 없었다. 그는 어느새 세 번째 발사를 위해 온 신경을 집중하고 있었다. 세 번째 발사 역시 7, 8분의 준비 시간이 걸렸다. 세 번째로 날아간 두 대의 미사일도 기대에 어긋나지 않게 남아 있는 두 개의 요새를 다른 것들과 마찬가지로 폭삭 무너뜨렸다.

[전부 명중입니다! 우진 씨, 대단한데요?]

[다시 봤어요, 우진 씨!]

마리나와 릴리의 환희에 찬 고성이 스피커를 통해 쩌렁쩌렁하게 울렸다. 얼굴과 마찬가지로 음성까지 비슷한 쌍둥이였지만 이때의 음성은 여느 때보다 배는 높게 올라가 있어서 전혀 구분이 가지 않았다. 우진은 그제야 머리에 쓰고 있던 장치를 벗고 고개를 들어 모니터로 자신이 달성한 성과를 직접 확인했다.

"잘했어."

바다가 활짝 웃으며 그의 어깨를 두드려 주었다. 우진은 '후우' 하며 깊이 한숨을 쉬고 겨우 긴장이 풀리는지 미소 지었다.

"큰소리치긴 했었지만 사실 굉장히 부담이 되었는데 정말 다행이에요. 미사일 6대를 고스란히 남길 수 있어서."

"그나저나 미사일 한 대 맞았다고 저렇게 전체가 왕창 무너지다니 우리 우주선의 미사일이 그렇게 센 거였나?"

박창이 기뻐하는 한편 이상해하자 우진이 말했다.

"아무래도 여기의 건축술 문제가 아닐까 싶네요. 어쩐지 성벽이나 도시 안쪽의 요새를 봐도 그다지 튼튼해 보이지 않더라니. 뭐, 우리에 겐 다행이었지만요."

그 순간이었다. 조금 전의 미사일 소리에 뒤지지 않을 만큼 엄청난 함성이 천지를 진동했다. 무슨 일인가 싶어 다시 모니터로 눈을 돌린 일행은 일순 자신들의 눈을 의심했다.

[맙소사! 도시의 병력이 총진군하고 있어요!]

릴리가 다급하게 소리쳤다. 굳이 그녀의 말이 아니라도 모니터에 비추어지는 광경에 통제실의 모두는 충격으로 얼어붙어 있었다. 어느새 진군해 와 있던 베르테스의 도시군이 거대한 해일과도 같은 압도적인 기세로 일거에 적진을 향해 밀어닥치고 있었다.

[언제 저기까지 왔지?]

마리나가 입속으로 중얼거리는 소리가 거센 함성에 섞여 들려왔다. 적진 깊숙한 지역의 상공에 머물면서 줄곧 미사일 유도에 열중하느라 도시에서 출발한 병력이 가까이에 와 있는 것을 그녀도 미처 눈치 채 지 못하고 있었던 모양이다.

마리나와 릴리의 에어 바이크는 파괴된 적의 요새들에게서 방향을 돌려 그들의 아래에서 벌어지는 전황을 비추기 시작했다. 성난 파도처 럼 거세게 밀고 들어오는 도시군의 공세를 맞이해 적진에 눈에 띄게 동요가 일었다. 자신들의 진영을 향해 벽력 같은 소리를 끌며 하늘을 가로질러 날아온 여섯 대의 미사일과 그에 뒤이어 완전히 무너져 내린 요새들이 그들에게 크나큰 심리적 타격을 입힌 것이 분명했다. 양측 군대의 충돌이 있고 오래 지나지 않아 전면에 자리 잡고 있던 적의 기병대가 머뭇거리다가 방향을 돌려 달아나기 시작했다.

적진 깊숙이 자리한 본진에서는 사방에 바삐 전령을 보내어 기병대의 분열을 수습하려는 움직임을 보였다. 그러나 기병들은 이미 사분오열되어 지휘 계통도 없이 아군 보병대를 뚫거나 멀리 흩어져 전장을 벗어나고 있었다.

기병들의 탈주 사태를 접하고 뒤에 있던 보병대의 혼란이 두드러지게 눈에 띄었다. 그곳에 전력 질주해 온 도시군의 기병대가 덮쳐들었다. 아군 기병대의 도주로 전열이 흐트러지기 시작한 적 보병대는 도시군 기병대의 돌격에 제대로 대응하지 못했다. 2천 남짓한 그리 많지 않은 숫자임에도 기병 특유의 파괴력을 발휘해 거세게 들이치는 도시군 기병대의 공세에 적의 보병들은 일순간에 크게 뒤로 밀려났다. 거친 함성과 날카로운 비명 사이로 피부림을 동반한 창칼의 번득임이 카메라 플래시 터지듯이 사방에서 번득였다. 거기에 아군 기병대를 열심히 뒤따라온 도시군 보병들이 목이 터져라 살의에 찬 고함을 지르며 가세했다. 도시군은 전체적으로 넓게 퍼져서 적군을 포위, 압박하려는 움직임을 취하고 있었다.

"저건 위험한데……."

박창이 미간을 찌푸리고 지켜보다가 우진에게 물었다.

"우진 씨가 보기에는 어때요? 아무리 적의 사기가 떨어졌다지만 1/3 이하의 병력으로 포위에 나서는 건 너무 위험하고 어리석은 짓 아닙니까? 적보다 적은 병력으로 포위하는 일은 현대전에서도 없는 일이 잖습니까?"

우진은 애매한 표정을 지었다.

"상식적으로 보면 분명히 그렇지만… 여기 사정을 정확히 모르니 뭐라 단언하기는 어렵네요. 적이 체계적인 저항을 하고 못하고 있는 것을 보면 적의 기병대가 달아날 때 고급 지휘관들이 더불어 상당히 이탈하지 않았나 싶은 감도 들어요. 저런 상태로는 숫자가 많다 해도 그 이점을 살리기가 힘들죠."

"우리는 상공에서 전체 상황을 볼 수 있으니까 그런 사실을 알지만 직접 전장에 있는 사람들이 우리처럼 알 수는 없을 것 아닙니까?"

"그건 모를 일이죠. 어쩌면 떨어져서 보는 우리보다 더 정확히 흐름을 파악하고 있을 수도 있구요. 아무튼 베르테스라는 남자는 분명 바보가 아니에요. 적어도 지금까지는 대단히 성공적으로 해왔지 않습니까? 전 그 사람의 능력에 기대를 걸어보고 싶은데요?"

우진은 베르테스에 대한 강한 신뢰를 내비쳤다. 그러나 박창은 화면을 보곤 머리를 설레설레 흔들며 구시렁댔다.

"진짜 산 넘어 산이라더니 전혀 마음을 놓을 수가 없다니까."

그동안에도 통제실 정면의 대형 모니터에는 마리나 자매가 보내오는 들판의 전투 양상이 실시간 보도 화면처럼 흐르고 있었다. 통제실의 5인은 그로부터 한참 동안 입을 다물고 이상한 기분에 사로잡혀 그것을 바라보고 있었다. 높은 상공에서 내려보며 비추는 터라 단조롭다면 단조로운 영상이었으나 그것이 픽션이 아닌 실제 상황인 이상 남의 일처럼 마음이 편할 수가 없었다.

"이곳 사람들의 피도 붉구나……."

바다가 멍하니 중얼거렸다. 그 말이 화면에 비치는 죽음들을 더욱 생생하게 느껴지게 했다. 마음이 불편해진 박상은 모니터에서 시선을 떼고 옆을 보았다. 지혜는 보고 있기에 지쳤던지 의자에 등을 기대고 앉아 살짝 눈을 감고 있었다. 속눈썹이 파르르 떨리고 있는 것으로 보아 자고 있는 것은 아니었다.

'우리들 일곱의 몇 십, 몇 백 배의 사람들이 저곳에서 죽어가는구나.'

박상의 뇌리에 그런 생각이 스쳤다. 그러나 그것을 입 밖에 낼 수는 없었다. 미사일로 적의 물자를 파괴한다는 계획을 세우고 실행할 때만 해도 이런 결과는 생각지 않았었다. 물자를 파괴함으로서 적을 물러나게 하고 도시의 방어를 위한 시간을 번다는 것까지가 목적일 따름이었다.

'일이 자꾸 커지는군.'

박상은 복잡한 심경으로 다시 눈을 돌려 화면을 걱정스럽게 바라보았다.

얼마 동안 팽팽하게 대치하는 듯하던 전황은 오래지 않아 도시군 측으로 급격히 기울기 시작했다. 적군의 대열이 버티지 못하고 엉망으로 흐트러지기 시작한 것이다. 적군에게서 전체적으로 방진을 짜 대처하지 못하고 각 부대별로 따로따로 전투를 치르는 모습이 두드러졌다. 본진에서 하달하는 명령이 제대로 이행되지 않는 것이 분명했다.

"아무리 적의 숫자가 3배 이상 많다지만 저대로는 오래가지 못하겠는걸?"

박창이 팔짱을 끼며 웅얼거렸다. 항상 웃음기가 떠나지 있는 그의 낙천적인 얼굴에도 착잡한 기색이 어려 있었다.

전투 개시부터 어느덧 한 시간가량 경과되었다. 전황은 더욱 확연히 기울어 있었다. 개별적으로 버티면서 형성했던 적의 저지선도 거의 무너지고 적군 병사들은 이제 아무렇게나 달아나는 분위기였다. 맹렬하게 밀어붙이면서 숨 쉴 틈도 없이 공격해 들어간 도시군은 서서히 적의 본진 가까이까지 접근해 가고 있었다.

[배후에서 시민군이 추가로 합류하고 있습니다.]

릴리가 보고하며 에어 바이크의 방향을 그쪽으로 비추었다.

큰 깃발을 휘날리면서 도시에서 나와 전장으로 전진해 오는 추가 병력이 화면에 비춰졌다. 릴리가 시민군이라고 표현한 그들은 앞서 출발한 베르테스의 도시군과는 달리 무기나 복장이 완전히 제각각으로 급조된 병력임이 역력했다. 그들이 들고 있는 도시의 깃발들 사이사이에는 다른 문양의 깃발이 많이 섞여 있었다. 그중 한 무리의 깃발 문양이 어쩐지 낯설지가 않아 자세히 살펴보니 우주선 뒤에 처음 나타났었던 파디아라는 여자와 그녀를 따르고 있던 사람들의 옷에 그려져 있던 것과 같은 문양이었다. 그것으로 보아 파디아도 어딘가에 있을 것 같은 느낌이 들었다.

[다른 쪽에서도 병력이 가세하고 있습니다.]

이번에는 마리나가 자신의 에어 바이크로 전장에서 보다 먼 곳을 비추었다. 그녀의 말처럼 몇 천을 헤아리는 사람들이 도시군이 가진 것과 같은 황색의 깃발을 치켜들고 서둘러 달려오고 있었다.

그 무렵, 전장에 도착한 시민군은 엷은 포위망을 펼친 채 적군을 압박하고 있는 도시군에 가세하여 포위층을 두텁게 만들면서 한층 공격의 수위를 높였다.

도시군의 공세가 강화되어 적의 본진으로 육박해 들어오자 본진에도 마침내 동요가 확산되었다. 병사들은 깃발이며 무기를 팽개치고 제 멋대로 흩어져 달아나기 시작했다. 지휘관들이 나서서 어떻게든 병사들을 잡아두려 했지만 우왕좌왕하며 흩어지는 병사들을 통제할 재간이 없었다.

삽시간에 혼란은 본진 전체로 확산되었다. 마침내 본진 가장 안쪽에 있는 큰 천막에서 여러 명의 사람들이 나왔다. 그들은 대기시켜 놓았던 말을 타고 그곳을 벗어나기 시작했다. 전선은 총제적으로 붕괴 국면으로 접어들어 있었다.

[적의 사령부가 후퇴하는 것 같습니다.]

마리나의 보고를 받고 박상이 확인했다.

"확실합니까?"

[정확하게 알 수는 없지만 본진 내부의 지휘소로 추정되는 천막에서 여러 명의 장교들이 나와서 말을 타고 전장을 빠져나가려 하고 있습니다. 그중에 총사령관이 섞여 있을 것으로 추정됩니다.]

"본진을 버리고 후퇴한다면 지휘를 포기했다는 말입니까?"

[그런 것 같습니다.]

마리나의 말투는 또박또박하고 확실했다.

"그럼 거의 끝난 거네요?"

박창이 말했다. 마리나는 잠시 말없이 있다가 담담한 투로 말했다.

[전황이 뒤집히는 일은 아마 없겠죠. 하지만 전투는 전혀 끝날 기미가 없군요.]

릴리가 부연했다.

[도시군이 공세를 더욱 강화하고 있습니다.]

승리가 확실해졌는데 무슨 말인가 싶어 박상은 의아한 시선으로 모니터를 바라보았다. 릴리와 마리나가 말한 것처럼 도시군은 이제까지보다 더 더욱 맹렬하게 적병에 육박하고 있었다.

"저 정도면 다 끝난 것 같은데 저렇게까지 하는 이유가 뭘까?"

박상이 혼잣말로 중얼거리는데 박창이 가라앉은 음성으로 말했다.

"아무래도 포위섬멸전을 하려나 본데?"

"포위섬멸전?"

박상의 눈썹이 불쾌한 기색으로 꿈틀했다. 그는 마리나에게 부탁했다.

"마리나 씨, 고도를 높여 더 위로 올라가 들판 전체를 조망해 주실 수 있겠습니까?"

[그러죠.]

마리나는 시원스럽게 대답하고 더 높은 상공으로 올라가 에어 바이크에 부착된 카메라로 들판을 넓게 잡았다. 전체적으로 잡힌 화면을 보니 전반적인 상황이 보다 분명하게 파악되었다. 박창의 말처럼 도시군이 적군을 주머니로 감싸듯이 완전히 포위하고 사방에서 압박해 들어가는 양상이 뚜렷이 보였다.

"적군의 배후까지 완벽한 포위망을 구축했군요. 언제 저기까지 돌아갔을까요?"

바다가 믿기 어려워하며 말하자 우진이 추측했다.

"배후에 있는 병사들은 밤에 미리 출발시켜 놓은 것 아닐까요? 아침에 도시군이 성을 나서기 전에 출발했던 거겠죠. 그렇지 않고는 저렇게 적시에 완벽하게 포위할 수는 없을 겁니다."

"밤에 먼저 출발시켰다구요?"

놀라서 묻던 박상은 무슨 생각에서인지 지혜에게 말했다.

"조수에게 베르테스를 비추게 해봐."

"알았어."

지혜가 조수에게 명령을 내리자 보조 모니터에 조수가 보내는 영상이 들어왔다. 베르테스는 말을 타고 한 자리에 서 있었다. 전장에서 멀지 않은 곳인 모양으로 비명 섞인 함성과 무기의 날들이 맞부딪치는 소리가 귀가 멍멍할 지경으로 울려대고 있었다. 베르테스의 주위에는 십여 기가량의 기병들이 그를 에워싼 채 호위하고 있고 그의 전면에는 4, 5백가량의 보병들이 방패와 창을 들고 질서정연한 모습으로 대기하고 있었다. 베르테스의 시선은 전장에 고정되어 있었다. 그는 손에 길쭉한 원통형의 막대기 같은 것을 들고 그것을 눈에 대었다가 내렸다가 하기를 반복하고 있었다.

"저건 뭐지? 혹시 망원경 아니에요?"

박창이 눈이 동그래져서 소리쳤다.

"정말 그렇네요. 망원경 같은데요?"

우진도 어리둥절해했다. 지혜는 박창과 우진이 놀라는 것을 이해할 수 없어했다.

"망원경이 어때서요? 여긴 지구가 아니니까 다른 점에서는 뒤떨어져도 망원경 같은 건 있을 수 있는 것 아니에요?"

"그야 그렇죠."

우진은 수긍하면서도 고개를 갸웃거렸다.

"망원경의 원리를 알고 제작할 수 있을 정도면 상당히 세련된 기술을 가지고 있을 법한데 무기와 건축은 왜 저렇게 떨어지는 걸까?"

베르테스는 망원경으로 전장을 조망하면서 빈번하게 명령을 내리고 있었다. 그의 앞에는 전령들이 바삐 말을 타고 오가며 그의 명령을 사방으로 전달했다. 수정이 조수의 옆에 있었지만 주위의 소리가 너무 시끄러워 베르테스의 말을 알아들을 수는 없었다. 그러나 간혹 포착되는 그의 목소리는 냉철하게 가라앉아 있었다.

"베르테스의 분위기로 봐서 적어도 지금의 상황이 의도되지 않은 우연은 아닌 것 같네요."

우진의 말에 바다가 동감을 나타냈다.

"그 말이 맞는 것 같군. 현재의 전황을 저 사람이 통제하고 있는 건 확실하겠어."

얼마 동안 더 지켜보았지만 베르테스가 있는 곳의 상황은 변동없이 똑같았다.

"이제 조수의 카메라를 끌까?"

지혜의 물음에 박상은 고개를 끄덕였다. 보조 모니터가 꺼지고 그들의 주의는 다시금 대형 모니터로 쏠렸다.

적을 모든 방향에서 말끔히 감싸고 포위한 도시군은 잠시도 틈을 주지 않고 거칠게 밀어붙이고 있었다. 적군은 포위망 안에 갇혀 이미 제대로 된 저항을 하지 못하는 상태였다. 상공에서 잡힌 화면으로 보면 분명히 포위망을 뚫고 나갈 만한 병력이 있는데도 불구하고 그것을 전혀 이용하지 못하고 각자가 눈앞의 적과 싸우는 데만 급급한 상황이었다. 통일된 지휘 체계가 실종되어 버린 것은 누가 봐도 분명했다.

베르테스가 지휘하는 도시군은 극심한 혼란에 빠져 지리멸렬한 대응밖에 하지 못하는 적군을 가차없이 휩쓸어갔다. 높은 고도에서 내려다보는 각도로 담아내는 영상에 비친 그 모습은 흡사 가을걷이를 하는 광경처럼 보이기까지 했다. 그러나 그것은 기쁨과 환희의 결실이 아니라 생명을 추수하는 잔혹한 축제였다. 보이지 않는 거대한 낫이 증오

와 광기의 날을 번득이며 사람들을 마른 갈대나 볏짚을 쓸어내듯 일말의 동요도 없이 너무도 간단하게 흩어 나가고 있었다.

통제실에는 불편한 정적이 감돌고 있었다. 마리나와 릴리도 얼마 전부터 더 이상 전투 상황에 대해 어떤 언급도 하지 않고 있었다. 불편한 기색으로 연신 손가락을 소리나게 뚝뚝 꺾고 있던 박창이 나지막이 내뱉었다.

"이건 더 이상 전투가 아니잖아. 정말로 적을 남김없이 전멸시키려나 본데……."

우진도 이때는 아무 말도 하지 않았다. 박창이 박상에게 고개를 돌리고 말했다.

"형, 마리나 씨와 릴리 씨는 이제 그만 돌아오게 해도 되지 않겠어? 전황이 뒤집어지는 일은 없을 것 같은데……."

"그럴까?"

박상은 박창의 말을 받아들여 마리나에게 말했다.

"마리나 씨, 전투의 승패는 이미 결정난 것 같은데 이제 돌아오는 게 어떻겠습니까?"

그러나 마리나는 뜻밖에도 거절했다.

[아니에요. 끝날 때까지 지켜보고 있겠습니다. 그래야 정확한 결과를 알 수 있죠.]

[저도 그렇게 하겠습니다.]

릴리도 같은 대답을 했다.

"하지만 점심도 벌써 지났는데… 시장하지 않습니까?"

[괜찮습니다. 별로 생각이 없군요.]

마리나의 음성은 무덤덤한 듯했으나 어쩐지 씁쓸한 여운이 남아 있었다.

"그건 저도 마찬가지긴 합니다."

박상은 쓰게 중얼거리고 통제실의 사람들에게 물었다.

"어떡할까요? 누구 식사할 사람 있습니까? 주먹밥이라도 몇 개 뭉쳐 올까요?"

그러나 손을 드는 사람은 없었다. 새벽에 가볍게 식사를 하고 여러 시간이 지났는데도 아무도 시장기를 느끼지 못하고 있었다.

어느덧 우주선의 시계는 오후 3시를 넘어섰다. 그 즈음 적군의 숫자는 절반 이상 줄어들어 있었다. 누가 보기에도 승패는 결정난 지 오래였다. 그런데도 도시군의 공세는 전혀 늦춰지지 않았다. 그들은 오랜 원한을 한 번에 풀어버리려는 듯이 광기를 발산하며 집요하게 적병의 목을 쫓았다.

마리나가 박상에게 말했다.

[더 이상 지켜볼 필요는 없을 것 같습니다. 다른 지시가 없으시면 귀대하겠습니다.]

"그렇게 하십시오."

[알겠습니다. 귀대합니다.]

마리나와 릴리의 에어 바이크가 방향을 돌리자 그에 따라 화면도 바뀌었다. 박창이 무엇을 생각했는지 픽 웃었다.

"귀대라니, 마리나 씨의 말투는 딱 군대식이야."

박상이 씁쓸하게 웃으며 말했다.

"제대한 지 오래되지 않는 데다 지금 상황이 이러니 그런 거겠지."

"허긴 나도 어떨 땐 군대 시절로 돌아간 것 같은 기분이 들긴 해. 여기가 꼭 군대 지휘소 같기도 하고."

박상은 자리에서 일어나 박창의 머리를 꿍 쥐어박고 말했다.

"쓸데없는 소리 하지 말고 좀 이르지만 저녁 준비나 하자."

"알았어."

박창은 머리를 문지르면서 박상을 따라 나갔다. 통제실을 나가 주방으로 가던 중 박상이 한숨을 푹 쉬며 말했다.

"저렇게 많은 사람이 죽다니… 이번 전투, 분명히 여기 역사에 남게 되겠지?"

"당연히 그렇겠지. 지금까지만 해도 줄잡아 4, 5만은 죽었을걸? 이런 전투가 역사에 남지 않을 리 없지."

"4, 5만……."

박상의 얼굴은 더욱 꺼뭇해졌다. 그는 그 숫자의 무게에 짓눌린 듯 잠깐 걸음을 멈추고 우울하게 중얼거렸다.

"이 사태를 초래한 우리는 대체 역사에 어떤 식으로 남게 될까?"

"설명이 안 되는 이상한 존재로 남겠지."

"베르테스라는 남자, 정말 무서운 사람이다. 역시 첫인상만으로 사람을 판단하는 게 아니었어. 저런 대규모 살육을 태연하게 해치우다니."

"이곳 사정을 자세히 모르니 뭐라 말하긴 어렵지만 보통 남자가 아닌 건 분명하지. 모르긴 몰라도 영웅 후보쯤은 되지 않을까? 그런 말도 있잖아, 한 사람 죽이면 살인자지만 무더기로 죽이면 영웅이라고."

"그런 식으로 말하면 히틀러도 영웅이냐?"

박상의 비딱한 반박에 박창이 혀를 차며 대꾸했다.

"좀생원처럼 일일이 따지지 좀 마. 아무튼 전쟁이란 게 또 원래 그

런 거잖아. 지구만 해도 전쟁이라도 나봐. 장군들이 우리 같은 말단들
의 얼굴이나 사정, 알기나 해?"

"휴~ 나도 이젠 모르겠다. 저녁이나 먹자."

박상은 고개를 설레설레 흔들며 주방으로 들어갔다.

3

마리나와 릴리가 돌아온 뒤 무적택배 사람들은 박상 형제가 만든 볶음밥과 국으로 점심 겸 이른 저녁을 먹었다.

전투가 어떻게 되었나 궁금해서 간간이 조수에게 영상을 전송하게 해보았으나 베르테스가 최전선에 나서서 전투하는 입장이 아닌지라 보고를 받고 지시를 내리는 모습만이 보일 뿐 전투 광경은 볼 수 없었다. 다만 수정이 지속적으로 모은 언어 데이터 덕분에 통역률은 많이 개선되어 있었다. 베르테스와 그의 부하들이 주고받는 말을 통해 전황에 별다른 변화가 없으며 이들의 최종적인 목적이 적의 섬멸이라는 것을 알아낼 수 있었다. 조수와의 통신을 끊은 뒤 지혜가 말했다.

"정말로 적을 남김없이 소탕해 버릴 모양이네요. 이 다음에는 어떻게 될까요?"

바다가 말했다.

"우리에게 별일이야 있겠습니까? 우린 이 도시 사람들을 크게 도왔으니까 최소한 우리와 우주선은 무사하겠지요."

"혹시 적들이 병력을 모아서 또 쳐들어오면 어떡하죠? 미사일의 절반은 써버렸고 에너지 사정도 몹시 나쁜데……."

지혜는 또 에너지를 염려했다. 우진이 말했다.

"말이 쉬워 10만이지 이런 시대에 저 정도 병력은 결코 적은 숫자가 아닙니다. 또 적군은 단순한 농민병이 아닌 정규군이었어요. 이번 전투에서 그 병력을 대부분 잃다시피 했으니까 적어도 몇 달은 괜찮지 않겠습니까? 어쩌면 베르테스도 그걸 노리고 섬멸전으로 나간 것인지도 모르구요."

우진의 말을 듣고 있던 박상이 말했다.

"우진 씨 말대로라면 좋겠지만 이곳의 사정을 잘 모르니 확신할 수는 없지요. 언어 통역기의 통역률도 꽤 올라 있으니 누구에게든 물어서 이곳의 사정부터 알아봅시다. 적군과 이 도시의 관계가 어떻게 되는지, 베르테스와 파디아는 정확히 어떤 신분의 사람들인지, 우리가 올라앉은 이 건물 안에 있던 사람들은 어떤 이들이었는지 우리가 알아야 할 것이 많을 것 같습니다."

"누구에게 물어볼 건데?"

박창이 물었다. 박상은 우주선의 배후를 비추고 있는 외부 모니터로 시선을 돌렸다. 정원 구석에는 파디아를 따르던 사람 중 셋이 남아서 줄곧 자리를 지키고 있었다.

"저 사람들에게 물어보려고?"

박창이 모니터 속의 그들을 가리키자 박상이 고개를 저었다.

"저 사람들보다는 가능하면 베르테스나 파디아란 사람에게 직접 물어보는 편이 좋을 것 같다. 우리 모두랑 인사를 나눈 사람들이기도 하고 아무래도 그 두 사람이 책임자로 보이니까. 아까 보니까 파디아도 전장에 나가 있는 것 같던데 나중에 이곳으로 오면 그때 만나서 물어보자."

"그런데 호칭 말인데요. 통역기로 통역이 되면 저쪽 사람들에게도 우리의 말이 들리게 되는데 베르테스, 파디아 하는 식으로 그냥 이름을 부를 것이 아니라 뭔가 경칭을 붙여야 하지 않을까요?"

우진이 제안했다. 박상도 그 말이 타당하다고 느꼈다.

"그건 그렇군요. 높은 사람들인 것이 분명한데 이곳의 경어 체계를 모르긴 하지만 이름으로만 부르는 건 실례가 될지도 모르겠군요."

"님을 붙여서 부르면 되지 않겠어요? 적당히 통역이 되겠죠."

지혜의 제안에 따라 그들은 앞으로 파디아와 베르테스를 부를 때 경칭을 붙이기로 정하고 통제실에 모여 앉아 파디아나 베르테스가 도시로 돌아오기를 기다렸다.

긴 하루가 어느 결에 지나고 태양이 쏘아내는 금빛 화살이 핏빛으로 바래 지평선 너머로 잠겨들기 시작했다. 그런데도 전투는 끝나지 않고 열려 있는 외부 음향 장치를 통해 멀리 전장의 소음이 웅웅대며 울려 댔다.

태양이 자취를 감추고 어둠이 짙어져 갈 즈음 십수 명의 사람들이 언덕을 올라오더니 정원 한쪽에서 분주히 움직였다. 박상 등은 무슨 일인가 싶어 주의를 기울여 지켜보았다. 사람들은 우선 큰 테이블을 여러 개 일렬로 놓고 하얀 천을 씌웠다. 그리고 자신들이 가져온 바구니며 등짐에서 여러 가지를 꺼내어 그 위에 차리기 시작했다. 불이 환하게 타오르는 넓적한 그릇 두 개가 양쪽에 놓이고 그 안쪽에는 과일과 고기 등 여러 가지 음식이 성대하게 차려졌다.

그러한 정리가 끝난 뒤 파디아가 다른 사람들을 이끌고 왔다. 불빛을 받아서인지 그녀의 갈색 얼굴은 발갛게 상기되어 있는 듯 보였고 그녀의 얼굴에는 환희의 빛이 역력했다. 파디아와 사람들은 테이블 앞에서 기도문 같은 것을 낭송하면서 우주선 방향으로 엎드려 절을 하기 시작했다.

"지금 나가볼까요?"

우진의 말에 박상이 고개를 주억거렸다.

"그럽시다. 쇠뿔도 단숨에 빼랬다고 빨리 끝내는 게 낫겠죠."

무적택배 사람들은 자리에서 일어나 통제실을 나갔다. 우진은 다른 일행에 앞서 우주선을 나가 파디아가 있는 곳으로 달려갔다. 조수와 수정이 베르테스를 따라가서 돌아오지 않았기 때문에 누군가가 가서 파디아를 불러와야 했다. 우진의 모습을 본 사람들은 고개를 조아렸다. 사람들에게 다가가서 파디아에게 말을 건넨 우진은 그녀를 우주선 쪽으로 데리고 왔다. 파디아는 긴장한 얼굴로 우진을 따라왔다. 무적택배 사람들은 우주선 아래에서 파디아를 기다리고 있었다. 파디아는 언제나처럼 일정한 거리를 두고 멈추어 서서 일행에게 깊숙이 허리를 숙인 채 말했다.

"#######… 덕분에 적을 물리칠 수 있었습니다. 감사합니다."

파디아의 인사를 받은 박상은 애매한 표정으로 고개를 살짝 끄덕이고는 조심스럽게 입을 열었다. 베르테스를 따라간 수정이 계속 언어 데이터를 수집하여 송신해 온 덕분에 데이터가 축적되어 통역률은 처음에 비해 상당히 높아져 있었지만 아직 완전하지는 못했다. 그 점을 감안하여 박상은 평이한 표현을 골라서 말하려고 노력했다.

"그 점에 대해서 드릴 말씀이 있습니다. 사실 저와 동료들은 갑자기 이곳으로 오게 되어 이곳의 사정을 잘 모릅니다. 당신들의 적이 정확히 어떤 사람들인지, 또 당신과 베르테스님이 어떤 일을 하고 계신지 알려주셨으면 합니다. 되도록 말을 풀어서 쉬운 말로 말씀해 주십시오."

파디아는 고개를 들어 검은 눈동자를 크게 뜨고 박상을 쳐다보았다. 박상은 그녀가 제대로 이해하지 못했나 싶어서 더 느리게 다시 말했다. 두 번째로 설명을 들은 파디아는 알겠다는 표정으로 고개를 가로저었다. 박상 등도 이번에는 헷갈리지 않았다.

"이곳은 레스프라트라는 나라입니다. 적은 아메트이고 레스프라트는 20여 년 전에 아메트에게 패해 없어졌었습니다."

그 말을 들은 박창이 통역기 스위치를 끄고 박상에게 말했다.

"여기 사람들이 독립군이었단 말인가 보네."

박상은 박창의 말에 대꾸하지 않고 우주선이 올라앉은 건물의 잔해를 가리키며 파디아에게 물었다.

"그러면 이 건물은 무엇이었습니까? 누가 여기에 있었지요?"

"이 건물은 원래 레스프라트 왕의 건물이었습니다. 여러분께서 오실 당시 이곳에는 아메트에서 보낸 지배자가 있었습니다. 하지만 그자는 건물과 함께 죽었습니다."

박상은 우주선을 뒤돌아보고 속으로 씁쓸하게 중얼거렸다.

'정복한 국가에서 보낸 지배자라면 태수나 총독이었겠군. 고의로 한 일은 아니지만 우리가 죽인 셈이기는 하지.'

파디아에게 얼굴을 돌린 그는 계속 물어갔다.

"당신은 어떤 일을 하는 분입니까?"

"저는 미테르를 모시는 사제들의 장입니다."

사제들의 장이라는 말에서 파디아의 신분이 짐작되었다. 미테르는 아마도 그들이 믿는 신의 이름일 것이리라.

"그러면 베르테스님은?"

"레스프라트의 새로운 왕이십니다."

오늘 전투에서 그가 맡은 역할을 보더라도 베르테스가 왕이라는 것은 충분히 납득이 갔다. 그러나 그 다음에 파디아가 덧붙인 말은 그들을 어리둥절하게 만들었다.

"여러분의 뜻에 의해."

박상과 일행은 그녀의 말뜻을 이해할 수 없어 잠깐 동안 서로의 얼굴을 멀뚱히 쳐다보았다. 우진이 통역기를 끄고 나름대로 해석해서 말했다.

"우리가 와서 점령군을 몰아냈다는 의미로 한 말이 아닐까요? 여기 사람들이 적군과 싸우는 와중에 우리가 떨어진 모양인데 우리 우주선이 이 건물을 들이받아서 적의 주요 인물들을 결과적으로 많이 죽게 만들었으니까요."

"그런가?"

우진의 말이 맞는 것 같아서 박상 등은 그러려니 넘어갔다. 그러나 파디아의 다음 말은 일행의 사고를 또다시 미궁 속에 빠뜨렸다.

"신의 계시에 따라 여러분이 오실 것을 기다리고 있었습니다."

"우리를 기다렸다구요?"

뜨악해서 묻는 박상에게 파디아가 차분하게 대답했다.

"예, 저는 ##에서 보았습니다. 미테르께서 거대한 불로서 저희를 구원해 주실 것을 믿고 기다리고 있었습니다……."

파디아는 무엇인가 열심히 설명하였으나 군데군데 말이 끊어졌다. 역시 아직은 언어 데이터가 완전하지 못한 모양이었다. 그러나 그중에 통역된 '신의 사도'라는 표현이 박상의 뇌리에 날카롭게 박혀들었다. 박상은 혹 자신이 잘못 들은 것일까 반신반의하며 파디아의 말을 자르고 물었다.

"잠깐만요! 지금 신의 사도라고 말씀하셨습니까?"

"예."

파디아는 또렷하게 대답했다. 그녀의 태도에는 한 치의 주저함이나 망설임도 없었다. 박상의 얼굴이 당혹감으로 저절로 굳어졌다.

'설마… 잘못 통역된 것 아닐까?'

그런 생각을 하고 있는데 우진이 박상에게 다가와 귀에 대고 작은 소리로 말했다.

"사장님, 통역기 사정 때문에라도 자세한 사정은 더 있어봐야 알 수 있을 것 같은데요? 일단 지금은 이 정도로 해두는 것이 어떨까요?"

"우리를 신의 사도라고 오해하는 모양인데 그건 어떡하구요?"

"지금 이 자리에서 따지지 말고 통제실로 돌아가서 의논해 보지요."

박상은 어떻게 할지 망설이다가 우진의 말을 받아들였다. 당장 파디아에게 뭐라고 말해야 할지 그 자신도 갈피를 잡을 수 없기 때문이기도 했다. 그는 파디아에게 말했다.

"말씀은 알겠습니다. 나중에 다시 뵙고 말씀을 나누기로 하지요."

"알겠습니다."

파디아는 무적택배 사람들에게 공손하게 머리를 조아리고 물러났다. 그녀가 가는 것을 보고 박상 등도 우주선으로 들어가려고 하는데 박창이 파디아가 간 방향을 가리키며 물었다.

"저 음식들, 우리 먹으라고 둔 것 같은데 어떻게 해?"

"지금 그런 게 문제냐?"

박상은 무뚝뚝하게 말하고 우주선으로 들어가 버렸다. 박창은 머쓱한 표정으로 사람들이 차려놓은 테이블을 한 번 더 쳐다보고는 잠자코 형을 따랐다.

우주선으로 돌아간 무적택배 사람들은 통제실에서 이 새로운 상황에 대해 의논했다.

"어�째 사람들의 태도가 지나치게 공손하다 싶더라니. 그런 얼토당토 않은 오해를 하고 있었을 줄이야."

박상은 테이블에 팔을 괴고 머리칼을 헝클어뜨리며 괴로워했다. 우진이 일행의 얼굴을 둘러보며 말했다.

"골치 아프게만 생각하지 말고 상황을 정리해 봅시다. 파디아님의 말로 비추어보건대 이 나라는 오랫동안 다른 나라의 식민지가 되어 있었고 한참 독립 전쟁을 하는 와중에 우리가 태수관에 직통으로 떨어져 본의 아니게 적 수뇌부를 죽여 버린 셈이 된 것 같아요. 어쩌면 그 일이 이 도시가 해방되는 데 결정적이었을 수도 있죠. 게다가 오늘은 적의 물자를 파괴해서 승리의 계기를 마련했으니 이곳 사람들의 입장에서 신이 자기들을 구원하기 위해 내려 보낸 신의 사도라고 생각할 수도 있는 것 아니겠어요?"

지혜가 한숨지었다.

"이곳의 문명 정도나 상황으로 봐서는 그렇게 생각하는 것도 무리는 아니죠. 하지만 문제는 우리가 결코 메시아가 될 수 없다는 점이에요. 오늘 일만 해도 그건 기적이 아니라 우리가 가지고 있던 무기와 에너지를 사용한 것이고 그나마 이제는 에너지 사정이 나빠서 더 이상은 불가능해요. 우리는 모세가 아니고 기적을 일으키는 마법의 지팡이도 없어요."

바다가 지혜의 말에 공감했다.

"그 말씀대로입니다. 아닌 걸 거짓말할 수는 없지요."

박상 형제나 마라나, 릴리 등도 기본적으로 같은 생각이었다. 그런데 우진만은 다른 의견을 냈다.

"제 생각은 좀 다릅니다. 우리들뿐 아니라 이곳의 사정도 고려해야지요. 태수관을 파괴한 것도 그렇고, 오늘 일로도 우리는 이 나라 사람들과 공동운명체가 된 것이나 다름없습니다. 오늘 전투에서 대승리를 거두었다고 하지만 이 나라가 완전히 해방된 것은 아닙니다. 적국은 한 번에 10만의 병력을 동원할 수 있는 나라입니다. 오늘 승리로 당분간 시간을 벌었다 뿐 상황이 깨끗이 끝난 것이 아니라는 거죠. 어쩌면 이제부터가 더 중요합니다."

박창이 물었다.

"그래서 우진 씨가 하고 싶은 말이 뭡니까?"

"우리가 신의 사도가 아니라고 굳이 밝힐 필요는 없다는 겁니다."

우진의 말에 박상은 불쾌한 얼굴이 되어 말했다.

"거짓말을 하자는 겁니까?"

"적극적으로 거짓말을 할 필요까지는 없고 당분간은 그냥 가만히 있으면 되지 않겠습니까?"

"그럴 필요가 뭐죠?"

지혜도 못마땅한 기색으로 따지듯 질문했다.

"이곳 사람들의 사기를 위해섭니다. 낮에 벌어진 전투를 보지 않았습니까? 정규군의 숫자만으로는 3만 대, 10만으로 적의 1/3밖에 안 되는 병력이었습니다. 상대가 정규군일 때 시민군은 그다지 신뢰하기 어렵습니다. 통솔이 어렵고 조금이라도 전황이 불리해지면 전장에서 금방 이탈할 가능성이 크니까요. 이곳의 왕 베르테스가 시민군을 처음부터 데리고 가지 않고 뒤에 가세하게 한 것도 그래서일 겁니다."

박상이 이의를 제기했다.

"하지만 오늘 전투에서는 시민군, 정규군 할 것 없이 굉장히 용감하게 싸우던데?"

우진은 당연하다는 투로 말했다.

"이기고 있는 전황이었으니까요. 게다가 우리가 적의 요새를 6개나 파괴하는, 그들로서는 상상도 할 수 없는 일이 벌어짐으로서 신이 자신들을 돕고 있다는 확신을 가졌을 테구요. 시민군 사이에 올라 있던 이곳 종교의 깃발이 그 증거입니다. 아마 모르긴 해도 사제들도 상당수 가담했을 겁니다. 즉 신의 가호에 대한 믿음이 그들을 더없이 용감하게 만들었던 겁니다. 그게 바로 사기의 힘이죠. 오늘 전투에서 10만의 적을 물리쳤지만 적국은 아직 건재할 터이고 독립을 위한 싸움은 끝나지 않았습니다. 이곳 사람들에게는 강력한 적국에 맞서서 사기를 유지시켜 줄 무엇인가가 필요합니다."

우진의 강력한 주장에 박상과 나머지 일행은 혼란스러운 기분으로 입을 다물고 다른 사람의 안색을 살폈다.

"마리나 씨 생각에는 어때요?"

지혜가 마리나에게 묻자 마리나는 모호한 반응이었다.

"잘 모르겠어요. 우진 씨 말이 일리가 있는 것 같기는 한데……."

우진이 다시 말했다.

"그렇게 어렵게 생각하지 말고 당분간 긍정도, 부정도 안 하면 되지 않겠어요? 그럼 거짓말하는 건 아니잖아요?"

"그런가?"

박상이 떨떠름하게 중얼거리는데 지혜가 자신의 휴대용 컴퓨터를 꺼내 확인하더니 말했다.

"조수가 지금 이리로 오고 있대요."

우진이 물었다.

"베르테스님은요?"

"같이 오고 있다는군요."

"어떡할 거야, 형?"

박창이 묻자 박상은 잠깐 생각하더니 말했다.

"나가서 만나보자."

그래서 그들은 베르테스를 만나러 나갈 준비를 했다.

"왠지 긴장되는데?"

박창이 외부 모니터를 쳐다보며 중얼거렸다. 릴리가 맞장구쳤다.

"그렇죠? 처음에 만났을 때는 그렇게 무서운 사람일 것이라고는 생각지 못했는데 오늘 보니까 진짜 무섭도록 냉혹한 사람이에요. 단순히 승리를 거두는 차원을 넘어서 10만을 헤아리는 적군을 전멸시키는 작전을 쓰다니 말이에요."

우진이 말했다.

"저도 그 당시에는 그렇게 생각했는데 지금은 어느 정도 납득이 가네요. 이 나라는 멸망한 지 20여 년 만에 간신히 독립한 입장이에요. 정규군의 수에서도 밀리고 있고 이번에 이긴다 해도 다음번에도 그렇게 운이 따라주리라는 보장은 없죠. 이 전투에서 이긴다 해도 적군이 전열을 재정비해서 재공격해 오면 그때는 더 위험해질지도 몰라요. 그러니까 이길 수 있을 때 아예 적군을 섬멸시켜서 적국의 추가 공격을 최대한 늦추려 한 것이겠죠. 적국이 아무리 대국이라 해도 10만이나 되는 병력을 시도 때도 없이 보내지는 못할 테니까요."

자신의 일처럼 열의를 보이는 우진의 태도에 릴리가 재미있다는 듯 웃었다.

"우진 씨, 꼭 베르테스란 사람의 대변인처럼 말하네요? 그 사람이 마음에 들었다더니 그냥 하는 말이 아니었나 봐요?"

우진은 정색을 하고 대답했다.

"특별히 그 사람을 편드는 게 아니라 제가 보기에 상황이 그렇다는 겁니다. 그리고 사실 굉장한 남자인 건 틀림없죠. 아무리 우리가 적의 물자를 파괴해서 적의 사기가 떨어졌다고 해도 그건 순간적일 겁니다. 도시군의 공격 시기가 조금만 늦었어도 어떻게든 정신을 차리고 반격해 왔을걸요? 적의 사기가 결정적으로 떨어졌을 때를 놓치지 않고 공격해서 밀어붙인 것이나 밤에 미리 부대를 내보내서 적절한 때에 적을 포위한 것이나 시민군을 활용한 솜씨 등 어느 것을 놓고 봐도 군사적으로 탁월한 사람임에는 틀림없어요."

마리나가 우진을 거들었다.

"그 점은 저도 동감이에요. 잔인하든 어떻든 군대의 지휘관으로서는 엄청나게 유능한 사람이라고 봐요. 우리 입장에선 다행인 셈이죠. 이 도시가 무사해야 우리도 돌아갈 희망을 잡을 수 있으니까."

그때 지혜가 긴장된 목소리로 주의를 일깨웠다.

"저기 나타났어요. 만날 거라면 어서 내려가요."

일곱 명은 서둘러 우주선을 나갔다. 지혜는 조수와 수정에게 명령해 베르테스만 동행해서 우주선 가까이에 오도록 했다.

바깥은 이미 캄캄해져 있었다. 베르테스를 따라온 사람들은 횃불을 들고 사제들이 있는 곳에 멈추어 서서 기다리고 있고 수정이 횃불을 하나 받아 들고 베르테스를 안내해 일행에게 왔다. 베르테스의 얼굴은 일견 무표정한 듯 보였으나 그의 눈에는 숨길 수 없는 기쁨과 안도가 서려 있었다. 베르테스는 일행의 앞에 이르더니 고개를 조아리고 감사의 인사를 했다.

"여러분의 가호로 적을 물리칠 수 있었습니다. 승리에 감사드립니다."

박상이 천천히 대답했다.

"아닙니다. 우리가 한 일은 계기에 불과합니다. 오늘의 승리는 우리가 아닌 베르테스님께서 이루신 것입니다. 승리를 축하드립니다."

베르테스는 경건한 자세로 그의 말을 듣고 있었다. 박상은 의미가 정확하게 전달되고 있을지 내심 걱정하면서 계속 말해 갔다.

"우리는 아주 먼 곳에서 왔고 이곳에 오래 머물 수는 없습니다. 당분간은 이곳에 있어야 하지만 언젠가 여기를 떠나 원래의 곳으로 돌아가야 합니다. 우리는 이곳의 일을 잘 알지 못하고 따라서 왕께서 하시는 일에 관여할 생각은 전혀 없습니다. 우리가 이곳에 머물러 있는 동안 우리들을 잘 부탁드립니다."

박상의 말이 뜻밖이었던지 베르테스는 그 대목에서 고개를 번쩍 들었다. 박상은 일순 긴장했으나 그는 이내 고개를 숙이며 부드럽게 대답했다.

"잘 알겠습니다. 최선을 다해 맡겨진 일을 하겠습니다."

베르테스의 반응에 안도한 지혜가 조심스럽게 그에게 말했다.

"저희가 왔던 곳으로 돌아갈 때까지 여러분의 도움이 여러모로 필요할 것 같습니다. 잘 부탁합니다."

"언제든지 말씀하십시오."

"감사합니다."

베르테스와의 짧은 대화를 끝내고 그가 돌아가는 모습을 지켜보던 지혜는 전 조수와 수정을 시켜 바깥의 테이블에 차려진 음식을 가져오게 했다.

"저 음식은 왜?"

박상의 질문에 지혜는 서글픈 미소를 머금었다.

"어쩌면 우리들… 여기에 생각보다 오래 있어야 할지도 몰라. 여기음식에도 익숙해지는 게 좋을 거야."

박상의 표정이 굳어지는 것을 보고 지혜는 재빨리 덧붙였다.

"아직은 추측일 뿐이야. 어쨌든 매사에 미리 대비하는 편이 좋잖아?"

박상은 대답하지 않았다. 지혜가 품고 있는 불안은 그 역시 공유하는 터였다.

우주선으로 돌아간 온 지혜는 조수에게 음식물에 독성이 없는지 검사하게 하고 수정이 언덕을 내려가 있는 동안 수집한 언어 데이터에서 특히 기본적이고 필수적인 어휘들을 골라내 정리했다. 이곳의 생활이나 문화에 대해 이해할 단서가 될지도 모른다는 생각에서였다.

"확실히 고급형 안드로이드라 다르네요. 불과 하루 만에 상당한 데이터를 모았군요."

연신 감탄하며 컴퓨터를 조작하던 지혜가 별안간 목소리를 높였다.

"놀라운데요? 여기 사람들에게도 시간 개념이 있네요. 이곳에서는 하루를 25시간으로 나누고 있군요."

"시간에 대한 개념이 있는 것 자체는 그다지 놀랄 일이 아니에요. 지구에서도 시간을 측정하는 일은 아주 옛날부터 있었는 걸요?"

우진은 별것 아니라는 투였다.

"그럼 이곳 사람들의 1시간과 지구 연방 표준시의 1시간은 어느 정도 차이가 있는지 알 수 있나요?"

마리나가 관심을 보였다.

"글쎄요. 아직 그것까지는 알 수 없네요. 그런데 그건 왜요?"

"요 이삼 일 동안 보니까 일출 시간이 우리 우주선의 시계로 볼 때 매일 뒤로 대략 한 시간씩 밀리고 있더군요."

"그래요?"

지혜를 비롯한 다른 사람들은 미처 눈치 채지 못한 사실이었다.

"이 별의 하루가 연방 표준시로 어떻게 되는지 한번 알아봐야겠네요."

지혜는 컴퓨터로 알아볼 수 있을지 방법을 검토하기 시작했다. 그때 조수가 검사를 마친 음식을 가지고 들어왔다. 다행히 대부분의 음식이 먹을 수 있는 것으로 판명되었다. 저녁을 일찍 먹기도 했었고 외계의 음식에 대한 호기심도 작용하여 무적택배 사람들은 테이블 가득 펼쳐진 음식 앞에 둘러앉았다. 지혜도 시간에 대한 일은 나중으로 미루고 합류했다. 박창은 여러 가지 음식 중에서도 부풀지 않은 납작한 빵부터 집어먹어 보더니 말했다.

"여긴 빵을 부풀려서 굽지 않는 모양이네요."

"이스트나 베이킹파우더가 없어서 그렇겠죠."

마리나가 말하자 박창은 머리를 흔들었다.

"지구 같으면 반죽을 발효시켜서 빵을 부풀리는 방법도 있어요. 그래도 다행인 게 맛은 밀가루 빵과 대충 비슷한대요?"

"그래요?"

빵 조각을 조금 떼어 입에 넣어본 마리나가 고개를 끄덕였다.

"정말. 좀 거칠고 딱딱하긴 해도 밀가루로 만든 빵과 비슷한 맛이 나네요."

"이건 하얀 치즈 같은데? 네가 보기엔 어떠냐?"

박상은 납작하게 썰어져 있는 흰색의 덩어리를 집어 냄새와 맛을 보고 박창에게 내밀었다. 박창은 그것을 먹어보고는 고개를 주억거렸다.

"지구의 치즈와 맛은 좀 다르지만 하얀 치즈 맞는 것 같네. 만일 이게 동물의 젖으로 만든 거라면 지구의 치즈랑 거의 비슷하게 사용할 수 있겠는데?"

한 옆에서는 바다가 납작한 그릇에 담긴 붉은 고기를 젓가락으로 뒤적이며 놀라워했다.

"이건 아무리 봐도 육회 같군요."

릴리가 얼른 다가와서 살펴보고 신기해했다.

"정말이네요. 육회가 맞는데요?"

저쪽에서는 우진이 다른 접시를 내밀었다.

"이것 보세요. 생선회도 있는 것 같아요."

"진짜네."

박창은 치즈를 내려놓고 우진에게서 접시를 받아 들었다.

"생선살이 맞는 것 같은데… 한번 먹어볼까?"

그가 젓가락으로 생선살을 집는데 지혜가 손등을 찰싹 때렸다.

"살균해서 먹어야지 날것을 그대로 먹으면 어떡해? 기생충이라도 있으면 어쩌려고?"

"아, 그렇겠다."

박창은 머쓱해서 젓가락을 내렸다. 박상이 모두에게 말했다.

"날 음식이 아니라도 미리부터 조심하는 게 좋으니까 앞으로 이곳의 음식을 먹을 때는 독성 검사와 살균을 병행시키는 게 좋겠습니다. 저온 살균기로 살균하면 음식의 맛이 크게 변하지는 않을 겁니다."

그래서 그들은 조수에게 음식을 전부 저온 살균 하도록 해서 다시 가져오게 했다. 음식이 펼쳐지자 박창은 냉큼 젓가락으로 생선회부터 집었다. 그리고 작고 납작한 토기에 담긴 소스로 짐작되는 노란 액체에 찍어서 입에 넣었다.

"웃!"

짤막한 탄성을 토하며 박창이 두 눈을 질끈 감았다.

"왜 그래?"

지혜가 놀라서 물으니 박창은 눈을 꼬옥 감은 채 대답했다.

"너무 맛있어서……. 특히 소스가 끝내줘."

"그래?"

그의 말을 들은 지혜와 다른 사람들은 생선회에 소스를 듬뿍 찍어 먹었다. 기대에 가득한 표정들은 다음 순간 비명으로 돌변했다.

"으앗! 매워!"

기겁해서 입에 든 것을 손에 뱉어낸 지혜가 박창에게 고함을 빽 질렀다.

"박창! 너, 정말 이러기야?"

우진과 마라나 등도 입의 것을 뱉어내고 물을 찾아 수선을 떨고 있었다. 박창은 그제야 감고 있던 눈을 뜨고 굳어서 잘 돌아가지 않는 혀로 말했다.

"나 혼자 먹으면… 억울하잖아."

매운 것을 참고 억지로 입에 물고 있느라 그의 눈은 물기로 번들거리고 있었다.

"이 고약한 녀석!"

지혜는 손을 뻗어 박창을 꼬집으려 했지만 그는 날렵한 동작으로 피했다. 그러나 다음 순간 그는 마라나가 내민 다리에 걸려 엎어졌다. 그 기회를 놓치지 않고 덤벼든 지혜는 있는 힘껏 박창의 팔뚝을 꼬집었다. 다른 사람들도 눈물을 흘리며 가세해 박창을 응징했다. 오직 혼자 수상한 낌새를 채고 먹지 않고 있던 박상은 그럴 줄 알았다는 표정으로 침착하게 다른 사람들에게 물이며 빵을 챙겨주었다.

"아우~ 뭐가 이렇게 매운 거죠? 청양고추보다 열 배는 더 매운 것 같아요."

물을 마셔도, 빵을 먹어도 쉽게 가시지 않는 매운 기운 때문에 물 컵에 아예 혀를 쑥 내밀어 담그고 있던 우진이 투덜거렸다.

"청양고추보다 더 지독하지. 고추는 단맛이라도 있잖아. 그런데 이건 그냥 무진장 맵기만 한걸?"

바다는 연신 물을 입 안에 머금고 혀를 굴리다가 들이키기를 반복하고 있었다. 박상은 문제의 노란 소스를 납작한 빵 조각 끝에 아주 약간 묻혀 혀에 대어보더니 인상을 찡그리며 혀끝을 물 티슈로 닦아냈다. 그리고 육회가 담긴 그릇을 들여다보며 중얼거렸다.

"육회를 소스도 없이 이대로 먹을 수는 없을 텐데…… 양념을 좀 해와야겠군."

그는 육회 접시를 가지고 주방으로 갔다. 박상이 양념을 한 육회를 가지고 돌아왔을 때에는 일행은 안정을 되찾고 다른 음식들을 맛보고 있었다.

"맛이 어때요?"

박상이 물으니 박창이 대뜸 대답했다.

"순전히 소금 맛하고 약간의 다른 향기밖에 안 나. 여긴 조미료랑 향신료가 턱없이 없나 봐. 무미건조하기로 정평있는 영국 요리보다 한 술 더 뜨는 것 같아."

"영국 요리보다 심하다고? 그 정도야?"

"백문이 불여일견이라고, 형이 한번 먹어봐."

박창은 박상의 손에서 육회 접시를 받아서 테이블에 놓았다. 박상이 몇 가지 음식을 맛보는 동안 박창과 마리나 자매, 바다는 박상이 참기름과 다진 파, 강판에 간 배를 넣어 무쳐 온 육회를 집어 들었다.

"와, 이제야 제대로 된 음식을 먹는 것 같다. 우진 씨는 안 먹어요? 참기름을 넣어서 고소해요."

릴리가 권했지만 우진은 머리를 흔들었다.

"전 생선회는 먹는데 육회는 못 먹어요."

"안됐네요. 참 연하고 맛있는데."

릴리는 입맛을 다시며 딱하다는 듯 말했다. 육회를 씹고 있던 바다의 표정이 문득 흐려졌다.

"소라도 육회를 맛있게 무치곤 했는데……."

그의 눈은 금방 벌겋게 충혈되었다. 곁에 있던 우진이 구슬픈 한숨을 내쉬었다.

"소라, 구워 먹으면 맛있는데……."

우진의 말에 박창이 침을 꼴깍 삼켰다.

"그러게. 양념 살짝 쳐서 석쇠에 구우면 끝내주지. 거기다 소주 한 잔 걸치면, 캬아~ 소라 먹고 싶어라."

슬픈 상념에 젖어들려던 바다는 분위기를 깨는 눈치없는 두 동료를 흘겨보았다. 묵묵히 레스프라트의 음식을 맛보던 박상이 음식의 맛을 평했다.

"결정적인 요소로 음식에 단맛이 없군요. 후추 같은 향신료도 없고 소금을 비롯한 한정된 조미료로 맛을 내고 있는 모양인데 전반적으로 무덤덤하고 단조로운 맛이군요."

"그래도 과일은 먹을 만한데요?"

우진이 사과 비슷한 맛이 나는 과일 조각을 먹으며 말했다.

"하지만 이 음식들은 너무 심해요. 과일만 먹고 살 수도 없고 우주선의 식량이 떨어진 다음이 큰일이네요."

박창은 시큰둥해서 음식들을 가리켰다.

"어떻게 되겠지. 미리 당겨서 걱정하진 말자."

박상은 그렇게 말하고 우진이 먹고 있는 것과 같은 과일을 집어 들었다. 그때 지혜가 일행을 둘러보며 정색하고 말했다.

"우리들 말이에요, 지금 한가하게 음식 같은 걸 생각할 때가 아니에요. 일단 큰 고비는 넘겼으니까 우리들 자신이 앞으로 어떻게 할 것인지를 생각해야죠."

박상이 고개를 끄덕이고 모두에게 말했다.

"그 말이 맞습니다. 이제부터는 우리들 문제를 진지하게 생각해 봅시다. 필요한 일을 찾아서 차근차근 해 나가야죠. 어떤 일부터 해야겠습니까?"

"당연히 무적택배호를 점검하는 것이 가장 급선무예요. 운 좋게 부서지지 않고 여기까지 날아오기는 했지만 분명히 여기저기 손상이 있을 거예요. 픽시 호가 그렇게 부서졌을 정도인데 무사하기를 기대하는 건 무리죠."

우진이 대답하는데 바다가 끼어들었다.

"그것보다 구조 전파부터 보내야 하지 않겠습니까?"

"여기가 어딘지도 모르는데 소용있을까요? 지구연방이나 콜로프에서 멀리 떨어진 곳이 분명한데 어느 세월에 전파가 도달하겠어요?"

지혜가 회의적인 반응을 보였다. 릴리도 지혜와 같은 생각이었다.

"맞아요. 가뜩이나 에너지도 부족한데 쓸데없는 일이 되지 않겠어요?"

"그래도 모르지 않습니까? 시도해 보지 않는 것보다는 낫다고 생각합니다."

바다는 고집을 부렸다. 지혜는 어떻게 하겠냐는 표정으로 박상을 쳐다보았다. 박상은 일행의 얼굴을 훑어보더니 말했다.

"어차피 지금 남은 에너지는 얼마 가지 않아 소진될 겁니다. 다른 곳에 쓰느니 구조 메시지를 보내는 편이 나을 것 같군요."

박상의 결론으로 그들은 외계로 구조를 청하는 메시지를 보내기로 했다. 바다는 곧장 조종석에 앉아 지구연방의 공용어로 구조 요청 전문을 녹음하기 시작했다.

"여기는 지구연방 소속 화물 수송선 무적택배호. 현재 사고로 인해 미지의 태양계 내 유인성에 불시착 중. 선장 외 선원 6명 전원 무사함. 우주선 파손으로 자력 탈출 불가. 이 메시지를 수신하는 즉시 가까운 지구연방의 스테이션에 연락 바람."

녹음을 끝내고 송출 버튼을 누르고 일어서려던 바다가 갑자기 큰 소리로 외쳤다.

"세상에! 답신입니다! 답신이 오고 있어요!"

"뭐라구요?!'

그 말을 들은 모두는 눈이 휘둥그레져서 바다에게 모여들었다.

"어서 들어봅시다!"

박상의 재촉을 받으며 바다가 수신된 전파를 틀었다. 그러나 스피커로 울려 나오는 그것은 방금 전 바다가 녹음해서 송출한 바로 그 메시지였다. 다들 허탈하고 어이가 없어서 한동안 말을 잃었다. 조금 후 박창이 한껏 구겨진 얼굴로 조그맣게 구시렁거렸다.

"뭡니까? 이건… 사람 놀리는 것도 아니고……."

"하지만… 왜 전파가 되돌아왔죠?"

바다가 모두를 둘러보며 어리둥절한 얼굴로 말했다. 릴리도 이상한 생각이 들었던지 갸웃거리며 물었다.

"전파는 직선으로 나가는 법인데 이렇게 되돌아오는 일은 자연적으로 있을 수 없는 것이겠죠?"

지혜가 답했다.

"당연하죠. 절대로 있을 수 없는 일이죠. 인공위성이라도 있어서 전파를 수신해서 재송신하는 경우라면 모를까."

바다는 천천히 몸을 돌려 조종석의 컴퓨터를 조작해 보더니 말했다.

"우리가 보낸 메시지가 되돌아오고 있을 뿐더러 증폭되기까지 했습니다. 그것도 상당히 넓은 반경으로 되쏘고 있어요"

"정말 인공위성이라도 있는 걸까?"

마리나가 천장을 올려다보며 중얼거리자 릴리는 어이없다는 투였다.

"인공위성이라구? 그럴 리가 없잖아?"

그런데 지혜가 진지하게 말했다.

"의외로 그럴지도 모르죠."

"말도 안 돼!"

박창이 코웃음을 쳤다.

"지혜 누나, 스트레스를 너무 받아서 이상해진 것 아냐? 이런 별에 인공위성이라니? 낮에 여기 사람들 전쟁하는 것도 못 봤어? 인공위성이 있는 별에 이런 재래식 전쟁이 웬 말이냐고? 같은 별에 있는 나라들이 그렇게 문명 차이가 날 수가 없잖아."

그러나 지혜는 침착했다.

"그렇지 않고는 설명이 안 돼. 인공위성이든 그 비슷한 것이든 우리가 보낸 전파를 받아서 증폭시켜서 내보내는 무엇인가가 있어."

박상이 물었다.

"인공위성이라면 어디 있단 말이지?"

"인공위성이 어디에 있겠어? 당연히 대기권 바깥이지. 우리가 보낸 전파는 우주를 향한 것이었어. 그것을 수신해서 되쏘고 있는 거니까 현재 우리 위치에서 멀지 않은 상공을 지나가고 있다는 이야기야."

"그게 가능한 건가?"

"나도 몰라. 하지만 인공위성이 아니고는 설명이 안 돼."

마리나가 다른 짐작을 내놓았다.

"혹시 우리들 말고도 이 별에 불시착한 지구 사람들이 있는 것 아닐까요?"

박상이 고개를 저었다.

"그 가능성은 희박합니다. 픽시 호는 그때 완전히 산산조각이 났고 나머지 우주선은 아예 우리들보다 뒤처져 있었어요."

"어쨌든 확인을 한번 해봅시다."

지혜는 바다의 옆으로 가서 조종석의 컴퓨터를 조작했다. 키보드를 조작하면서 지혜가 설명했다.

"지금 전파를 되쏘는 상대편의 컴퓨터에 액세스를 시도했어요. 만일 지구의 기계라면 뭔가 반응이 올 거예요."

"아니면요?"

우진이 묻자 지혜는 어깨를 작게 움츠렸다.

"해독이 불가능한 문자 메시지가 올지도……."

그 순간 바다가 말했다.

"왔군요."

바다가 모두가 볼 수 있게 대형 모니터에 띄웠다. 화면상에 나타난 그것은 전혀 알 수 없는 문자와 그림처럼 생긴 마크였다. 모니터를 뚫어져라 쳐다보던 마리나가 물었다.

"지구의 문자가 아닌 건 확실하죠?"

지혜가 대답했다.

"언어 통역기에 담겨 있지 않은 문자인 걸로 봐서는 지구나 지구에 알려져 있는 다른 외계 세력의 문자는 아니라는 이야기죠."

우진이 말했다.

"누군가 있다는 걸까요?"

지혜가 고개를 저었다.

"아닐걸요? 누군가 있다면 이렇게 짧고 간단한 반응만 보이지 않을 거예요. 지구 같아도 이런 경우는 아마 난리가 나겠죠."

"점점 더 알 수 없는 일일세. 어떻게 되어가는 거야?"

박창은 머리칼을 움켜쥐고 고민스레 웅얼거렸다. 마라나는 답답한 한숨을 쉬었다.

"어떻게든 확인을 해봐야 할 텐데 지금으로서는 방법이 없네요. 우리 우주선은 에너지 때문이라도 떠오르지 못하고 에어 카나 에어 바이크로는 대기권 바깥을 살필 수가 없잖아요."

그때 바다가 의견을 내놓았다.

"블랙박스를 해독할 수 있다면 알 수 있을지도 모르지요. 사고가 일어났을 당시부터 기록했을 테니 항행 기록과 사고 일지가 만들어져 있을 겁니다. 어쩌면 이쪽 태양계에 대한 정보가 들어 있을 수도 있구요."

그러나 같은 조종사인 우진은 회의적인 반응을 보였다.

"그렇지만 누가 해독하지요? 블랙박스는 암호화되어 있어서 아무나 해독하지 못하잖아요. 그럴 만한 에너지도 없을 테구요."

그러자 지혜가 말했다.

"블랙박스의 해독이라면 제가 해볼게요. 쉽지는 않겠지만 필요하다면 해봐야죠."

"에너지는요?"

"에너지 변환기를 이용합시다. 운동실의 헬스 기구에 연결하면 얼마간이라도 에너지를 얻을 수 있을 거예요."

"우리가 전부 보디빌더 될 일 있어? 우리들 7명이 운동을 하면 얼마나 할 거라고……."

박창이 이죽거렸으나 지혜는 꿈쩍도 않고 차갑게 단언했다.

"필요하면 해야지. 안 된다고만 생각할 것이 아니라 방법을 찾을 궁리를 해봐."

"미스터 유니버스 탄생하겠군."

박상은 투덜대는 박창의 어깨를 탁 치고 밝게 말했다.

"지혜 말이 옳아. 어떻게든 방법을 찾아보자."

무적택배 사람들은 그때부터 잠자리에 들기 전까지 오랫동안 둘러앉아 에너지 문제를 어떻게 해결한 것인지를 놓고 아이디어를 짜냈다.

■ 제3장

특검의 용사들

1

　이틀 뒤 오후, 박창과 우진, 바다, 지혜는 조수와 수정을 데리고 운
동 기구와 에너지 변환기를 우주선에서 내려 우주선이 올라앉은 건물
의 오른쪽에 있는 건물 1층의 큰 방으로 옮겼다. 에너지 수급을 위해
의논한 결과에 따른 것이었다.

　그 방에 원래 있던 가구들을 죄다 치운 다음 10종류에 달하는 운동
기구를 배치하고 방 한쪽에는 지혜의 아버지가 만들었다는 에너지 변
환기를 설치했다. 작업이 대강 끝나갈 무렵 박창이 방 안을 둘러보며
말했다.

　"참 언밸런스하네. 전기도 없는 방에 헬스 기구에다 에너지 변환기
라니 말이야."

　그의 말처럼 예스러운 냄새가 물씬 풍기는 고풍스러운 방에 설치된
금속제의 운동 기구들은 기이한 이질감을 자아냈다.

"지금 그런 것 따지게 됐어? 에너지만 얻을 수 있으면 되지."

지혜는 조수의 도움으로 에너지 변환기와 운동 기구를 연결하는 작업을 진행하며 무뚝뚝하게 말했다. 우진은 흥미로운 얼굴로 에너지 변환기를 바라보았다.

"여기서 무선으로 우주선에 에너지를 송신할 수 있다니 이 에너지 변환기도 보기보다는 첨단이네요."

박창이 지혜 대신 대답했다.

"지혜 누나의 아버님은 꽤 알려진 발명가시죠. 또 어머님 역시 저명한 과학자시구요."

"그 이야기는 전에도 들었어요. 지혜 씨 집안은 완전히 과학자 가족이네요. 조수도 직접 만드신 것이라면서요?"

우진은 재차 감탄하며 조수와 에너지 변환기를 바라보았다. 그러자 박창이 심술궂은 미소를 흘렸다.

"그럼 뭐 해요? 정작 필요한 걸 못하는데. 지금만 해도 헬스 기구에서 에너지를 얻는다는 게 진짜 코미디 아닙니까? 풍차 같은 걸 만들어서 연결한다면 그나마 이해하겠는데 인간의 운동 에너지라니……."

에너지 변환기를 조작하고 있던 지혜가 날카로운 눈빛으로 박창을 돌아보았다.

"알지도 못하면서 바보 같은 소리 좀 하지 마. 지금 뭘로 풍차를 만든다는 말이야? 그리고 풍차만 만들면 바로 에너지가 생산되는 줄 알아? 에너지 발생기를 따로 또 만들어서 변환기에 연결해야 한다구. 그건 뭘로 만들 건데? 우주선을 뜯어서 부품 조달할까? 지구에 돌아가는 거 포기하고 여기서 에너지 사업이라도 펼쳐야 속이 시원하겠어?"

속사포처럼 쏘아대는 지혜의 힐문에 할 말이 없어진 박창은 어색하게 웃으며 얼버무렸다.

"농담한 걸 가지고 뭘 그렇게 정색하고 그래?"

그 말은 지혜의 심기를 더욱 불편하게 만들었다. 지혜는 여전히 정색한 채 목소리를 높였다.

"넌 말이야, 농담이면 다 되는 줄 아는데 농담이 무슨 면죄부라도 되는 줄 알아? 너 그러다 언제 한번 나한테 크게 혼날 줄 알아!"

"알았어, 누나. 내가 잘못했어. 내가 나중에 누나 좋아하는 피자 빵 만들어줄 테니까 이번만 봐주라."

박창이 애교 섞인 미소를 지으며 사과하자 지혜는 뚱한 표정을 하고 못 이기는 척 받아들였다.

"친할수록 예의를 지키랬어. 다 너 잘되라고 하는 말이야."

"알았어. 조심할게."

박창의 고분고분한 태도에 지혜는 마음을 가라앉히고 하던 일로 돌아갔다. 우진은 체격 좋고 인상도 날카로운 박창이 누가 봐도 얌전한 모범생처럼 생긴 지혜에게 쩔쩔매는 모습이 우스워 킥킥 소리 죽여 웃었다.

바깥의 정원에는 마라나와 릴리 자매, 박상이 수정을 데리고 한 무리의 레스프라트 사람들과 있었다. 우주선의 엔진에서 뿜어져 나온 강한 열에 타고 부서져 하얗게 재로 덮여 있던 정원은 그날 오전 내내 레스프라트 사람들이 말끔히 치워놓은 상태였다. 모여 있는 사람들의 숫자는 100명이 넘었고 대체로 호리호리한 체형인 이곳 사람들의 평균에 비해서 체격이 크고 건장한 이들이었다. 열려 있는 창문으로 그 모습들을 바라보고 있던 바다가 말했다.

"다들 보통 사람은 아닌 것 같네요. 체격도 그렇고 분위기도 만만치 않아 보이는군요."

"정말이에요. 진짜 용사들을 선발했나 봐요."

우진이 말하는데 그들의 옆으로 온 박창이 중얼거렸다.

"여자들도 몇 명 있는 것 같은데 여기도 여군이 있나 보지?"

모인 사람들은 주로 남자들이었지만 여자도 열 명가량 섞여 있었다. 우진은 웃었다.

"설마 여군이 따로 있진 않겠죠. 그저께 전투할 때도 병사들은 거의 남자들이었잖아요. 아마 저 여자들은 여자 기사거나 용병 같은 경우겠죠."

"그건 그렇고, 왜 왕이 저기에 섞여 있을까요? 혹시 같이 운동을 하려는 걸까요?"

바다가 베르테스를 가리켰다. 베르테스뿐 아니라 약간 낯이 익은 얼굴들도 여럿 보였는데 베르테스와 같이 다니던 사람들이었다.

"설마요."

박창은 그럴 리가 있겠느냐며 머리를 흔들었다. 바다는 고개를 돌려 방 안 가득 놓인 운동 기구를 둘러보며 걱정스러워했다.

"그런데 용사들을 훈련시켜 준다면서 모아다가 이런 운동을 시켜도 되겠습니까?"

"그렇다고 우리가 사용할 에너지를 모으려고 그런다고 사실대로 말하기는 그렇잖아요. 마리나 씨랑 릴리 씨가 특공 훈련을 시켜준다고 하니까 근력도 키우고 특공대도 양성해서 이 나라의 전력에도 도움이 되겠죠."

박창이 히죽거리며 말했다. 그때 우진이 정원에 있는 박상을 보고 박창에게 물었다.

"참, 아까 들었는데 사장님은 카포에라를 가르치실 거라죠?"

박창은 마리나와 릴리 옆에 부자연스러운 태도로 멀거니 서 있는 박상을 쳐다보고 키득거렸다.

"마리나 씨가 억지로 끌고 나간 거죠. 형이 군에서 행정병으로 있을 때 카포에라의 달인이었다는 상사가 반 강제로 가르쳐 줘서 배웠다는데 사실 꽤 쓸 만한 실력이에요. 전군 무술 대회에서 우승해서 포상 휴가도 받았었거든요."

그 말을 들은 바다가 놀라워했다.

"연습하시는 건 종종 봤지만 그 정도였습니까?"

우진도 마찬가지였다.

"그러게요. 사장님은 한 번도 그런 말씀 하시지 않고 늘 부드러운 분이라서 전혀 몰랐는데요?"

"형은 평화주의자니까. 어릴 때부터 싸움 같은 건 전혀 안 하는 모범생이었어요. 기왕에 배운 게 아까워서 연습은 해도 제대한 뒤 실전에 써먹은 적은 거의 없을걸요? 마리나 씨랑 릴리 씨는 그런 쪽으로 워낙 눈썰미가 좋고 단련된 사람들이라 연습하는 걸 보고도 실력을 알아챈 거겠죠."

자신이 화제가 되어 있는 것을 모르는 박상은 많은 사람들 앞에 서 있는 것이 못내 어색하고 익숙지 못한 모양으로 자꾸 다른 쪽을 쳐다보며 딴청을 피우고 있었다. 한편 마리나는 지휘봉처럼 생긴 짤막한 작대기를 들고 심각하고 엄숙한 태도로 사람들 앞을 왔다 갔다 하면서 뭔가를 열심히 설명하고 있었다. 릴리로 말하자면 각이 잡힌 자세로 마리나의 옆에 대기하고 있었다. 그녀들의 모습은 영락없이 훈련소의 조교를 연상시켰다. 우진이 감탄을 섞어 말했다.

"마리나 씨랑 릴리 씨는 굉장히 진지하네요. 진짜 특공대 조교 같아요."

"오늘은 정신 교육부터 한다더군요. 특공대로 키워내기로 마음먹은 이상 정말 제대로 할 모양이더라구요."

박창이 말했다.

정원에 모여 앉아 있는 레스프라트 사람들은 꼼짝도 하지 않고 마리나의 설명을 열중해서 듣고 있었다.

박창과 우진, 바다가 창가에 서서 그 모습을 바라보고 있는데 저쪽에서 지혜가 말했다.

"설치 다 끝났어요. 이젠 운동하면서 에너지를 얻기만 하면 돼요."

박창이 기뻐하며 말했다.

"잘됐네. 그럼 나가서 저 사람들 훈련하는 거나 구경하죠. 마리나 씨랑 릴리 씨가 저 사람들을 상대로 무술 시범도 보일 거라고 하던데."

"재미있겠네요."

우진이 크게 흥미를 보였다. 네 사람은 건물을 나와 마리나와 박상 등이 있는 곳으로 갔다. 네 명이 도착했을 때 마리나는 막 설명을 끝내는 참이었다.

"설명은 이 정도로 하고 앞으로 여러분이 어떤 기술을 배우게 될 것인지 지금부터 약간의 시범을 보이도록 하겠습니다."

그렇게 말한 마리나는 자신들의 앞에 앉아 있는 레스프라트 사람들의 면면을 죽 훑어보다가 그중 한 명을 지목했다.

"거기 당신, 나와보세요."

지목을 받은 사람은 짙은 갈색 옷을 입은 덩치가 큰 남자였다. 그는

뜻밖의 지목에 몹시 당황한 듯 머뭇머뭇 앞으로 나왔다. 공손한 태도
와 표정을 하고 있었지만 눈빛이나 전체적 분위기가 만만치 않은 인상
의 사람이었다. 남자와 어느 정도 거리를 두고 선 마리나가 그에게 말
했다.

"자, 나를 적이라 생각하고 사력을 다해 덤벼보세요."

그러자 남자는 못 들을 말을 들은 사람 같은 표정이 되었다.

"어, 어떻게 감히……."

그가 말을 따르려 하지 않자 마리나가 재촉했다.

"날 여자라고 생각하지 말고 어서 덤벼봐요."

그러나 남자는 여전히 곤란한 표정으로 미적거리면서 베르테스의
눈치를 보았다. 베르테스가 가만히 고개를 저었다. 그것을 본 남자는
결심을 굳히고 힘차게 함성을 지르며 마리나에게 달려들었다. 남자가
육박해 와서 커다란 주먹을 내지른 순간 마리나는 그의 주먹을 피하면
서 몸을 돌리고 자신의 어깨 너머로 뻗어 나온 남자의 팔을 잡아 엎어
쳤다.

"으앗!"

남자의 거구가 공중으로 붕 떠오르더니 땅에 세차게 메쳐졌다. 남자
의 몸이 바닥에 떨어지는 순간 마리나의 추격타가 들어갔다. 마리나의
주먹이 뚜악 소리를 내며 남자의 이마를 가격하자 남자는 '악' 하는
짧은 비명을 질렀다. 마리나가 물러선 뒤 남자는 끙끙대면서도 금방
일어났다. 베르테스를 비롯해 앉아 있던 사람들은 이 광경에 퍽 놀란
눈치였다.

"다음, 지원자를 4명 받겠습니다. 지원할 사람?"

마리나의 말이 있자 한 남자가 손을 들었다. 다부진 체격의 30대 중

반가량의 남자로 남자다운 생김이었으나 왼쪽 뺨에 길게 칼자국이 있어 살벌한 느낌을 풍겼다.

"이리 나오세요."

남자는 전혀 주저함 없이 극히 자연스러운 태도로 걸어나왔다. 보통보다 약간 큰 키에 탄탄한 몸매를 가진 그는 검은 표범을 연상시키는 날렵하고 당당한 체구의 남자였다. 그러나 그 남자 이외에 다른 지원자는 없어서 마리나가 임의로 세 명을 더 골랐다. 4명이 모이자 마리나가 말했다.

"이번에는 네 명이 동시에 나를 공격해 보십시오. '시작' 구령이 떨어지면 바로 대련이 시작됩니다. 적이라고 생각하고 인정사정 두지 마세요."

이 과정을 지켜보고 있던 우진이 박창에게 소곤거렸다.

"괜찮을까요? 네 명이나 되는데. 특히 저 제일 처음에 나온 남자, 너무 무섭게 생기지 않았어요?"

"그러게 말이에요. 척 보니 용병대장쯤 되겠는데? 용사로 키워준대 놓고 마리나 씨가 도로 얻어맞는 거나 아닌지 모르겠네?"

박창도 적이 걱정스러웠다. 일행의 염려에도 아랑곳없이 마리나는 자신에 넘치는 태도였다. 네 명의 남자를 앞에 두고 마리나는 팔을 앞으로 뻗고 특공 무술의 준비 자세를 취했다. 릴리가 구령을 넣었다.

"시작!"

릴리의 구령이 떨어지기가 바쁘게 마리나는 용수철처럼 튀어나갔다. 그녀는 네 명 중 가장 강해 보이는 사람, 즉 자원해서 나온 남자에게 곧장 뛰어들어 몸을 날려서 두 다리로 그의 목을 감았다. 그리고 자신의 몸을 한껏 뒤로 젖혔다. 부지불식간에 남자의 몸이 그녀를 따라 떠올라 반대 편으로 쿵 소리를 내며 떨어졌다. 다른 남자가 달려들자 마리나는 다리를 풀고 일어서는 동시에 주먹을 위로 뻗어 상대의 턱을 가격해서 쓰러뜨렸다. 세 번째 남자가 발로 그녀를 찼다. 마리나는 재빨리 그의 다리를 붙잡고 나머지 다리를 걸어 넘어뜨린 뒤 상대의 몸이 지면에 떨어지자마자 다리를 크게 찢어 발뒤꿈치로 남자의 복부를 힘껏 찍어버렸다. 뒤이어 마지막으로 남은 한 사람은 다리를 벌려 앞차기로 턱을 세게 갈겨 버렸다. 턱을 채인 남자는 공중에서 두세 바퀴 돌더니 털썩 쓰러졌다. 네 명의 남자가 쓰러지는 데 걸린 시간은 1분도 채 되지 않았다.

무적택배 사람들도 꽤나 놀랐지만 베르테스 등의 충격은 상당해 보였다. 그들은 모두 경악한 얼굴로 마리나와 쓰러진 남자들을 번갈아가며 쳐다보았다. 마리나는 이쯤은 아무것도 아니라는 듯 태연한 얼굴로 손바닥에 묻은 흙을 탁탁 털었다. 쓰러졌던 4명의 남자들은 금방 일어나기는 하였지만 자신들 스스로도 놀라움을 감추지 못하는 얼굴들이었다. 그들이 앉아 있던 자리로 돌아가려는데 마리나가 자원해서 나왔던 남자에게 말을 건넸다.

"이름이 어떻게 되십니까?"

남자는 걸음을 멈추고 대답했다.

"고츠 카라인입니다."

"고츠 카라인. 기억해 두겠습니다."

카라인은 고개를 숙여 인사하고 자리로 돌아갔다. 남자들이 들어간 다음 마리나는 사람들에게 말했다.

"이상과 같은 기술을 나와 여기 있는 릴리가 지도하게 될 것입니다. 이 외에 당신들은 카포에라라는 기술도 배우게 됩니다. 그 기술은 우리의 대장이신 박상님께서 시범을 보여주실 겁니다."

박상은 별로 내키지 않는 표정이었으나 여기까지 온 이상 뺄 수도 없는 노릇이라 떨떠름하게 응했다. 그는 주머니에서 손가락이 없는 가죽 장갑을 꺼내서 양손에 꼈다. 박상이 앞으로 나가려는데 박창이 다가와서 말했다.

"형, 내가 반주 넣어줄게."

"반주?"

무슨 말인가 싶어 쳐다보니 박창은 어깨에 메고 있던 작은 가방에서 뭔가를 꺼내 들었다. 둥근 머리에 자루가 달린 그것은 셰이커라는 악기였다. 박상은 통역기를 잠깐 끄고 박창에게 물었다.

"그건 왜 가지고 왔냐?"

"카포에라는 노래를 곁들이면 리듬감 타기가 더 좋잖아."

"꼭 쓸데없는 짓을……."

낮게 투덜거린 박상은 통역기를 켜고 앞으로 나가서 가볍게 몸을 흔들며 자세에 들어갔다. 박창은 셰이커를 리듬감있게 찰찰 흔들면서 노래를 부르기 시작했다.

"병정들이 전진한다~ 이 마을 저 마을 지나~ 소꿉놀이 어린이들~."

박상은 동작을 하다 말고 멈추더니 박창을 째려보았다. 그는 통역기를 끄고 박창에게 으르렁거렸다.

"지금 뭐 하는 거야?"

박창은 노래 부르다 말고 실실거리며 대꾸했다.

"이왕이면 노래가 있는 게 그냥 흔드는 것보다 낫지 뭘 그래? 뭐 해? 다들 기다리고 있잖아."

박상은 박창을 매섭게 노려보았다.

'동생이라는 놈이 하는 짓 하고는……. 저 녀석부터 한 대 차주면 좋겠다.'

속으로 구시렁거렸으나 베르테스 등이 보고 있는 앞이라 실행에 옮길 수는 없었다. 박상은 박창을 걸어차는 것은 나중으로 미루고 다시 동작에 들어갔다. 박창은 자신을 흘겨보는 형의 시선을 무시하고 천연덕스러운 얼굴로 셰이커를 흔들면서 큰 소리로 노래를 불렀다.

"병정들이 전진한다~ 이 마을 저 마을 지나~ 소꿉놀이 어린이들~ 라쿠카라차~"

리듬을 타고 슬렁슬렁 몸을 흔드는가 싶던 박상은 어느 순간부터 손으로 바닥을 치면서 다양한 동작을 보이기 시작했다. 손으로 바닥을 짚고 다리를 번쩍 차올리기도 하고 제자리에서 덤블링을 하면서 다리를 쭉 뻗거나 회전하면서 양발로 차는 등의 동작이 리드미컬하게 이어졌다. 처음에는 다소 의아한 기색으로 그 모습을 바라보고 있던 베르테스와 전사들의 표정이 차츰 심각해졌다. 얼핏 보아 춤을 연상시키는 박상의 동작들이 그렇게 우습게 볼 것이 아니라는 것을 감지하는 분위기였다.

박상이 시범을 끝내고 쑥스러운 얼굴로 물러서자 마라나가 다시 사람들의 앞에 나섰다.

"잘들 보셨겠지요? 여러분은 앞으로 신체 단련과 더불어 이상의 기술들을 수련하고 특별하고도 중요한 군사적 임무를 달성할 수 있는 특공 용사로 거듭나게 될 것입니다! 그리하여 모든 훈련이 끝났을 때 여러분은 이 나라에 없어서는 안 될 용사들이 되어 있을 것입니다!"

마라나의 자신에 찬 선언에 박상 등은 내심 당황했다. 마라나와 릴리가 훌륭한 특공대원인 것은 알지만 저렇게 공언해도 되는 것인지 뒷

일이 걱정스러웠다. 박창이 우진에게 소곤거렸다.

"우리가 쓸 전기를 얻으려고 동원한 건데 이렇게 사기쳐도 괜찮을까 몰라?"

우진은 겸연쩍게 미소 지었다.

"어쩌겠어요. 생각이 있어서 하는 말이겠거니 하고 믿어야죠."

그러나 무적택배 사람들의 걱정과는 반대로 베르테스 등 레스프라트의 전사들은 진지하게 눈을 빛내며 그녀의 말을 경청하고 있었다.

"기본적인 설명은 여기까지 하고 지금부터는 여러분의 신체를 단련시키고 체력을 증강시키기 위한 방법을 소개하겠습니다."

마리나는 박창 등이 우측 건물에 만들어놓은 운동실을 가리켰다.

"저곳에 신체를 단련시켜 주는 장비들을 가져다 놓았습니다. 설명을 드릴 테니 다들 가시죠."

마리나와 릴리가 앞장서자 베르테스 등도 일어섰다.

"난 저기에 가도 별 필요 없을 테니 우주선에 돌아가서 블랙박스 해독을 시작해야겠어. 조금이라도 빨리 끝내려면 서둘러야지. 설명 끝나고 나면 나중에 결과나 알려줘."

지혜는 박상에게 말하고 조수를 데리고 우주선으로 갔다. 수정과 나머지 사람들은 운동실이 있는 건물로 들어갔다.

넓직한 방에 배치되어 있는 운동 기구들을 본 레스프라트 사람들은 퍽 놀라고 신기해하는 눈치였다. 마리나는 그들에게 설명을 시작했다.

"이제부터 이곳에서의 단련에 대해 설명하겠습니다. 의문 사항이 있거나 이해되지 않는 부분이 있을 때는 나중에 질문해 주시기 바랍니다. 이 기구들은 총 10종류로 구성되어 있습니다. 여러분은 10명씩 11개 조로 나뉘어 한 조당 2시간씩, 2시간이라는 것은 이 모래시계의 모래가 두 번 아래로 전부 내려가는 동안을 말합니다. 이것들로 신체를 단련하게 됩니다. 하루 25시간 중 점심 식사와 전체 훈련을 포함한 3시간을 제외한 22시간 동안 1개조씩 돌아가면서 단련하는 것입니다."

마리나는 그 대목에서 말을 멈추고 사람들의 얼굴을 둘러보았다. 모두들 잘 알아들은 것인지 따로 질문하는 이는 없었다.

"1개조 10명은 이 기구들을 하나씩 이용해서 훈련합니다."

마리나가 릴리에게 고개를 돌리자 릴리는 에너지 변환기 옆에 설치된 디지털시계의 버튼을 눌렀다. 그러자 삐~ 하는 소리가 울렸다. 마리나는 설명을 계속했다.

"이런 소리가 나면 순서대로 다음 기구로 옮깁니다. 그리하여 전원이 모든 기구를 이용하고 나면……."

릴리는 마리나의 말에 맞추어 다른 버튼을 눌렀다. 이번에는 아까보다 요란하게 따르르르~ 하고 종이 울리는 소리가 났다.

"이런 음이 나올 겁니다. 그러면 그 조는 운동을 종료하고 나가면 됩니다. 그리고 다음 조가 들어와서 준비를 하고 조금 전과 같은 신호음이 울리면 운동을 시작하십시오. 지금까지의 설명에 의문사항 있습니까?"

역시 질문이 없자 마리나는 박창과 박상 등을 돌아보고 말했다.

"이 사람들에게 운동 기구를 어떻게 사용하는지 방법을 보여줘야 하니까 네 분 모두 나와서 하나씩 운동 기구를 맡으세요."

"예?"

예정에 없던 일이라 바다와 우진이 당황하는데 박창이 선뜻 나서며 말했다.

"이 정도는 우리가 협력해야죠. 나갑시다."

그래서 무적택배 남자들은 박창을 선두로 운동 기구가 있는 곳으로 나갔다.

"지금부터 각 기구의 사용법을 보여 드리겠습니다."

마리나의 말에 따라 무적택배 남자들은 각각 하나씩 운동 기구를 맡아서 시범을 보이기 시작했다. 사이클에 앉은 박상이 무표정하게 페달을 밟는데 런닝머신 위에서 달리던 박창이 자신의 통역기를 끄고 다른 세 남자에게 큰 소리로 말했다.

"그렇게 시무룩한 얼굴로 하고 있으면 어떡해요? 저처럼 이렇게 웃어보세요!"

무슨 소리를 하는 것인가 싶어 쳐다보니 박창은 만면에 가득 미소를 머금고 즐거워 못 견디겠다는 듯 힘차게 런닝머신의 벨트 위를 뛰고 있었다.

"그 얼굴이 뭐야? 어디 아프냐?"

박상이 어이가 없어 통역기를 끄고 물으니 박창은 힘주어 대답했다.

"뭐긴, 형은 홈쇼핑의 도우미들도 못 봤어? 우리가 이렇게 신나게 운동을 해야 저 사람들도 할 마음이 생길 것 아냐?"

"우리가 지금 운동 기구 판매하는 거야?"

"어허, 그렇게 말해선 안 되지. 결국 우릴 위해서 운동시키는 거잖아."

"알았다, 알았어."

박상은 귀찮은 투로 대꾸하고 미소를 지었다. 그러나 마음이 내켜서 하는 일이 아니라 영 어색하기만 했다. 우진도 일단 웃고는 있었으나 이 상황이 어색하고 멋쩍어서 새어 나오는 헛웃음에 가까웠다. 바다는 웃으려 노력은 하고 있는 듯 보였지만 안면 근육이 구겨져 있어 웃는지 우는지 분간이 안 가는 오묘한 표정이었다. 홈쇼핑 광고 모델처럼 오버하며 웃고 있는 박창과 시들은 웃음을 흘리는 박상, 어색한 미소의 우진과 오묘한 경지의 바다를 바라보고 있던 릴리는 한숨을 섞어 중얼거렸다.

"과연 이 사람들을 동료로 믿고 살아갈 수 있을까?"

마리나 역시 릴리와 비슷한 생각을 하며 슬며시 레스프라트 사람들의 안색을 살폈다. 다행스럽게도 그들은 아무도 웃고 있지 않았다. 도리어 심각하고 관심 어린 시선으로 네 명의 무적택배 남자들과 운동 기구를 바라보고 있었다. 그들이 본디 유머 감각이 부족해서인지, 자신들을 신의 사도로 생각하여 참고 있는 것인지는 몰라도 그나마 다행이라는 생각이 들었다.

그 뒤로도 무적택배의 네 남자들은 돌아가면서 모든 운동 기구의 사용법을 시연했다. 10개의 운동 기구에 대한 시범을 전부 끝낸 뒤 마리나가 레스프라트 사람들에게 말했다.

"방법은 지금 보여 드린 바와 같습니다. 첫 번째 조부터 당장 시작해 봅시다. 나머지 사람들은 적당히 흩어져서 첫 번째 조가 운동하는 모습을 지켜보십시오. 두 번째 조부터는 그럴 필요가 없지만 첫 번째 조 때는 보고 배울 필요가 있습니다."

마리나의 지시에 따라 10명의 사람들이 앞으로 나섰다. 그런데 그중에는 베르테스도 끼어 있었다. 무적택배 사람들은 깜짝 놀랐다. 왕이 직접 운동까지 할 줄은 전혀 생각지 못한 것이다. 마리나가 당황해서 베르테스에게 물었다.

"베르테스님께서도 하시려는 겁니까?"

베르테스는 정중하게 말했다.

"저도 꼭 가르침을 받고 싶습니다."

마리나는 황당한 기색으로 답을 구하듯 박상을 쳐다보았다. 당혹스럽기는 박상도 같았다. 그러나 본인이 하겠다는 것을 안 된다고 배제하기도 그랬다. 박상이 아무 말도 하지 않자 마리나는 이내 표정을 고치며 싹싹하게 말했다.

"뜻이 그러시다면 그렇게 하십시오."

10명의 전사들은 각자 하나씩 운동 기구를 정하더니 일제히 웃옷을 벗었다. 전반적으로 호리호리한 체형의 레스프라트 사람들이었으나 벗은 모습을 보니 의외로 근육이 잘 발달해 있었다. 그것만으로도 그들이 대단히 잘 단련된 전사들이라는 것을 알 수 있었다. 베르테스도 감탄스러우리만치 말끔하고 아름답게 발달한 탄탄한 근육질 몸매였다. 그것을 본 무적택배의 남자들은 자신들이 시범을 보일 때 옷을 벗지 않은 것을 정말 다행이라고 생각했다.

10명이 각자 자리를 잡자 릴리는 디지털시계의 타이머를 작동시키고 그 옆에 놓인 작은 기계의 스위치를 켰다. 그러자 방 위쪽에서 웅장한 음악이 울렸다. 레스프라트 사람들은 그 소리에 화들짝 놀라서 방을 두리번거렸다. 소리가 나는 것은 사방 벽의 상부에 설치해 놓은 무선 스피커들이었다.

베르테스 등과 마찬가지로 그제야 스피커의 존재를 알아챈 박상이 박창에게 물었다.

"웬 음악이야?"

"우주선 안의 컴퓨터에 연결한 거야. 헬스 클럽에 가면 보통 음악을 틀어놓잖아. 이게 능률에 좋아. 아무 소리도 없이 조용한 가운데 운동하면 지루해서 안 돼."

"별 짓을 다 한다."

박상은 스피커를 쳐다보며 피식 웃음을 흘렸다.

레스프라트의 전사들은 박상 등이 보여준 방법대로 열심히 운동을 시작했다. 10명이 운동하는 동안 나머지 100명은 어떤 식으로 2시간의 운동이 진행될 것인지 익히기 위해 모든 과정을 지켜보고 있었다. 정원에서 있었던 특공 무술 시범 때 유일하게 자원했던 남자 카라인도 그중 한 명이었다. 가까이에서 바라본 그는 조용히 입을 다물고 있었음에도 함부로 범접하지 못할 박력을 풍겼다. 우진은 카라인이 눈치채지 못하게 그를 쳐다보고 마리나에게 작은 소리로 물었다.

"아까 4명이랑 상대할 때 무섭지 않았어요?"

"조금 긴장이야 했죠. 하지만 진짜로 목숨 걸고 싸우는 건 아니니까."

마리나는 살짝 웃었다.

"그래도 가르쳐 준다고 해놓고 지기라도 하면 곤란하잖아요."

"그만한 자신 없이 시작했겠어요? 그저께 여기 사람들이 전투하는 모습을 릴리와 분석해 봤는데 격투술은 그다지 발달하지 않은 것 같더라구요. 그에 비해 우리의 특공 무술은 긴 지구 역사를 통해 다듬어진 가장 체계적이고 세련화된 전투 기술이에요. 장차 이 사람들에게 분명히 크게 도움이 될 거예요."

마리나의 태도에서는 자신감과 자부심이 엿보였다.

"그래도 특히 저 남자는 보통 사람이 아닐 것 같아요. 전 보기만 해도 무서운걸요?"

카라인을 두고 하는 말인 것을 눈치 챈 마리나의 눈가에도 미소가 스쳐 갔다.

"조금 그렇죠? 그래서 나도 저 사람부터 꺾어버린 거예요. 제일 강한 사람부터 쓰러뜨리는 게 기본이거든요."

두려운 것이 없어 보이는 마라나에게도 카라인은 만만치 않아 보인 모양이었다. 그러나 마냥 무섭게만 보는 우진과는 달리 마라나의 시선에는 흥미와 기대가 담겨 있었다.

"저 사람이 마음에 드나 보네요?"

"글쎄, 다른 의미는 아니고 저 사람이 이 집단의 대장 역할을 해줄수 있지 않을까 생각하는 중이에요. 어느 집단에나 리더는 필요하니까요. 강하면서도 리더십이 있는 사람인 것 같아요."

"강한 건 알겠는데 리더십은 어떻게 압니까?"

"직감이라고 해두죠. 어릴 때부터 하도 군인들을 많이 봐와서 그런 눈은 있는 편이거든요."

"그럼 이 별 최초의 특공대 대장이 되는 셈이겠네요?"

우진은 재미있어하며 카라인을 훔쳐보았다. 카라인의 머리에 특공대원들이 쓰는 모자를 씌우면 아주 잘 어울릴 것이라는 생각도 들었다.

베르테스를 포함한 첫 번째 조가 운동을 시작한 지 30여 분이 지났을 즈음 마라나와 릴리를 제외한 무적택배 남자들은 그곳을 나와 우주선으로 돌아갔다. 우진과 바다는 우주선의 파손 상태를 점검하는 작업에 들어갔고 박상과 박창 형제는 주방에서 식사 준비를 했다.

"그나저나 앞으로 먹고 살 일이 큰일이네. 형, 식료도 그렇지만 지금 가진 양념이 다 떨어지면 어쩌지?"

박창이 재료를 다듬다 말고 걱정했다.

"어쩌긴, 여기 음식을 먹고 살아야지."

"윽! 그런 무미건조한 음식을 날마다 먹어야 하다니… 미각이 마비

될 거야."

"오버하지 마. 다 살아가게 되어 있어."

"어허, 박민당의 장남인 형이 그런 식으로 말하면 안 되지. 먹는 게 얼마나 중요한데? 오죽하면 사람들이 먹고 살려고 일한다는 말을 하겠어?"

"그런 걸 따져서 어쩌겠다는 거야? 달리 방법이라도 있냐?"

박상이 짜증스레 되물었다. 박창이 말했다.

"여기 시장에 한번 가봐야겠어."

"시장엔 왜?"

"먹거리를 조사해 보게. 그래야 대책도 세우지. 우선은 여기 사람들이 먹는 곡물이랑 대표적 육류, 조미료, 향신료를 수집해 봐야겠어."

"돈 있냐?"

"파디아님에게 부탁해 보지. 사제들의 장이라는데 그 정도 돈도 없겠어? 그리고 우리가 그저께 전투 때 사용한 미사일 값만 해도 얼만데. 그 정도는 신세 져도 된다고 봐. 하여간 여기서 먹고 사는 문제를 해결하려면 본격적으로 먹거리를 연구해 봐야겠어. 그래서 말인데 내가 연구하는 동안 주방 일을 많이 거들지는 못할 것 같거든? 형이 좀 대신 수고해 줄래?"

박상은 박창의 얼굴을 물끄러미 바라보다가 선선히 응낙했다.

"그런 생각이거든 해보든지. 무슨 일이라도 열중해 보는 게 정신 건강에도 좋겠지. 어차피 넌 오븐 요리와 빵 전문이니 식사 준비는 당분간 나 혼자 해보지."

"고마워, 형. 당장 파디아님에게 부탁해서 오븐부터 밖에다 만들어야겠어. 여기 있는 오븐은 전기 소모가 심해서 사용하기 어려울 테니까. 아까 운동실 준비하면서 여기 사제들에게 물어보니까 마침 왼편 건물 1층에 큰 주방이 있다 하더라고. 가운데 건물은 우리 우주선 때문에 박살이 났지만 양쪽 건물은 다행히 둘 다 멀쩡하니까 저쪽 건물의 주방을 이용하면 될 것 같아. 참, 형도 아예 주방을 옮겨야겠네. 우주선 안의 주방은 계속 전기를 쓰잖아. 내가 당장 가서 주방부터 쓸 수 있게 준비해 달라고 부탁할게."

박창은 새로운 계획에 신바람이 나서 활기를 되찾았다.

레스프라트의 먹거리를 조사해 보기로 마음먹은 박창은 다음날 아침, 항상 같은 위치에서 교대로 자리를 지키며 대기하고 있는 레스프라트의 신관들에게 부탁해 파디아를 만났다. 파디아에게 이 도시의 시장에 가보고 싶다고 하자 그녀는 일순 당황하는 기색을 보였으나 곧 자신이 직접 안내하겠다고 자청했다. 박창은 그래서 이 행성에 불시착한 뒤 최초로 우주선을 멀리 떠나 파디아를 따라 언덕을 내려갔다. 파디아가 따로 탈것을 마련하겠다고 제안하는 것을 사양하고 박창은 파디아와 나란히 걸었다. 그들의 뒤에는 여러 명의 사제들이 뒤따르고 있었다.

지금은 우주선에 의해 파괴되어 버린 옛 왕궁이 자리한 언덕에서 아래로 뻗은 경사진 길을 내려가 시가지로 들어서려던 박창은 몇 걸음 가지도 못하고 크게 당황해야 했다. 길을 지나던 사람들이 그들을 보자마자 다같이 가던 길을 멈추고 황급히 땅바닥에 엎드리는 것이었다.

"왜들 이러는 거지요?"

당혹스러워서 어쩔 줄 모르는 박창에게 파디아가 말했다.

"레스프라트를 구원해 주신 신의 사도에 대한 공경심의 표현입니다."

"신의 사도……."

사실이 아니라는 말이 튀어나오기 직전 우주선에서 모두와 나누었던 이야기를 상기한 박창은 가까스로 입을 다물었다.

"그, 그런데 어떻게 절 알아보는 거지요? 저 위에서 한 번도 내려온 적이 없는데……."

더듬거리며 묻던 박창은 말하는 도중 스스로도 바보 같다는 생각을 했다. 피부 색이 다른 것을 잠시 잊고 있었던 것이다. 이곳 사람들의 약간 붉은 기가 도는 구릿빛 피부에 비해 자신들의 피부가 얼마나 눈에 뜨일지는 말하지 않아도 알 만했다.

'괴물 취급 하는 것보다야 백 번 낫지만 이래서는 시장이고 뭐고 힘들겠군.'

박창은 방법을 강구해 다시 와야겠다고 생각하고 파디아에게 양해를 구한 뒤 시장 구경을 포기하고 우주선이 있는 곳으로 돌아왔다.

그 길로 우주선에 들어가 보니 박상은 우주선 주방에서 일행의 점심 준비를 하고 있었고, 지혜는 블랙박스 해독에 매달리느라 아예 모습도 보이지 않았다. 바다와 우진 역시 우주선의 파손 상태를 점검하는 일에 여념이 없었다. 박창은 하는 수 없이 마라나와 릴리를 찾았다. 그녀들은 마침 통제실의 테이블에 앉아 레스프라트의 전사들을 훈련시킬 커리큘럼을 작성하고 있었다.

"시장에 내려가 본다더니 벌써 왔어요?"

릴리가 물었다.

"시장에는 가지도 못했어요. 사람들이 절 보자마자 온통 엎드리고 난리가 났는데 시장을 어떻게 갑니까?"

"엎드려요? 왜요?"

"왜긴 왜겠습니까? 우리들을 신의 사도로 생각하니 그렇죠."

박창은 시무룩하니 대꾸하며 의자를 당겨 테이블 한 켠에 앉았다.

"그래서 시장행은 그만둘 건가요?"

마라나의 질문에 박창은 고집스럽게 말했다.

"아뇨. 먹는 문제가 얼마나 중요한데 그렇게 간단히 포기할 순 없죠. 어떻게든 가보긴 해야 할 텐데 뭐 좋은 방법이 없을까요?"

모처럼 박창의 부탁을 받은 마라나와 릴리는 자신들이 하던 일을 뒤로 미뤄둔 채 함께 머리를 맞대고 해결책을 궁리했다. 얼마 후 마라나가 방안을 내놓았다.

"피부 색을 위장하면 어떨까요?"

"위장요?"

"우리에게 위장용 크림이 있는데 그거라도 발라볼래요?"

"위장용 크림이라면 특공대가 어디 몰래 침투할 때 얼굴에 바르는 그거요? 그런 것까지 갖고 있었어요?"

"네, 그거예요."

박창은 조금 어이없어하며 그녀들을 쳐다보았다.

'도대체 우주에서 위장 크림은 어디다 쓰려고 가지고 있는 걸까?'

그런 생각을 하고 있는데 릴리가 방에 가서 위장용 크림을 가져왔다. 그러나 정작 릴리가 내미는 납작한 통에 담긴 까만색 크림을 본 박창은 머리를 흔들었다.

"성의는 고맙지만 이건 너무 까만데요? 눈에 뜨이긴 마찬가지겠어요."

숯검정을 바른 것처럼 새까만 형상을 하고 대낮의 시내를 나다닐 생각을 하니 끔찍해졌다. 그러자 릴리가 절충안을 내놓았다.

"파운데이션이나 크림을 섞어서 색을 조절해 보면 어떨까요?"

"그렇게도 되나요?"

"해보는 거죠."

릴리의 안이 그럴싸하다고 생각한 박창은 그때부터 둘의 도움을 받아 위장용 크림에 다른 것들을 섞어서 결국 좀 이상한 대로 그럴싸한 색을 만들어냈다. 박상은 크림 통을 받아 들고 두 사람에게 감사했다.

"이 정도면 어떻게 되겠네요. 이제 여기 사람들이 입는 옷이랑 헤드폰을 가릴 모자를 얻으면 준비 끝이네요. 고마워요."

박창의 인사에 마리나가 웃으며 말했다.

"먹는 문제는 확실히 중요하죠. 잘해보세요."

박상은 비장한 각오를 피력했다.

"그럼요. 우리 모두를 위한 일인걸요. 머지않아 닥쳐올 비참한 식생활에서 반드시 여러분을 구해 드리겠습니다."

그는 심각하게 무게를 잡으며 성큼성큼 큰 걸음으로 통제실을 나갔다. 그 모습을 바라보던 릴리가 생긋 웃으며 마리나에게 속삭였다.

"저렇게 진지하다니, 너무 귀여워. 그치? 어쩜 저렇게 소년 같은지 몰라?"

마리나도 키득거리면서 맞받았다.

"난 그래도 박상 씨가 더 좋아. 그 빈틈없이 잘생긴 얼굴로 가끔 엉뚱한 짓 할 때는 꽉 깨물어주고 싶을 만큼 깜찍하지 않아?"

두 자매의 대화 내용을 알 리 없는 박창은 시장을 나가기 전에 우주선의 주방에 들렀다. 박상은 조리대 앞에서 뭔가를 만드는 중이었다.

"형, 뭐 해?"

"보면 모르냐, 밥 하지. 넌 여기 시장에 가본다더니 벌써 돌아온 거냐?"

"시장은커녕 시가지에도 못 들어갔네요."

박창은 마라나 자매에게서 얻어온 위장용 크림을 보여주며 자초지종을 설명했다. 박상은 짙은 구릿빛 크림을 보며 실소를 터뜨렸다.

"이걸 얼굴에 바르고 다니겠다고? 볼 만한 꼴이겠다."

"그럼 어떡해? 이대로 나가면 대번에 들켜서 시장이고 뭐고 다닐 수가 없는데. 형도 시간 괜찮으면 같이 가지 않을래?"

"난 안 돼. 점심 먹고 여기 전사들에게 카포에라 가르쳐야 돼."

"아참, 그렇지. 다들 잘 배워?"

"배우는 것 하나는 빠르더라. 전부 싸움에는 프로들이야. 진짜 싸움터를 거치며 살아온 사람들이라서 우리랑은 확연히 달라. 오죽하면 마라나 씨가 준비된 특공대원이라고 평하겠어?"

불현듯 박상은 말을 멈추고 박창을 째려보았다. 박창은 영문을 몰라 멀뚱멀뚱 형의 얼굴을 마주 보았다.

"갑자기 왜 그래?"

"네 녀석이 처음에 싱거운 짓을 하는 바람에 전사들이 이상한 버릇이 들어버렸으니 그렇지."

"이상한 버릇?"

"내가 카포에라를 가르칠 때마다 자기들이 알아서 셰이커를 흔들며 노래를 불러댄단 말이다."

"헤에, 여기도 그 악기가 있었나 보지?"

"있긴 뭐가 있어. 대강 흉내 내서 만들었더군. 네가 부른 그 괴상한 노래뿐 아니라 자기들 노래까지 레퍼토리도 아주 다양하다."

"잘됐네. 원래 카포에라는 음악이랑 곁들여서 하는 거 맞잖아. 덕분에 분위기 좋겠네."

박창은 킥킥거렸다. 박상은 얄미워 죽겠다는 듯 박창을 흘겨보다가 짧은 한숨을 쉬었다.

"어휴, 내가 포기하고 살아야지 널 상대로 화를 내봤자. 지금 바로 시장에 내려갈 거냐?"

"아니, 이왕 이렇게 된 거 점심 먹고 가야지. 파디아님에게 여기 사람들이 입는 옷을 부탁해 놨는데 그것도 기다려야 하고."

"그래? 그럼 나 좀 도와다오. 여기 있는 주방 기구들을 저기 왼편 건물의 주방으로 옮겨야겠어. 옮기는 건 수정과 내가 해도 되니까 넌 그릇이랑 냄비를 저기 있는 상자에 차곡차곡 정리만 해주면 돼."

주방 한구석에는 박상이 내어놓은 빈 상자가 몇 개 있었다.

"왼편 건물의 주방? 벌써 다 치웠나 보지?"

"응, 아까 잠깐 들러봤는데 굉장히 규모가 크더군. 앞으로는 거기서 식사 준비를 해야겠어. 다들 힘들게 운동해서 에너지를 얻는데 가급적 아껴야지. 그 건물 위층에는 응접실도 있고 침실도 많이 있다고 하니까 차차 상황 봐가면서 잠도 그곳에서 자도록 하고."

"알았어."

박창은 머리를 주억거리고 주방을 나갔다.

박상을 도와 냄비며 그릇, 조리 기구들을 옮길 수 있게 상자 안에 정리하고 점심을 먹은 박창은 시장 갈 준비를 시작했다. 마리나 자매가 만들어준 위장용 크림을 바르고 파디아에게 받은 옷을 입은 뒤 모자로 헤드폰을, 길쭉한 천을 머플러처럼 둘러 마이크를 보이지 않게 감추고 나니 그럭저럭 본래의 모습이 감추어졌다. 얼굴과 손에 덕지덕지 크림을 바른 모습을 파디아에게 보여주기가 조금 쑥스러웠지만 파디아는 전혀 웃지도, 이상한 내색도 비치지 않고 차분한 태도를 유지했다.

이번에는 오전과 같은 소동은 없었다. 사람들은 파디아를 보고 인사를 하기는 했지만 박창에게서 특별히 이상한 낌새를 채지는 못하는 모습들이었다. 박창은 무척 기분이 좋아져서 건물이며 사람들을 세세히 둘러보는 여유까지 부리며 파디아의 안내를 받아 느긋하게 시장으로 들어섰다.

시장에는 길 양쪽으로 상점들이 길게 늘어서 있고 길바닥에 물건을 펼치고 앉은 노점도 많았다. 비록 남루한 차림이기는 해도 사람들의 왕래도 꽤 많아 그런대로 활기있고 번화한 느낌이 들었다. 현대 문명의 흔적이라고는 전혀 보이지 않는 거리를 걷다 보니 타임머신을 타고 시간을 거슬러 먼 옛날로 떨어진 것 같은 기분까지 들었다.

'여기는 지구로 치면 몇 세기쯤에 해당될까? 중세쯤 되려나? 아니면 그보다 전 시대? 아무튼 이런 곳에 인공위성이라니 말도 안 되는 소리 잖아? 그치만 그렇게 따지면 저기 하늘에서 우리 전파를 되쏘는 그건 대체 뭐지?'

박창은 잠시 걸음을 멈추고 하늘을 올려다보았다. 파디아가 조심스럽게 물었다.

"왜 그러십니까?"

"아, 아무것도 아닙니다."

박창은 손을 흔들며 얼버무리고 하늘에서 시선을 뗐다. 그때부터 그는 시장을 돌면서 식료품들을 살펴보기 시작했다. 좌판에 납작하게 구운 빵을 얹어놓고 파는 이도 있고 과일과 물고기, 채소류 등 여러 가지식 재료가 눈에 띄었다. 하지만 공중에서 조망해 본 도시의 전체 규모에 비해서는 시장이 별로 크지 않고 상품의 양이나 품목도 다양하지 못했다.

'그만큼 이곳이 가난하다는 이야긴가?'

박창은 과일이나 물고기 등은 일단 제쳐 두고 애초의 목적대로 곡물부터 찾았다. 비교적 규모가 큰 한 상점에 들어가서 보니 대략 네 종류의 곡물이 있었다. 아직 수량사와 단위에 대한 언어 데이터가 부족한 터라 박상은 파디아에게 몸짓과 반복 설명으로 곡물들을 두 줌씩 사달라는 뜻을 전달했다. 파디아는 그 뜻을 이해하고 상점 사람에게 주문했다. 늙수그레한 주인이 파디아에게 공손하게 고개를 숙이고 곡물을 조롱박처럼 생긴 바가지로 퍼서 천으로 만든 작은 자루에 담았다. 그리고 그것을 가게 안에 있는 어떤 기구에 올려놓았다.

'저건 꼭 천칭처럼 생겼는데?'

주인이 사용하는 기구를 본 박창은 속으로 뇌까리며 그것을 유심히 바라보았다. 주인은 양쪽에 오목한 접시가 달린 그 기구의 한쪽에 곡물이 든 자루를, 반대 편 접시에는 주사위처럼 생긴 정육면체의 금속 덩어리 세 개를 얹었다. 자루 쪽이 약간 기울자 그는 곡물을 조금씩 덜어내 양쪽이 균형을 이루어 수평이 되게 만들었다. 파디아에게 그것을 확인하게 한 주인은 다른 곡식들도 그 같은 방식으로 같은 양을 달았다. 파디아와 박창을 따라오던 다른 사제가 주인에게 셈을 치르는데 박창이 보기에 그것은 틀림없는 주화였다.

'천칭에다 주화까지……. 이런 건 또 잘 갖추고 있네?'

다른 상점에 가보아도 천칭과 주화를 사용하는 점은 마찬가지였다. 소금과 그 외 향신료로 추정되는 몇 가지를 더 구입한 박창은 그날의 볼일을 그 정도로 끝냈다.

우주선으로 돌아와 얼굴과 손의 분장을 씻어내고 그날 사 온 것들을 검사한 다음 박창은 그것들을 가지고 왼쪽 건물로 갔다. 레스프라트 전사들의 전체 훈련은 이미 끝난 뒤였고 오른쪽 건물 1층의 운동실에서는 음악을 들으며 전사들이 헬스를 하고 있었다.

왼쪽 건물의 1층에 있는 주방에서는 박상이 우주선의 주방에서 가져다 놓은 주방 기구를 가지고 불편한 대로 저녁 준비를 하려는 참이었다.

"뭘 그렇게 많이 샀어?"

박창이 양손에 가득 들고 오는 것을 보고 박상이 물었다.

"많지도 않아. 주요 곡물이랑 향신료만 사 온걸? 육류, 채소, 과일류는 차차 조사하고 우선은 기본이 되는 것들부터 알아보려고. 형은 뭐하던 중이야?"

"헬스하는 전사들에게 카포에라 지도하고 지금은 밥 짓는 중이다."

"뭘로 지어? 장작?"

"아니."

박상은 발밑에서 까만 덩어리를 꺼내 들고 흔들었다.

"여기 사람들, 숯을 쓰고 있더군."

"숯?"

박창의 눈이 동그래졌다.

"응. 지하에 아예 숯 창고까지 따로 있던걸? 덕분에 음식 만드는 데는 큰 어려움이 없을 것 같다."

"숯을 쓰다니, 희한하네?"

박창은 시장에서 사 온 것들을 주방의 조리대에 얹었다.

이곳의 주방은 전반적으로 지구의 양식 구조에 가까웠다. 직사각형으로 길게 생긴 큰 방의 중앙에 조리대로 사용하는 대형 테이블이 네 개나 놓여 있고 한쪽에는 굴뚝과 연결된 여러 개의 아궁이가, 반대 편에는 개수대가 설치된 구조였다.

"주방은 상당히 현대적으로 생겼네? 꼭 지구의 레스토랑 주방 같은 구조인걸?"

주방을 둘러보며 박창이 말하자 아궁이에 밥솥을 얹으며 박상이 고개를 주억거렸다.

"상수도가 설치되지 않았다 뿐이지 개수대도 꽤 쓸 만해. 조리대 밑에는 그릇이랑 냄비들이 많이 들어 있더라?"

박상의 말처럼 조리대 아래에는 서랍과 여닫이 문이 달려 있고 그 안에는 여러 가지 그릇과 냄비, 납작한 팬 등이 차곡차곡 수납되어 있었다.

"진짜네? 이 정도 주방이면 일하는 사람들도 많았겠는걸?"

박창은 감탄하며 조리대 위에 그릇들을 꺼내 곡물과 향신료들을 종류별로 담았다. 그의 곁으로 온 박상은 관심 어린 얼굴로 박창이 사 온 것들을 그릇에 담는 모습을 지켜보았다. 박창은 곡물을 담으면서 박상에게 설명해 주었다.

"이게 여기 사람들이 먹는 그 납작한 빵을 만드는 곡물이래. 이름이 키야라더군. 빻아서 가루를 물에 개어 빵을 굽는 거지. 그리고 이 노랗고 납작한 것은 에티인데 깨끗이 씻어서 물에 푹 삶아서 먹는 것이라더군. 요기 갈색의 길쭉한 녀석은 비노, 빻은 가루를 물에 풀어 끓여서 먹는다는데 아마 죽 같은 거겠지? 키야 가루로 만든 납작한 빵과 더불어 이곳 사람들의 주식쯤에 해당되나 봐. 그리고 요건……."

이것저것 설명을 하던 끝에 박창은 강낭콩만한 크기의 작고 노란 열매를 꺼내 들고 말했다.

"이건 톡이란 놈인데 여기 사람들이 즐겨 먹는 향신료 중 하나래. 한번 먹어볼래?"

박창이 그것을 내밀었지만 박상은 받아 들려고 하지 않았다.

"사양하겠어. 내가 네 녀석 성격을 모르는 것도 아니고."

"그럼 내기해서 지는 사람이 먹을까?"

"싫다. 내가 내기는 왜 하냐?"

박상은 단번에 거절하고 밥솥으로 돌아갔다.

"숯으로 밥을 짓는 건 처음인데 불 조절이 잘될지 모르겠다."

밥솥과 불에 신경 쓰며 들여다보는데 박창이 옆으로 다가와 은근한 목소리로 구슬렸다.

"재밌잖아. 내기 한번 하자."

"한가한 모양이군. 혹시 그거 전에 네가 다른 사람들에게 먹게 한 그 노란 소스의 재료 아냐?"

박창은 뜨끔했던지 잠깐 가만히 있다가 배시시 웃었다.

"눈치 하나 빠르네."

"내가 네 녀석을 한두 해 겪었냐? 싱거운 음모 꾸미지 말고 김치찌개 만들 거니까 한가하거든 저기 있는 김치랑 돼지고기나 썰어주지 그래?"

박상은 조리대 한쪽에 내놓은 김치와 고기를 가리켰다. 그러나 박창은 꿈쩍도 하지 않았다.

"전혀 한가하지 않아. 이제부터 할 일이 얼마나 많은데. 우선은 재래식 오븐부터 만들어달라고 해야겠어. 숯을 이용한다니까 더 잘됐지.

시장에서 보니까 불에 구운 벽돌을 팔고 있더라구. 그걸로 오븐을 만들면 될 거야. 기왕 만드는 거 큰 걸로 한 세 개쯤 만드는 게 좋겠지?"

"여기에 오븐을 만든다고?"

"그래야 나중에 빵이랑 과자도 굽고 오븐 요리도 하지. 그건 그거고 일단 이것들부터……."

박창은 조리대로 돌아가서 다른 것보다 큰 자루에서 연한 연두색이 감도는 큼직한 미백색 덩어리를 꺼냈다.

"그때 있던 그 치즈 비슷한 녀석 말이야, 이거더라구. 우리 짐작대로 치즈가 맞어. 염소와 송아지 중간쯤 되는 크기의 시디크라는 동물의 젖으로 만든다더라구. 시장에서 두어 종류 봤거든. 지구처럼 여러 종류의 치즈가 있는 모양이더라."

치즈를 내어놓은 뒤 다른 자루에서 모과처럼 생긴 붉은 열매를 꺼낸 박창은 그것을 칼로 조금 잘라내어 박상에게 가지고 와서 그의 코끝에 내밀었다.

"이거 냄새 한번 맡아봐."

시큰둥한 얼굴로 냄새를 맡은 박상의 표정이 바뀌었다.

"단내가 나는데? 무슨 과일이야?"

"과일 아냐. 한 조각씩 먹어보자. 독성 검사랑 살균은 한 거니까 괜찮아."

박창은 자신의 입에 한 조각 넣고 박상의 입에도 하나 넣어주었다. 단 냄새가 나는 터라 의심없이 받아먹은 박상의 얼굴이 금방 떨떠름하게 찡그려졌다. 그는 입 안의 것을 손에 뱉어내 버리고 끓여놓은 물로 입 안을 헹구었다.

"너무 달잖아. 과육은 퍼석퍼석하고. 속이 다 메스껍네."

"과일 아니라니까."

"과일이 아니면 무엇에 쓰는 거냐?"

"이름은 피스뱅이고 파디아님의 말로는 일종의 약처럼 쓰이는 거라더군. 약이라고 해봤자 그리 대단한 것은 아니고 많이 피로할 때나 가벼운 몸살기가 있을 때 끓는 물에 이걸 잘라 넣어서 그 물을 마신대. 일종의 꿀물 대용이지."

"흐음, 여기 사람들도 그냥 먹지는 못하는군. 그런데 그런 건 왜 가져왔냐? 약으로 쓰려고?"

"쯧쯧, 아직도 모르겠어? 이게 오늘의 하이라이트야."

박창은 피스뱅을 들고 으스댔다. 박상은 멀뚱멀뚱 그를 쳐다보았다.

"하이라이트라니? 그걸 어디다 쓰게?"

"설탕을 만들 거야."

박창의 자신에 찬 선언에 박상의 얼굴은 황당하게 굳어졌다.

"설탕?"

"그래, 설탕. 여기 음식이 지독하게 맛없는 이유 중 하나는 형도 말했듯이 단맛을 내는 조미료가 없는 탓이 크다구."

"글쎄다."

박상은 시들한 태도로 밥솥으로 시선을 돌리고 불을 살피며 말했다.

"설탕이 정말 많이 쓰이는 건 제과, 제빵 분야지. 요리에도 어느 정도 쓰이는 건 사실이지만 우리에겐 설탕보다 간장, 된장, 후추 같은 조미료가 없는 게 더 문제야. 식용유 같은 건 어떻게 대체품을 찾아본다지만 간장, 된장은 절망적이야. 앞으로 우리는 찌개나 나물, 조림은 못 먹게 될 거야."

"그러니까 설탕이라도 있어야지. 반찬을 못 만들면 빵이라도 구워 먹어야 할 것 아냐? 여기 빵만 먹게 되면 어떻게 살겠어?"

"그걸로 설탕을 만들 수 있었으면 여기 사람들이 왜 만들지 않았겠
냐? 괜히 헛고생만 하는 거 아냐?"

박상은 영 미심쩍은 반응이었다.

"해보지 않으면 모르지. 사탕무만 해도 오래전부터 유럽 대륙에 존
재해 왔지만 그걸로 설탕을 만든 건 18세기 들어서였어. 대량 생산은
19세기고 말이야. 원재료가 존재한다고 바로 발명이 이뤄지는 건 아니
라는 말이지."

"설탕 만드는 법이나 아냐?"

"백과사전이나 책을 뒤져 보지. 우진 씨라면 참고가 될 만한 책을
갖고 있을지도 몰라. 워낙 잡학에 능하잖아. 아무튼 하는 데까지는 해
보겠어."

"그래, 하다못해 설탕이라도 있으면 좀 낫긴 하겠지. 잘해봐라."

박상은 대수롭지 않게 박창의 말을 들어넘기고 아궁이의 숯을 조절
해 밥에 뜸을 들이고 조리대로 가서 김치찌개를 준비하기 시작했다.
박창은 박상의 비협조적인 태도에도 아랑곳하지 않고 자신의 계획에
홀로 분주했다.

"형, 이 주방에서 원래 일하던 사람들이 있을 거 아냐? 불러와도
돼?"

"그건 왜?"

"나 혼자 하면 힘드니까 도움 좀 받으려고."

"너, 여기 사람들 부려먹는 데 재미 들린 것 같다? 우리가 신의 사도
가 아니라는 사실을 명심해라."

"누가 뭐래? 잘 기억하고 있어. 하지만 내가 설탕만 만들어 내봐. 여

기 사람들도 얼마나 득을 보게 될 텐데. 도움 좀 받아도 돼."

박창은 싱글싱글 웃으며 자신의 가슴을 탁탁 두드렸다.

"여기 사람들이 우리랑 미각이 같다는 보장이 없잖아. 설탕이 굳이 필요없을지도 모르는 일 아냐?"

"그렇진 않을걸? 아까 나갈 때 다니다가 배가 고플까 봐 비스킷을 몇 개 가져갔었거든. 혼자만 먹기 미안해서 파디아님에게도 두어 개 주었는데 말은 안 해도 굉장히 맛있어하는 눈치더라구. 그 큰 눈이 얼마나 반짝반짝 빛나던지 꼭 눈 안에 별들이 들어 있는 것 같더라니까. 단 걸 싫어한다면 그럴 리가 없지."

"우리 쪽의 식료를 함부로 먹게 해도 되겠어? 여기 사람들의 몸에 나쁘게 작용하기라도 하면 어쩌려고?"

"비스킷 정도야 괜찮지 않겠어? 날것도 아닌데. 아무튼 이삼 일은 더 시장을 다니면서 식료를 수집해 보고 그 다음부터는 설탕을 본격적으로 연구해 볼까 해."

"그래, 그건 알아서 하고 내일 나가거든 육류랑 어류도 사 와. 네 말대로 당분간은 여기서 먹고 살아야 하니까 어떤 것들을 먹을 수 있을지 알아봐야지."

박상은 여전히 설탕에 대해서는 별로 가능성을 두지 않고 있었다.

"알았어."

얌전하게 대답한 박창은 주방을 둘러보더니 박상에게 물었다.

"수정은 어디 있어? 누가 사용해?"

"아니, 지금은 우주선 안에 있을걸? 수정은 왜?"

"주방에 레스프라트 사람들이 오면 수정이 꼭 필요할 거야. 수정이랑 조수가 전장에 따라갔다 온 덕분에 군사랑 전쟁 방면으로는 데이터가 축적되어 통역이 잘되지만 요리는 또 다르잖아. 수정이 여기서 데이터를 많이 수집해야 주방 사람들과 말이 제대로 통하기 시작할걸?"

"그도 그렇겠군. 웬일이냐, 네 녀석이 그렇게 여러 가지를 생각할 때가 다 있고?"

박상이 신통해했다. 박창은 입을 삐죽거렸다.

"이거 왜 이러셔? 내가 학교 다닐 때 공부가 형보다 좀 처져서 그렇지 빵과 과자 굽는 일에서는 아버지도 인정하는 창의적인 인재였다구."

"누가 뭐래냐?"

박상은 조용히 웃어넘겼다.

"이건 또 누구에게 말하지? 역시 파디아님에게 의논할 수밖에 없겠지?"

박창은 혼자서 이리저리 궁리하더니 주방을 나갔다.

2

다음날도 시장을 돌면서 대략의 식료품들을 종류별로 구입해 돌아온 박창은 사흘째 날은 오전 일찍부터 파디아와 동행하여 시장이 아닌 야외로 나갔다. 시장에서 구할 수 있는 식료 이외에 먹을 수 있는 풀과 작은 열매들을 조사하기 위해서였다. 위장 크림을 바르고 성 밖의 야산으로 나간 그들은 파디아와 그녀를 뒤따르는 사제들이 알고 있는 식용 풀과 열매를 채집하며 돌아다녔다.

정오 무렵이 되자 태양 빛이 제법 뜨거워져서 그리 두껍지 않은 옷을 입고 있음에도 땀이 조금씩 배어나기 시작했다. 박창은 손목에 차고 있는 시계로 시각을 확인한 후 점심도 먹고 휴식도 취할 겸 그늘을 찾았다. 어느 큰 나무 아래의 그늘에 앉아 박창은 박상이 싸준 도시락과 물통을 꺼냈다. 찬합 안에는 큼직한 샌드위치가 여러 개 들어 있었다. 우주선의 주방에서 새로 구운 식빵에 햄과 치즈, 피클을 끼운 것으로 혼자 먹기 미안할 것 같아 넉넉히 싸온 것이었다.

박창은 준비해 온 물수건에 손을 닦고 파디아와 두 명의 사제들에게 샌드위치를 나눠 주었다. 따로 가져온 물통의 물로 손을 씻고 경건한 자세로 샌드위치를 받아 든 그들은 처음 보는 이 생소한 음식을 어떻게 먹어야 할지 몰라 했다. 박창은 샌드위치를 집어 자신이 먼저 시범 삼아 먹어 보였다. 박창이 먹는 모습을 본 그들은 그제야 따라 먹기 시작했다.

"어때요? 먹을 만합니까?"

호기심에 가까이에 앉은 파디아에게 물어보니 그녀는 눈을 동그랗게 뜨고 머리를 흔들었다. 순간 입에 맞지 않나 생각하다가 이곳 사람들에게는 이것이 긍정이라는 사실을 떠올리고는 안심했다. 그녀의 눈과 표정은 행복하게 빛나고 있었다. 조붓하면서도 커다란 눈매에 담긴 그녀의 까만 눈동자가 별이 가득 담긴 밤하늘처럼 맑게 빛나고 있었다.

'이럴 때는 꼭 소녀 같은 표정이 나오네?'

대신관이라는 직책에서 느껴지는 평소의 엄숙함이 이때만큼은 전혀라고 해도 좋을 정도로 느껴지지 않았다. 박창은 파디아가 애초의 짐작보다 훨씬 어릴지도 모르겠다는 생각을 설핏 했다. 하지만 이렇게 젊은 여자가 신관들의 장인 것은 어째서일까? 혈통으로 이어지는 지위인가?

파디아가 갑자기 수줍은 기색으로 고개를 숙이는 것을 본 박창은 그때서야 자신이 그녀를 빤히 보고 있음을 깨닫고 멋쩍게 시선을 돌렸다. 박창은 서먹해진 분위기에 어색해하면서 얼른 다른 이야기를 꺼냈다.

"베르테스님은 대단한 분이더군요. 매일 빠지지 않고 전사들과 훈련을 함께하시고 말입니다."

"네, 저도 그렇게 생각합니다. 처음 그분이 레스프라트의 새 왕이 되셨을 때는 불안해하는 사람들도 없잖아 있었지만 그분은 훌륭하게 왕으로서의 일들을 수행하고 계십니다. 지금은 모든 사람들이 어째서 여러분께서 베르테스님을 왕으로 임명하셨는지 그 깊은 뜻을 잘 알겠다고들 말하고 있습니다."

"예?"

자신들이 베르테스를 왕으로 임명했다는 말을 듣는 순간 너무 놀라서 목소리가 찢어졌다.

"왜 그러십니까?"

박창은 파디아의 의아한 시선을 받으며 오묘한 표정으로 식은땀을 흘렸다. '신의 사도인 척하지는 않더라도 아니라고 부인도 하지 말자'던 무적택배 사람들끼리의 약속이 떠올랐던 것이다.

'우리가 그를 왕으로 임명했다는 게 무슨 말이지? 물어보긴 해야 할 텐데… 어떻게 물어야 하지? 너무 아무것도 모르는 눈치를 보이면 수상하게 여기지 않을까? 만일 우리가 신의 사도가 아니라는 것을 들키면 어떻게 되는 거지? 신의 사도를 사칭한 죄로 벌을 받을까? 아니면 추방이라도 당하게 될까?

눈꺼풀을 두세 번 깜빡일 짧은 동안에 이토록 많은 생각이 떠오를 수 있다는 사실이 스스로도 경이로울 지경이었다. 박창은 가까스로 마음을 진정시키고 생각을 가다듬은 다음 신중한 자세로 말을 꺼냈다.

"저어, 한 가지 양해해 주셨으면 하는 것이 있습니다."

"말씀하십시오."

"저희는 이곳에 갑작스럽게 오게 된 터라 모든 사정을 알지는 못합니다. 그러니 제가 잘 모르는 소리를 하더라도 이해해 주십시오."

상대의 반응이 어떨지 몰라 주저하면서 어렵사리 말하는데 파디아는 뜻밖에도 상냥하게 미소 지으며 대답했다.

"잘 알고 있습니다."

박창은 그 말에 뜨끔해서 그녀를 보았다. 파디아가 차분하게 말을 이었다.

"여러분은 신 그 자체가 아니라 신의 뜻을 받아 오신 신의 사도들이시니까요. 고통에 신음하는 레스프라트를 구원하려는 미테르님의 뜻을 보이기 위해 인간의 육신을 입고 이곳에 잠시 내려오셨을 뿐 그 다음의 일은 당연히 저희들 자신의 힘으로 해 나가야 한다는 사실을 잘 인지하고 있습니다."

"아, 예……."

박창은 차마 아니라고 부인하지 못하고 말끝을 흐렸다.

'거짓말하기 정말 힘드네. 확 그냥 사실을 말해 버려?'

사실을 실토하고 싶은 충동이 치밀어 올랐으나 박창은 그 생각을 꾹꾹 눌렀다. 자기 마음대로 일을 저지르기에는 뒷감당이 무서웠다. 그리고 당장 그보다 더 중요한 것은 베르테스였다. 자신들이 베르테스를 왕으로 임명했다는 말이 무슨 뜻인지, 원래 왕이 될 사람이 아니었다는 말인지, 본디 무엇을 하던 사람인지 갑자기 그에 관한 모든 것에 의문 부호가 붙어버렸다.

'어떻게 하면 이 일을 무리없이 알아낼 수 있지? 빙빙 돌려 말하는 건 내 성미하고 진짜 안 맞는데……. 아, 미치겠네.'

상황이 상황인지라 필사적으로 머리를 짜내면서 박창은 주의에 주의를 거듭하여 질문할 내용을 골랐다.

"사람들이 베르테스님을 중심으로 잘 단결하고 있는 것 같더군요."

"당연한 일이지요. 신의 사도께서 그분을 직접 임명하시고 또 며칠 전의 전투에서도 그분의 군대에게 절대적인 도움과 지지를 보여주지 않으셨습니까?"

"아, 그 전투라면 우리는 다만 적의 물자를 파괴하겠다고 말했을 뿐입니다. 군대를 내어 적의 군대를 공격한 것은 베르테스님 자신의 판단이고 지휘였습니다. 우리는 그저 계기를 제공한 것에 불과합니다. 그리고 그것은 이번만의 한정된 일이고 이후에는 그런 식으로 도와드리지 못할 겁니다."

혹여 레스프라트 사람들이 자신들에게 계속 기적을 기대하기라도 하면 어쩌나 싶어 열심히 말하는데 파디아는 그것까지도 당연하게 받아들였다.

"지당하신 말씀입니다. 기회를 주신 것만으로도 이미 과분한 은혜를 입었는데 그 이상을 바랄 수는 없는 일이지요."

파디아의 차분한 태도에 지레 겁을 먹고 열을 내어 말했던 박창이 오히려 쑥스러울 지경이었다. 박창은 어쨌든 내심 안도하며 베르테스에 대해 좀 더 물어보았다.

"베르테스님은 군대를 대단히 잘 다루시더군요. 경험이 많으신 모양이지요?"

"자세한 것은 저도 잘 모르지만 매우 이른 시기부터 용병단에서 경력을 쌓으셨고 얼마 전까지도 꽤 규모가 큰 용병단을 이끌고 계셨다고 들었습니다."

"그, 그렇습니까?"

베르테스가 왕자도 아니었거니와 어떤 특별한 신분의 사람도 아닌 용병대장이었다는 말에 박창의 머리는 더욱 복잡해졌다. 용병이라는 신분이 여기서 어떻게 평가되는지는 알 수 없는 일이지만 왕으로 인정받기에 그리 좋은 배경은 아닐 것이라는 생각이 들었다.

'왕자가 아니라도 뭔가 높은 신분의 사람일 줄 알았는데……'

베르테스의 얼굴을 떠올리며 속으로 중얼거린 박창은 말이 나온 김에 다른 것도 물어보았다.

"적국이 또 공격을 해올 염려는 없습니까?"

"아메트가 비록 대국이기는 하지만 얼마 전 전투에서 워낙 병력의 손실이 컸던 터라 당분간은 대대적으로 침공해 오지는 못할 것입니다. 적어도 몇 달간은 조용할 것이라고 관측하고 있습니다."

"다행이군요."

박창은 조금 마음을 놓았다. 계속 전쟁이 일어나고 이 도시가 위험해지면 자신들도 무관할 수 없을 터였다. 그러나 파디아의 표정이나 말투가 그리 낙관적이지 못한 것으로 보아 이제부터 닥쳐올 일들이 레스프라트에 유리하지만은 않은 것이 분명했다.

'정말 큰일이 터지기 전에 이곳을 뜰 수 있어야 할 텐데……'

잠시 그런 걱정을 하던 박창은 파디아와의 대화가 잘 진행되고 있는 것에 힘입어 전부터 마음에 담아두었던 의문을 꺼냈다.

"그런데 전에 두 번째 만났을 때 신의 계시로 우리를 기다렸다고 말씀하셨는데 어떤 계시를 받았기에 그런 말을 하신 겁니까?"

이런 것까지 물어보면 파디아에게 의심을 사지 않을지 조금 두렵기도 했으나 언제라도 한번 꼭 물어보리라 생각하고 있던 문제였다.

"그 계시는 지금으로부터 10년 전에 시작되었습니다. 매해 같은 날 밤에 저는 하늘에서 거대한 불꽃이 떨어져 아메트의 깃발을 불태우고 그 자리에 레스프라트의 깃발이 일어서는 꿈을 꾸었습니다. 처음에는 그 의미를 잘 이해할 수 없었으나 차츰 해마다 정해진 날에 반복되는 그 꿈이 신께서 내리시는 계시임을 깨달았습니다. 비전은 해가 거듭할수록 또렷해졌고 날짜 또한 어김없어 우리들 모두는 약속의 날을 믿고 희망을 기약할 수 있었습니다."

"그러니까 꿈을 통해 알았다는 이야기입니까?"

"예, 말씀드리기 부끄럽습니다만 미테르의 은총으로 제게 부여된 작은 역할입니다."

박창은 파디아의 말을 어떻게 해석해야 할지 갈피를 잡을 수 없어서 당혹스레 그녀의 얼굴을 보았다. 여느 때처럼 차분하고 침착한 그녀의 얼굴은 그 말의 진실성을 말없이 웅변하는 듯했다.

"그러면 설마 우리가 떨어진 날이……?"

절대 그럴 리가 없다고 생각하면서 우물쭈물 말하는데 파디아가 분명한 어조로 답했다.

"제게 계시된 약속의 날이었습니다."

그 말을 듣는 순간 머리가 텅 비어버린 것처럼 아무 생각도 떠오르지 않았다. 충격을 받고 멍청하게 앉아 있는 박창을 파디아가 걱정스러운 얼굴로 쳐다보았다.

"왜 그러세요? 제가 실수라도……?"

"아, 아닙니다. 먹던 것이나 마저 먹지요."

얼른 정신을 차린 박창은 그녀를 안심시키고 샌드위치를 우걱우걱 먹었다. 그러나 지금 씹고 있는 그것이 어떤 맛인지 느낄 수가 없었다. 그의 머리 속은 뭉게뭉게 피어오르는 의문들로 복잡하게 얽혀들었다.

'그런 일이 가능할 리가 없잖아? 우리는 단지 운 나쁘게 사고에 휘말렸을 뿐인데… 어떻게 이 사람들이 말하는 약속의 날에 맞출 수가

있지? 우연치고는 너무 이상하잖아? 하지만 우연이 아니라면 또 뭐야? 우리가 여기랑 무슨 상관이라고…….'

점심을 먹고 다시 채집에 나섰지만 박창에게는 그런 것쯤 이제 아무래도 좋았다. 정리되지 않는 숱한 의혹과 생각이 계속 그의 뇌리를 맴돌아 전혀 다른 일에 집중할 수가 없었다. 결국 예정보다 일찍 그날의 일정을 끝내고 박창은 서둘러 우주선의 동료들에게 돌아왔다.

우주선으로 돌아온 박창은 일행을 전부 불러내서 회의를 열고 파디아에게서 들은 이야기를 들려주었다.

"다들 어떻게 생각해요?"

파디아의 꿈 이야기를 하고 박창이 모두의 얼굴을 둘러보며 물었다.

"꿈에서 본 거란 말이지?"

지혜가 중얼거리는데 우진이 말했다.

"보통 꿈은 아니죠. 10년간 같은 날에 같은 꿈을 꾼다는 게 어디 흔한 일인가요?"

"흔하지 않은 정도가 아니라 처음 듣는 이야기예요."

릴리가 호응했다. 박상이 고개를 갸웃거리며 말했다.

"예지몽이라도 된다는 말인가?"

"그 가능성이 크지 않을까요? 파디아님 자신도 그렇게 말했다지 않습니까? 지구에도 그런 능력이 있는 사람들 얘기는 종종 있잖아요."

우진은 파디아의 꿈이 일종의 예지라고 받아들이는 입장이었다.

"그치만 그게 정말 예지라면 우리는 왜 꼬여든 거죠? 대체 우리가 이 나라랑 무슨 상관이 있어서 예언 실행에 도구가 되냐구요?"

박창이 답답해하며 따지듯 말했다. 지혜가 침착한 목소리로 말했다.

"예언의 도구가 되었다기보다는 설명할 수 없는 우연이라고 봐야 하지 않을까? 파디아님이 본 것은 하늘에서 떨어지는 불꽃이지 우주선 자체는 아니잖아. 그건 유성일 수도 있는 것이고 불에 의한 공격일 수도 있었을 거야."

"그럼 우리가 하고 많은 곳 다 놓아두고 태수관을 들이받은 건 어떻고? 그것도 우연이야?"

박창은 쉽사리 납득하지 못하고 캐물었다. 지혜는 냉철한 태도를 견지했다.

"우연이 아니면 무엇이라고 생각하고 싶은데? 정말로 이 나라를 수호하는 신이 있어서 멀리 떨어진 우주에 있는 우리를 여기까지 밀어다 놓았다고 생각하는 거야? 그런 신이 있다면 애당초 이 나라가 멸망하지도 않았을 테고 또 내가 그 신이라면 수고롭게 우리를 동원할 필요도 없이 작은 유성이나 한 개 떨어뜨리고 말겠다."

또박또박 논리적인 지혜의 말에 박창은 대꾸할 말이 없었던지 잠잠해져서 눈을 껌뻑거렸다.

"정말로 우연일까?"

한참 만에 석연치 않은 얼굴로 중얼거리는 박창의 말을 받아 마리나가 말했다.

"그렇게 생각하는 게 차라리 속 편할 것 같네요."

우진도 머리를 끄덕였다.

"그래요. 어쩌겠어요, 결론이 날 문제가 아닌 걸."

"전 아직도 납득이 안 돼요. 하지만 우진 씨 말처럼 더 생각해도 소용없겠죠."

박창은 떠름한 얼굴로 화제를 바꾸었다. 파디아에게 들었던 베르테스의 이야기를 들려주자 박창 자신이 그랬던 것처럼 다들 놀라고 의아한 반응들이었다.

"우리가 그를 왕으로 임명했다고? 언제 그런 일이 있었다는 말이지?"

박상이 어리둥절해했다.

"그래도 없는 일을 지어내서 말하는 건 아닐 테고 혹시 누구 짚이는 일 없으세요?"

마리나가 일행에게 물었다. 모두 골똘히 지난 일을 되새겨 보았으나 딱히 짚이는 일이 없었다. 릴리가 말했다.

"혹시 파디아님과 베르테스님이 처음 이곳에 올라왔을 때의 일을 두고 하는 말이 아닐까요? 그때 사장님 혼자 나가서 그 두 사람을 만났었잖아요. 당시 했던 말에서 뭔가 오해를 살 만한 내용이 있었던 것 아닐까요? 아무리 생각해 봐도 우리들 전원이 그 사람들을 만났을 때는 그럴 만한 일이 없었거든요."

"형, 그때 뭐라고 말했었지?"

박창이 물었다. 박상은 기억을 더듬으며 대답했다.

"너무 떨려서 말도 몇 마디 못했어. 아침 인사 하고 자기 소개 하고… 베르테스님에게는 잘 부탁한다고……."

그 순간 우진이 자신의 무릎을 탁 치고 소리쳤다.

"그거예요!"

모두들 화들짝 놀라서 그를 쳐다보았다. 우진은 흥분해서 말했다.

"잘 부탁한다고 했다면서요? 그 말에서 결정 난 거야! 틀림없어요!"

영문을 몰라 멀뚱하게 우진을 바라보던 박상이 말했다.

"설마… 그렇게 간단하게 왕이 정해지는 게 있을 수 있는 일입니까?"

"상황을 생각해야죠."

우진은 확신에 찬 목소리로 설명했다.

"해방군과 식민지군이 도시에서 공방을 벌이는데 느닷없이 하늘에서 무엇인가가 떨어져서 적의 본진이라 할 태수관을 박살 내고 주요 인사들을 일거에 전멸시켜 버렸어요. 게다가 그날은 파디아님이 예언한 날이었어요. 해방군 사람들은 당연히 하늘에서 떨어진 그 무엇인가가 자신들이 믿는 신의 뜻이라고 믿을 수밖에 없었겠죠. 그런데 그 안에서 자신들과 다른 특이하고 신비한 존재가 나온 겁니다. 그러니 그 존재를 신의 사도로 받아들인 것도 당연할 테구요. 그런데 그 신의 사도가 바깥으로 처음 나오자마자 그 자리에 있던 베르테스님에게 '잘 부탁한다'는 말을 한 겁니다. 해석하기에 따라서 그 말은 이 나라, 이곳의 사람들을 책임지라는 의미가 될 수도 있는 것 아니겠어요?"

우진의 추측은 상당히 설득력이 있어서 모두를 납득시켜 버리고 말았다. 박상은 별 뜻 없이 내뱉은 자신의 말 한마디가 그런 어마어마한 결과를 낳았다는 사실에 충격을 받아 말을 잃고 있었다.

"그나마 베르테스님이 무능한 사람이 아니길 다행이네요."

마리나가 허탈하게 웃으며 말했다. 우진이 고개를 끄덕였다.

"그 시점에서 그가 파디아님 다음으로 여기에 왔었다는 걸 봐도 무능한 사람은 아닌 거죠. 당시의 도시 상황을 보면 곳곳에서 시가전이 벌어지고 있었고 도시에 진입해 온 해방군은 베르테스님 휘하 용병단 이외에도 여러 갈래였을 겁니다. 하지만 그런 사람들 중에서 가장 먼저 이 언덕, 태수관이 자리한 이곳에 올라온 것은 베르테스님이었습니다. 그건 그가 다른 어떤 것보다 명분을 최우선으로 택했다는 것을 의미합니다. 그리고 결과적으로 그의 선택은 탁월한 것이었던 셈이 되었구요."

　박상은 아직 충격이 가시지 않아 황망해 있었다.

　"믿을 수가 없어. 그 말 한마디가 그런 엄청난 결과를 낳았다니……."

　우울하게 웅얼거리는 그를 릴리가 위로했다.

　"너무 고민하지 마세요. 이미 지나 버린 일이잖아요."

　마리나도 말했다.

　"그래요. 그리고 결과적으로 그것이 이곳 사람들에게는 긍정적으로 작용했을 수도 있어요. 그렇지 않으면 적을 몰아낸 뒤 도시에 진입해 온 해방군끼리 주도권 싸움을 벌이지 않았으리라는 법이 없죠. 신의 사도라는 거역할 수 없는 권위가 직접 새로운 왕을 지명함으로서 그런 혼란 없이 적군에 효과적으로 대처할 수 있었던 것 아니겠어요?"

　"그럴까요?"

　박상은 그런 말에라도 위로를 받고 싶은 마음에 솔깃해했다. 박창도 형을 달랬다.

　"형, 이제 와서 그 문제로 고민하면 뭐 할 거야? 일은 다 끝난 뒤잖아. 그런 뜻으로 한 말이 아니라고 물릴 수 있는 일도 아니고. 다행히 베르테스님이 왕 역할을 잘하고 있으니까 그것도 다 그 사람 운이겠거니 생각해야지. 그것보다는 우리가 더 문제야. 파디아님은 며칠 전의 승리로 당분간 적국의 공격이 없을 거라고 했지만 적국이 꽤 큰 나라라니까 이걸로 완전히 끝난 게 아닐 거야. 더 큰일이 나기 전에 여길 떠날 수 있느냐가 진짜 문제인 거지."

　박창의 말을 들은 박상이 바다에게 물었다.

　"우주선의 상태는 어떻던가요?"

"점검이 다 끝난 것은 아닙니다만……."

바다의 표정은 썩 밝지 못했다.

"손상이 심합니까?"

"솔직히 말씀드려 여기저기 부서진 상태입니다. 수리가 필요할 것 같은데 여기서는……."

뒷말은 듣지 않아도 알 만했다. 이곳에서 부품과 금속을 조달한다는 것은 불가능하다고 봐도 무방한 일이었다.

"지혜 누나, 공작 기계 갖고 있지 않아?"

박창의 질문에 지혜가 답했다.

"갖고 있긴 하지만 금속이 문제야. 이곳에서 쓸 만한 금속을 구할 수 있어야 부품을 만들 수 있어. 우주라는 가혹한 환경에서 제대로 작동하려면 아무 금속이나 갖고는 안 돼."

"금속 사정은 절망적인데……."

박상이 걱정스레 하는 말에 마리나가 동감했다.

"정말이에요. 이곳의 전사들이 가지고 있는 무기를 보니까 금속이 너무 무르고 약해요. 제철 기술이 형편없는 것 같아요."

마리나에 이어 릴리가 말했다.

"그런데 재미있는 건 무기나 요새 건축 기술이 뒤떨어지는 데 비해 군제는 아주 잘 정비되어 있다는 거예요. 거의 지구의 현대군처럼 유닛 단위로 체계적인 조직이 이루어져 있더라구요. 정말 놀랄 정도였어요."

그 말을 들은 박창이 자신도 생각났다는 듯 끼어들었다.

"시장도 그렇더군요. 먹거리의 종류가 비교적 다양한 데 비해 요리법은 턱없이 빈약하고 향신료의 종류도 부족해요. 그런데 도량형은 잘 정비되어 있어서 웬만한 상점이면 모두 천칭이며 저울을 가지고 있는데 규격도 딱 정해져 있는 것 같더라구요. 주화를 사용하는 것도 그렇고 도시의 길도 폭이나 모양이 반듯해요. 하여간 이곳은 전체적으로 뭔가 언밸런스한 감이 있어요."

"지구가 아니니까 그럴 수도 있는 것 아닐까요?"

우진이 말했다.

"지금 그런 이야기를 할 때가 아닌 것 같은데요?"

바다의 무덤덤한 목소리에 박창과 우진 등은 겸연쩍어하며 대화를 멈추었다. 바다가 지혜에게 물었다.

"이곳에서 부품과 필요한 금속을 조달하기 어려운 것은 분명하고 남은 희망은 우주에서 우리의 전파를 되돌리고 있는 그 존재밖에 없겠군요. 블랙박스의 해독은 어떻습니까? 잘 진전되고 있습니까?"

지혜가 신중하게 말했다.

"이제 겨우 시작 단계인걸요. 해독은 가능할 것 같은데 역시 시간이 문제예요. 아무리 서둘러도 앞으로 40일 이상은 더 걸릴 거예요."

"블랙박스를 해독하는 것도 좋지만 너무 무리하진 마라. 여기서 아프면 큰일이야. 약도 구할 수 없잖아."

박상이 걱정했다. 며칠째 작업실에 틀어박혀서 작업에 몰두한 탓인지 지혜의 얼굴은 이전에 비해 까칠해 보였다.

"적당히 조절해 가면서 하고 있어. 그쪽이야말로 어때? 전사들의 훈련은 잘되어가?"

지혜의 물음에 박상이 쓰게 웃었다.

"난 카포에라를 조금 지도할 뿐인걸. 훈련이야 마라나 씨와 릴리 씨가 커리큘럼을 짜서 제대로 실시하고 있지."

마리나가 말했다.

"훈련은 아주 잘되어가고 있어요. 베르테스님을 비롯해서 전원이 훌륭한 전사들이에요. 실전으로는 우리들보다 훨씬 베테랑들이죠. 실제 전장에서 죽을 고비 넘겨가며 단련된 사람들이거든요. 앞으로 공격 기술뿐 아니라 잠입, 은닉 기술을 포함해서 다양한 특공 기술을 본격적으로 교육해 볼 생각이에요."

"그때 그 얼굴에 칼자국 있던 남자는 어때요? 두 분 말을 잘 따라줍니까?"

우진이 흥미로워하며 물었다.

"아, 카라인님 말이군요. 그 사람, 실력도 뛰어나고 카리스마가 대단해요. 독립군의 대장으로 오래 활약했다더군요. 그래서 그런지 사람들을 장악하는 능력이나 전술에 대한 이해가 탁월해요. 지금은 완전히 대원들의 실질적인 리더가 되어 있어요."

마리나는 카라인에 대해 대단히 높이 평가했다. 릴리가 말했다.

"그분은 원래 레스프라트에서도 이름있는 가문 출신이래요. 레스프라트가 패망했을 당시 가족을 모두 잃고 혼자 살아남았다고 하더군요."

"벌써 그런 이야기까지 나왔습니까?"

"본인에게 들은 건 아니에요. 대원들 중에 카라인님의 부하들도 여럿 섞여 있거든요."

릴리의 말을 들은 우진이 조금 염려스러워하는 표정으로 물었다.

"베르테스님과는 어떻습니까?"

"괜찮은 것 같던데요? 카라인님뿐 아니라 모두들 베르테스님을 깍듯이 왕으로 모시고 있어요. 누구도 그에게 특별히 불만이 있어 보이지는 않던걸요?"

"하긴 그렇게 크게 이겼으니 그렇기도 하겠네요."

"아무튼 카라인님이 있어서 우리에겐 크게 도움이 되고 있어요. 대원들의 통솔도 잘되고 무엇보다 그는 앞장서서 훈련을 받는 타입이라서 더 믿음직해요."

마라나가 말했다.

"그리고 다들 습득이 대단히 빨라요. 열심이기도 하구요. 6개월 정도만 훈련시키면 완성된 특공대원이 되어 있을 거예요."

릴리는 자신감을 보였다. 특공대의 훈련에 대해 이야기할 때의 그녀들은 상당히 즐거워 보였다. 지혜는 그들 자매의 얼굴을 바라보며 엷은 미소를 내비쳤다.

"바깥 활동 하는 사람들은 벌써부터 나름대로 적응해 가는 것 같네요."

지혜와 바다, 우진에게만 어려운 작업을 맡겨놓은 것이 미안해진 박상은 대수롭지 않은 척하며 멋쩍게 대꾸했다.

"하는 수 없이 그렇게 되고 있는 거지. 적응하지 않으면 또 어쩌겠어?"

"그야 그렇지."

고개를 끄덕이던 지혜가 작은 소리로 푸념했다.

"그런데 참 희한해. 여기 온 지 며칠 되지 않았는데 꼭 몇 달이나 지난 것 같은 기분이 들고 지구연방에서의 일들이 아득하게까지 느껴지니 말이야."

"그 말이 맞다."

박상은 동감을 표하며 이곳에 와서 습관처럼 되어버린 한숨을 내쉬었다.

식료품 조사를 마친 다음날부터 박창은 자신이 수집해 온 레스프라트의 곡물과 육류, 어류의 분석을 박상에게 맡기고 자신은 주방에서 일하는 레스프라트 사람들과 함께 피스벵으로 설탕을 만드는 작업에 착수했다. 수정은 박창과 레스프라트 사람들의 커뮤니케이션을 중개하면서 통역기의 언어 데이터를 수집하는 작업을 수행했다. 그 덕분에 썰기, 깎기, 굽기, 끓이기 등 조리에 사용되는 상당수 언어가 오전이 지나기 전에 매끄럽게 통역되기에 이르렀다.

정오가 되기 전에 일행의 점심을 준비하러 주방에 온 박상은 한쪽에 피스벵을 수북히 쌓아놓고 껍질을 벗겨서 잘게 썰고 있는 박창과 그의 곁에서 작업을 돕고 있는 파디아를 보고 잠시 당황한 얼굴로 서 있었다. 박상은 박창에게 다가와서 복도로 불러냈다.

"왜 그래?"

의아하게 묻는 박창에게 박상은 통역기를 끄라고 손짓하고 자신의 통역기도 껐다.

"여기 대신관님이 지금 저기서 뭐 하는 거냐?"

"보면 몰라? 도와주고 계시잖아."

"내 말은… 그러니까… 왜 대신관쯤 되는 사람이 저런 일을 하고 있느냐고?"

"저런 일이 어디가 어때서?"

박창이 모르는 척 되묻자 박상은 인상을 썼다.

"나 지금 농담하는 거 아니다."

"나도 잘 몰라. 도와주겠다고 나서는데 어떡해? 하지 말라고 할 수도 없잖아."

"혹시 네가 하는 일이 무슨 대단한 신의 사명이라도 되는 줄 아는 것 아니냐?"

"그렇게는 얘기 안 했는데?"

"그럼 뭐라고 설명했냐?"

"그냥 모두의 식생활에 도움이 될 일을 하겠다고 했어."

"식생활?"

박상은 몸을 틀어 주방 안에서 진지한 자세로 작업에 열중하고 있는 파디아를 떨떠름한 시선으로 쳐다보았다. 식생활에 도움이 된다는 박창의 말을 곧이곧대로 받아들인 것이 뻔했다. 이런 시대에 먹는 문제가 중요하리라는 것은 능히 짐작이 가는 일이었다.

'이 녀석, 또 엉뚱한 소리를 해버렸군.'

속으로 푸념하면서 박상은 박창에게 걱정스럽게 물었다.

"너 지금 어떻게 해야 할지 방법은 알고 하는 거냐?"

"대강."

박창의 대답이 어딘지 시원찮게 들려 박상은 더 자세히 물었다.

"책에 설탕 만드는 방법이 나와 있든?"

"아니. 유래랑 역사, 아니면 현대적 공정에 대해서만 실컷 나와 있더라구. 그런데 공정에 대해서 약간의 힌트가 있더군. 밀링 공정이란 것하고 확산 공정인데 밀링 공정은 잘게 쪼갠 식물에서 즙을 짜내고 물로 잔유물을 추출하는 것이고 확산 공정은 식물을 얇게 썰어 뜨거운 물로 당분을 침출시키는 거야. 일단 확산 공정이란 걸 응용해서 해볼까 하고. 대략적으로밖에 모르지만 몇 번이고 되풀이해서 시도해 보면 언젠가는 괜찮은 답이 나오지 않겠어? 다행히 피스벵은 구하기 쉬워.

여기 사람들에게 들은 바로는 곳곳에 자생적인 군락지도 있고 상비약 비슷하게 쓰이기 때문에 한두 그루씩 키우는 집도 많대."

"그런 원시적인 방법으로 만들어낼 수 있겠냐? 설탕은 지구에서도 비교적 근대에 먹기 시작한 조미료인 것으로 아는데. 단순히 우려내서 졸이는 방식으로는 어렵지 않겠어? 불순물 추출도 해야 할 테고."

"아냐, 형. 설탕의 역사는 생각보다 꽤 길어. 6, 7세기에 인도에서 이미 설탕을 대량 생산했고 그때의 설탕이 멀리 신라까지 왔었다는 기록이 남아 있다는 거야. 설마 하니 그 시절 인도에서 추출기에 원심분리기 같은 걸 썼겠어?"

박창의 막힘없는 설명을 듣던 박상의 얼굴에는 얼마쯤 감탄의 빛이 떠올랐다.

"어디서 이것저것 찾아내긴 했구먼."

"내가 한다면 하는 사람이잖아."

박창은 고개를 치켜들며 으스댔다.

"피스벵이란 열매는 그렇다 치고 저쪽에 있는 자주색 열매는 뭣에 쓰려고 저렇게 많이 가져다 놨어?"

박상이 가리킨 곳에는 어른 주먹만하게 생긴 자주색 덩어리가 수북이 쌓여 있고 주방 사람들이 깨끗이 씻어서 껍질을 벗기고 있었다. 그 열매는 껍질뿐 아니라 속살까지 짙은 자주색이었다.

"전분을 뽑으려고. 당분은 추출해서 가루를 낸 뒤 전분을 섞어야 덩어리가 되지 않는대. 이왕이면 가루 설탕으로 만들어야 쓰기도 좋을 것 아냐?"

"전분?"

"저게 색깔은 저래도 지구의 감자 비슷한 놈이더라구. 맛도 대충 비슷해. 그리고 열매도 아냐. 고구마 같은 덩이뿌리야."

그 말을 듣고 보니 위아래에 잔털이 많이 붙어 있는 것이 덩이뿌리 같기도 했다. 박창이 이번 일에 정말로 진지하게 임하고 있음을 깨달은 박상은 기대 반 우려 반의 심정으로 동생의 얼굴을 말끄러미 쳐다보았다.

"저렇게 요란하게 일을 벌려서 성과가 있어야 할 텐데 걱정이다."

"이제 겨우 시작하려는데 꼭 그런 식으로 말해야겠어? 격려는 못해 줄망정."

박창이 항의했다. 박상은 순순히 사과했다.

"그래, 미안하게 됐다. 열심히 잘해봐라."

그렇게 말하면서도 박상의 마음은 걱정이 앞섰다. 잘되었을 경우보다 이렇게까지 매달려 아무런 성과도 올리지 못했을 때의 일이 자꾸 마음에 걸렸다. 형의 근심을 아는지 모르는지 박창은 활기가 넘쳤다.

"형, 설탕을 만들게 되면 내가 제일 처음 뭘 할지 물어봐 줄래?"

무슨 말을 하려고 저러나 생각하면서도 박상은 박창의 요구를 받아주었다.

"뭘 할 건데?"

"스펀지 케이크랑 엔젤 케이크부터 만들 거야."

"그건 계란 흰자를 거품 내야 하는 거 아냐?"

"이 별에도 새알은 몇 종류씩이나 먹고 있던걸? 개중에 계란 비슷한 놈도 있어. 그걸 쓰면 돼. 여기 사람들이 케이크를 보면 깜짝 놀라겠지? 매일 납작하고 밋밋한 빵만 먹다가 그런 걸 접하면 얼마나 놀랍겠어? 아, 푸딩도 만들어야지. 후식으로 먹으면 좋을 거야. 그리고 호떡도. 키야 가루는 지구의 밀가루만큼은 아니지만 반죽해서 놔두면 어느 정도 부풀긴 하더라구. 호떡 정도는 충분히 맛나게 만들 수 있을 거야."

박창은 설탕을 넣은 음식으로 이곳 사람들을 놀라게 해줄 생각만 해도 기분이 좋은지 연신 벙글거렸다. 그 모습을 보고 박상은 내심 혀를 찼다.

'내 동생이지만 어지간히 철없는 녀석이군. 집에 돌아갈 수 있을지 없을지도 미지수인 판에 저런 일로 저렇게 신이 나다니.'

조금쯤 박창을 한심해하던 그는 이내 마음을 고쳐먹었다.

'아니야. 차라리 잘된 일이라 생각하자. 저런 식으로라도 어딘가에 열중하지 않으면 미쳐 버릴지도 모르지. 뭐라도 하는 게 저 녀석을 위한 길일지도……'

"형, 이제 들어가도 돼?"

박창이 물었다.

"그래, 들어가자."

말이 떨어지기가 무섭게 박창은 몸을 돌려 파다아가 있는 곳으로 갔다. 동생을 따라 주방으로 들어간 박상은 간간이 박창을 걱정스러운 시선으로 돌아보면서 자신의 일을 했다.

3

박창이 설탕 연구에 매달린 지 일주일가량 지났다. 그를 제외한 나머지 무적택배 사람들은 여전히 각자의 일에 파묻혀 식사 시간을 제외하고는 전원이 한자리에 모이는 일도 없을 지경이었다.

점심 식사 시간을 포함한 세 시간의 전체 훈련에서 레스프라트 전사들에게 카포에라를 지도하고 그늘에서 쉬다가 일행의 저녁 식사를 준비하려 박상이 주방으로 들어서는데 박창이 불쑥 코앞에 나타나서 크게 외쳤다.

"짜잔, 이걸 봐!"

갑작스러운 일이라 부딪치기 직전 간신히 멈춰 선 박상이 놀란 가슴을 진정시키고 보니 박창은 손에 작은 접시를 들고 그에게 내밀고 있었다.

"뭐 하는 거야?"

"이걸 봐, 형. 예쁘지?"

납작한 그릇에 담긴 것은 선홍색이 도는 다소 입자가 굵은 분말이었다.

"설마……?"

"맞았어! 설탕이야!"

의기양양하게 소리친 박창은 그것을 숟가락으로 듬뿍 떠서 박상의 입에 쑤셔 넣었다.

"뭐 하는……."

부지불식간에 한입 가득 붉은 설탕을 머금은 박상은 미간을 찌푸리면서도 그것을 입 안에서 굴려 녹여보았다.

"어때?"

"꽤 달지만… 지구의 설탕보다는 조금 덜 달군. 하지만 적어도 피스벵 자체의 맛보다는 나은 것 같다."

"그렇지? 지구의 설탕처럼 순도가 아주 높지는 못해도 이 정도면 요리에 쓸 수 있겠지?"

"그렇겠군. 피스벵의 향기가 아주 희미하게 나기는 하지만 그리 심하지는 않으니까."

정말로 설탕을, 그것도 이렇게 단시일 내에 만들어낼 것이라고는 생각지 못했던 터라 박상은 쉽게 믿어지지 않았다. 박상이 접시에 담긴 붉은 설탕을 손으로 집어서 꼼꼼히 들여다보는데 박창이 자랑스럽게 설명했다.

"여러 가지 버전으로 만들어봤는데 이게 제일 성공작이야. 물과 피스벵의 비율, 숯불에서 졸이는 시간, 불의 세기 조절, 전분을 섞는 비율을 죄다 기록해 놨거든. 이제부터는 그 황금률에 따라서 설탕을 만들기만 하면 돼."

"당분은 어떻게 가루를 낸 거냐?"

"절구로 빻았어."

"진짜 대단한걸?"

이번만큼은 박상도 진심으로 탄복했다. 지구의 설탕에 비해 입자가 거칠고 단맛은 조금 떨어지지만 박창의 작품은 설탕이라 부르기에 가히 손색이 없어 보였다.

"아직은 양이 얼마 안 돼. 일단 실험적으로 스펀지 케이크와 푸딩을 만들어볼 거야. 그리고 설탕을 더 많이 만들어서 여기 사람들에게도 맛보게 하자."

"여기 사람들까지 주려면 케이크 틀이랑 푸딩 틀이 모자라지 않아?"

"미리 말해서 여러 개 만들어놨어. 주방 사람들에게 말했더니 다음 날 바로 만들어 왔더라구. 여기 사람들, 정말 무지 협조적이야."

"오죽하겠냐."

박상은 쓴웃음을 흘렸다. 자신들을 신의 사도라 믿어 의심치 않고 있을 터이니 무엇을 시키든 전폭적으로 협력하는 것이 당연할 것이다.

"바깥의 전사들은 훈련 잘되어가?"

"응, 다들 워낙 열심이니까."

"거긴 카라인 씨를 포함해서 살벌한 인상의 사람들도 많던데 무섭지 않아?"

"무서울 거야 뭐 있겠냐? 우리랑 싸울 것도 아니고 도리어 든든하게 생각해야지."

"지금 스펀지 케이크랑 푸딩 만들어보고 괜찮으면 오븐도 더 설치하고 설탕도 많이 만들어서 조만간에 헬스 용사들에게도 한번 대접해야겠는걸?"

"장정들이 100명이 넘는데 그 사람들이 먹을 걸 어떻게 다 만들려고? 너무 무리하는 거 아니냐?"

"흥. 박민당에서 하루에 구워내는 빵이 얼마였는데 내가 그 정도를 못하겠어? 게다가 충실한 조수가 이만큼이나 있는걸? 오븐이랑 재료만 확보되면 문제없어."

박창은 자신을 거들고 있는 레스프라트 사람들을 가리키며 으스댔다. 박상은 통역기를 끄고 있어서 이런 시건방진 발언을 레스프라트 사람들이 알아듣지 못하는 것이 다행이라 생각하며 웃어넘겼다.

"그래, 수고해 봐라. 난 내 수준에 걸맞게 우리 직원들 먹여 살릴 궁리나 하련다."

"형, 저녁은 양식으로 해봐. 스펀지 케이크랑 푸딩 만들 거니까."

"그럼 냉동육을 가져다가 햄버거 스테이크라도 만들어야겠다."

"냉장고에 있는 우리 식료품은 어느 정도 남았어?"

"한 달 보름치로 계산해서 넣어두었었으니까 아직 한 달치 이상은 있겠지."

박상은 그렇게 대답하고 주방을 나가 재료를 가지러 우주선으로 갔다.

그날 저녁 무적택배호의 식탁에는 박창이 개발한 붉은 설탕으로 만든 케이크와 푸딩이 올랐다. 스펀지 케이크에는 옅은 붉은 기가 감도는 생크림이 발라져 있었다.

"생크림의 색깔이 좀 특이하네. 아주 옅은 장밋빛 같기도 하고."

지혜가 말하자 박창이 자랑스럽게 대꾸했다.

"피스벵 설탕으로 만들어서 그래. 설탕 자체에 색이 있어서 말이야. 예쁘지?"

"굉장하세요. 낯선 별에서 설탕에다 생크림을 만들다니."

릴리는 손뼉까지 치면서 감탄했다. 박창은 흐뭇한 미소를 머금고 케이크와 푸딩을 권했다.

"음식은 뭐니 뭐니 해도 맛이 제일 중요하죠. 드셔보세요. 이 케이크의 모든 재료는 레스프라트 산이에요."

박창의 권유에 박상 등은 케이크를 잘라내서 한 조각씩 먹었다. 피스벵 특유의 향미가 희미하게 풍기는 케이크는 촉촉한 촉감에 케이크 특유의 달콤한 맛이 살아 있었다.

"괜찮네."

지혜가 고개를 주억거리며 말하자 박창은 반색을 하고 얼른 물었다.

"그래? 먹을 만해?"

"응, 빵이 부드럽고 생크림도 많이 달지 않아서 좋아. 제법인데?"

그 말에 박창의 얼굴은 굉장한 찬사라도 들은 사람처럼 눈에 띄게 피어났다. 릴리가 이상하다는 듯 박창에게 물었다.

"그 정도 말로 뭘 그렇게 좋아해요?"

"지혜 누나는 자기가 만들지 못해서 그렇지 입맛은 굉장히 까다롭거든요. 특히 빵에 대해서는 요구하는 게 많아요."

박창의 말에 박상이 설명을 보탰다.

"어릴 때부터 우리 아버지의 빵과 과자를 달아놓고 먹다 보니 그래요."

"먹기만 했나? 우리 집에서 살다시피 한 적도 많았잖아. 우리들의 장난감이란 장난감은 죄다 개조한다면서 뜯어보고 말이야. 덕분에 게

임기다 무선 자동차다 남아난 게 거의 없었지."

박창이 낄낄거렸다. 어린 시절의 이야기가 나오자 지혜는 불편한 표정으로 박창을 흘겨보았다.

"그 이야기가 왜 나오는 거야?"

"내가 없는 말 지어서 하는 것도 아닌데 왜 과민 반응을 하고 그래? 누나가 뭐든지 뜯어보고 개조하는 거 좋아한 건 오래된 괴벽이잖아."

박창이 실실 웃으며 더 말하려는데 박상이 조용히 만류했다.

"그만 해라. 옛날이야기 자꾸 하면 뭐 하냐?"

그때 케이크를 우걱우걱 먹고 있던 우진이 박창에게 물었다.

"맛있네요. 여기 사람들도 맛을 봤습니까?"

박창은 어깨를 펴고 자랑스레 대꾸했다.

"파디아님이랑 주방에서 날 도와주는 사람들에게 한 조각씩 대접했죠. 아주 좋아들하더라구요. 없어서 못 먹은 거지 단맛을 싫어한 게 아니었던 거죠. 내일부터 설탕을 더 많이 만들어볼 겁니다. 빵이나 과자뿐 아니라 요리에도 쓰게 될 테니까 양을 많이 확보해야죠. 과자, 케이크류는 오븐을 더 증설한 뒤에야 가능할 테니 우선은 설탕을 좀 많이 준비해서 우리에게 전력을 공급해 주는 고마운 전사들에게 설탕이 든 음식과 푸딩이라도 대접하면 어떨까 생각해요. 그동안 시장이니 어디니 다니면서 여러 가지로 지원을 많이 받았는데 베르테스님에게 성과를 보여줄 기회도 될 테구요."

마리나가 기쁘게 찬성했다.

"좋은 생각이네요. 안 그래도 늘 우리끼리 따로 먹고 한 번도 식사를 같이한 적이 없어서 마음에 걸렸는데."

"남자들은 단 것을 별로 안 좋아하는 경우도 많지 않습니까?"

바다가 말했다. 그 자신이 케이크나 과자를 그다지 즐기지 않는 편이라 스펀지 케이크도 작은 조각으로 하나 먹고 만 처지였다.

"신기한 맛에라도 먹겠죠. 뭘 만들어도 이곳의 무미건조한 요리보다는 훨씬 나을걸요? 입맛은 여기 사람들이나 우리나 비교적 비슷한 모양이니까요."

박창이 자신있게 잘라 말했다. 그런데 무엇 때문인지 지혜가 별안간 우울한 표정으로 낮게 한숨지었다.

"왜 그래?"

박상이 묻자 지혜는 자신의 머그 잔을 만지작거리며 씁쓸하게 말했다.

"설탕은 해결이 되었다지만 이제부터 없어질 것이 한두 가지가 아니라고 생각하니까 좀 그렇다. 지금 마시고 있는 커피만 해도 그렇고 화장품, 샴푸, 린스 같은 건 대용품도 없을 텐데."

그 말에 생각났던지 우진이 박상에게 물었다.

"치약, 비누, 티슈는 얼마나 있죠? 얼마나 버틸 수 있을까요?"

박상이 대답하기 전에 바다가 무뚝뚝하게 말했다.

"그전에 지구로 돌아갈 생각을 해야죠."

그러자 지혜가 표정을 굳히고 단호하게 말했다.

"가급적 빨리 지구로 귀환하는 것이 최선이라는 것은 당연한 일이죠. 하지만 인정할 것은 인정해야 해요. 어쩌면 우리는 처음 예상했던 것보다 더 오래 이곳에 머물 것을 각오해야 할지도 몰라요. 우리가 처한 문제는 서두른다고 해결될 일이 아니에요. 좀 더 마음을 느긋하게 가지고 생각하기로 해요."

"하지만 그러는 동안 소라는? 그녀는 지금 임신 중입니다. 어느 때보다도 제가 필요할 텐데……."

바다의 절박한 호소에도 지혜의 태도는 변함이 없었다.

"여기 있는 우리들 중에 돌아가지 않아도 괜찮은 사람은 아무도 없어요. 하지만 당장 그럴 수 없다는 것도 잘 알고 있죠. 좀 더 냉정하게 대처할 필요가 있어요."

바다의 어깨가 힘없이 처졌다. 우진이 그를 위로하려 애썼다.

"그래요, 바다 형. 조급해해도 소용없으니까 지혜 씨 말처럼 장기전이 될 상황도 감안해서 강하게 마음먹읍시다."

우진의 격려에도 바다의 기분은 전혀 나아지지 않았다. 바다는 침울한 얼굴로 입을 꾹 다물었다. 그의 불안과 우울이 전염되기라도 한 것인지 마라나 자매까지도 여느 때의 활발함을 잃고 잠자코 커피를 홀짝거리고 있었다. 그런 분위기를 깨고 박창이 벌떡 일어나더니 주먹을 부르쥐고 비장한 어조로 말했다.

"모두들 기운 냅시다. 잘될 겁니다. 여기까지 살아온 것만 해도 얼마나 대단한 운입니까? 우주선이 전파된 것도 아닌데 지금부터 절망할 필요가 어디 있습니까? 이 없으면 잇몸으로 산다고 생필품이 없다고 죽지는 않습니다. 좀 불편해도 적응하면 다 살아가게 되어 있어요. 하지만 희망을 잃으면 그것으로 끝입니다. 누구도 우리에게 길을 열어주지는 못하지 않습니까? 희망의 끈을 놓지 않고 노력하면 반드시 길이 열릴 겁니다. 그렇게 믿고 긍정적인 사고로 이 난관을 헤쳐 갑시다."

박창의 열변을 듣고 있던 지혜가 '푸훗' 하고 웃음을 터뜨렸다.

"박창, 너 그러고 있으니까 꼭 반장 선거에 나선 초등학생 같애."

그녀의 말에 박상과 우진 등도 따라 웃었다.

"뭐야? 일행을 격려하려고 기껏 노력하는데 그런 식으로 웃음거리로 삼다니……."

박창은 부루퉁해서 자리에 앉았다. 박상이 웃음기가 남은 얼굴로 사과했다.

"웃어서 미안하다. 다 옳은 말이고 좋은 말이다. 네 말대로 우리 모두 힘을 합해 이 난관을 긍정적으로 헤쳐 가자."

그 말에 박창 본인과 바다를 제외한 나머지는 더욱 크게 킥킥거렸다.

며칠 뒤 박창의 약속대로 에너지 공급 작전에 동원된 레스프라트의 전사들에게 점심으로 특식이 제공되는 날이 왔다. 박창과 박상은 며칠에 걸쳐 충분한 양의 설탕을 만들어놓고 당일 아침 일찍부터 주방 사람들을 지휘해서 음식을 준비했다.

110명의 전사들이 매일 식사를 함께하는 방은 주방이 있는 왼쪽 건물의 일실이었다. 길게 붙여서 늘어놓은 여러 개의 테이블에 레스프라트 사람들의 주식 중 하나인 비노 가루로 만든 죽과 삶은 고기, 고기를 찍어 먹을 소금 그릇이 인원 수대로 놓였다. 그리고 빵을 담는 바구니에는 평소 레스프라트 사람들이 먹는 납작한 빵 대신에 설탕을 넣어 두툼하게 구운 호떡이 담겨 있었다.

박상 등이 앉을 자리는 따로 앞쪽에 테이블을 가져다 놓았다. 언제나 따로 식사를 하러 가던 마리나와 릴리, 박상에 더해 박창까지 동석하자 모두들 의아해하면서도 긴장하는 분위기였다. 박상 등이 앉기를 기다린 후 베르테스가 앉고 나머지 사람들도 각자의 자리에 착석했다. 베르테스는 전사들과 같은 테이블에 있었다.

"한 번쯤 다 함께 식사를 하고 싶어서 오늘은 우리가 자리를 마련해 보았습니다."

박상이 일행을 대표해서 말하고 식사가 시작되었다. 비노 죽을 스푼으로 떠서 입에 넣던 사람들의 손이 멈칫하며 멈추었다. 소금으로만 간을 하던 것에 피스벵 설탕을 넣고 이곳 사람들이 즐겨 마시는 시디크라는 동물의 젖을 더해서 맛을 낸 것이라 여느 때 먹던 것과는 맛이 사뭇 달랐던 것이다. 주방에서 일하는 레스프라트 사람들을 대상으로 이미 시식을 마쳤지만 이 사람들의 반응이 어떨지 박창과 박상은 조마조마해서 지켜보았다. 다행히 베르테스를 비롯한 레스프라트의 전사들은 이 새로운 맛이 썩 마음에 든 모양으로 맛있게들 먹었다.

"다행이다, 형. 맛이 괜찮은가 봐."

박창이 흐뭇해했다.

"어머, 호떡이잖아요. 여기서 호떡을 먹게 되다니, 감격이야."

릴리가 기뻐하며 바구니의 호떡을 집어 들었다. 호떡의 단물이 터질까 봐 테이블 앞으로 몸을 쑥 내밀고 먹는 그녀의 모습을 본 레스프라트 사람들은 호떡을 들고 그녀와 같은 포즈로 먹기 시작했다.

일순 기이한 정적이 흘렀다. 직접 호떡 반죽을 만들고 오전 내내 호떡을 구운 당사자인 박상은 은근슬쩍 사람들의 반응에 신경 쓰고 있었다. 나지막한 웅성거림이 이는가 싶더니 이내 그들은 무척 열중해서 호떡을 먹었다. 설탕이 터져서 단물이 흘러내려도 상관없이 단물이 묻은 손가락을 쭉쭉 빨아가며 맛나게 먹어치우는 모습에 박상은 안도하면서 흐뭇해했다. 평소에는 살벌하기조차 한 그들의 인상이 지금은 퍽 부드러워져 있었다.

"참 맛있게들 먹는다. 그치?"

박창이 말했다.

"그러게. 호떡을 저렇게 맛있게 먹는 사람들은 처음이다."

박상은 조용히 웃음 지었다. 넉넉히 만든다고 만들었건만 호떡은 금세 동이 났다. 사람들은 아쉬운 표정으로 입맛을 다시며 그제야 삶은 고기를 조금씩 먹기 시작했다.

식사의 마지막에는 박창이 준비한 푸딩이 나왔다. 이른 아침부터 만들어서 차가운 물에 담가 식혀놓은 푸딩 윗부분에는 진한 갈색의 캐러멜 소스가 얹혀 있어 보기에도 먹음직스러웠다. 자신들의 앞에 하나씩 놓은 푸딩을 신기하게 바라보던 그들은 이번에도 마리나와 릴리가 먹는 모습을 보고 자신들도 스푼을 들어 떠먹기 시작했다. 입 안으로 퍼져 가는 달콤하면서도 매끄러운 감촉에 그들은 무척 놀라는 눈치였다. 어떤 사람들은 그 감촉을 음미하려는 듯 입을 다물고 가만히 있었고 연신 입을 오물거리는 이들도 있었다.

푸딩까지 다 먹고 난 전사들은 만족스러운 한편 아쉬워하는 분위기였다. 식사가 끝난 뒤 베르테스가 자리에서 일어나 박상 등이 있는 테이블로 와서 고개를 숙였다.

"레스프라트를 고난에서 해방시켜 주신 것만으로도 감사하기 이를 데 없는데 전사들을 직접 단련시켜 주시고 저희에게 이런 음식까지 대접해 주시니 무엇이라 감사의 말씀을 드려야 할지 모르겠습니다."

감사 인사 끝에 베르테스는 무엇인가 망설이는 기색으로 머뭇거리다가 조심스럽게 다시 입을 열었다.

"솔직히 말씀드려 지금까지 경험한 적이 없는 맛입니다. 어디에서 이런 맛이 나오는지 저희가 알 수는 없겠습니까?"

박창은 그 질문을 기다렸다는 듯이 미리 가져다 놓은 작은 항아리를 의자 아래에서 집어 테이블 위에 올려놓았다. 그리고 항아리의 뚜껑을 열어 베르테스에게 내용물을 보게 했다. 항아리 안에는 피스벵 설탕이 가득 들어 있었다.

"비밀은 이겁니다."

박창은 싱글싱글 웃으며 설탕을 손바닥에 조금 덜어내어 베르테스에게 내밀었다. 베르테스는 심각한 눈빛으로 붉은 빛깔이 도는 가루를 물끄러미 바라보았다.

"피스벵이라는 열매를 아시지요? 그것으로 만든 것인데 이것이 음식의 단맛을 내는 기본이 됩니다. 드셔보시겠습니까?"

박창의 권유에 따라 피스벵 설탕을 조금 집어 입에 넣어본 베르테스는 다음 순간 박창의 말을 이해한 얼굴이었다.

"피스벵으로 이런 것을 만들 수 있다는 말입니까?"

베르테스는 무척이나 놀라워하며 피스벵 설탕을 보았다.

"이것의 이름은 무엇입니까?"

"피스벵 설탕이라고 부르고 있습니다."

설탕이라는 말 자체가 레스프라트에 없는 단어인 까닭에 통역기를 통해서 나오는 음성으로도 설탕은 그대로 설탕이었다.

"피스벵 설탕……."

베르테스는 그 이름을 신중하게 되뇌었다.

"방법을 알고 있으니 피스벵만 충분히 확보된다면 앞으로도 이것을 만들어내기는 어렵지 않을 겁니다. 이곳 주방 사람들도 이젠 잘 만들 줄 압니다."

베르테스는 대답하지 않았으나 박창의 말을 대단히 기쁘게 받아들이는 것이 분명했다. 박창은 박창대로 그동안 시장이며 주방에서 자신이 해온 일련의 작업들이 자신들뿐 아니라 레스프라트 사람들에게도 의미가 있는 일이라는 확신을 얻고 무척이나 뿌듯한 표정이었다.

■ 제4장

아이들의 세상

프라트 시내에 있는 별궁의 집무실 책상에 앉아 서류 더미를 뒤적이던 베르테스는 읽고 있던 서류를 내려놓고 고민스러운 표정으로 눈을 감았다. 우주선의 추락으로 무너져 버린 옛 왕궁 대신 현재는 별궁을 왕궁으로 사용하고 있었다.

"정말로 골치 아프군. 나쁜 놈들, 완전히 거덜을 내놨군. 이렇게까지 재정이 황폐해져 있을 줄이야."

베르테스가 씁쓸히 내뱉자 책상 너머에 앉아 있던 남자가 씁쓸한 말투로 말했다.

"최근 몇 년간은 레스프라트 각지에서 반란이 끊이지 않는 실정이었으니까요. 곡물이든 물자든 쥐어짜는 대로 아메트로 곧장 실어 보냈으니 남아 있는 것이 없을 수밖에요."

그는 베르테스와 비슷한 연배로 젊은 나이에도 불구하고 차분하고 지적인 인상이 두드러지는 남자였다. 베르테스는 답답한 한숨을 토했다.

"이제부터가 문제야. 당분간은 기적과 대승리의 여파로 견디겠지만 정신력과 사기만으로는 한계가 있어. 역시 자금을 만들려면 상인들을 쥐어짜는 수밖에 없는 셈인가?"

"정도가 문제지요."

남자는 냉철한 어조로 말했다.

"그들은 경제를 움직이는 손입니다. 지나치게 핍박해서 위축시키면 장기적으로 레스프라트의 발전에 저해가 될 겁니다."

"그건 나도 알아. 하지만 엘트 자네도 알다시피 지금 레스프라트의 국고는 텅 빈 것이나 매한가지야. 이 문제부터 해결하지 않고는 모처럼 얻은 귀중한 유예 기간을 헛되이 소모하게 될 거야. 아메트의 늙은 이가 보나마나 이를 갈면서 재공격할 때만 노리고 있을 텐데 시간이 별로 없어. 당장 돈을 쥐고 있는 자들로부터 갹출하는 수밖에 없지 않은가?"

"다시 말씀드리지만 그 정도가 문제입니다. 큰 상인들은 점령기에 아메트에 협력한 전과가 있습니다. 생존을 위한 불가피성을 인정한다고 해도 적국에 협력했다는 꼬리표를 떼기는 어렵지요. 그 점을 잘 활용해서 얻어낼 것은 얻어내되 절대 그들과 반목해서는 안 됩니다."

"그래, 그 방법이 문제겠지. 보나마나 자신들도 힘들다며 우는소리 할 게 뻔한데 어떻게 구스른다?"

"인내심을 가지고 회유와 협박을 적절히 구사할 수밖에요. 아메트의 10만 대군이 프라트 들판에서 전멸한 일로 아메트 측은 단단히 격앙되어 있을 겁니다. 아메트가 재공격해 오게 되면 이 도시에서 살아남을 사람은 없을 것이라는 점을 단단히 주지시켜야지요."

그때 문을 두드리는 소리가 들리고 젊은 병사가 들어왔다.

"대상(大商) 여러분들께서 모두 모이셨답니다."

"알았다. 곧 가지."

병사를 내보낸 뒤 베르테스는 의자에서 일어났다. 엘트와 방을 나가면서 그는 농담 반 진담 반으로 말했다.

"산전수전 다 겪은 상인 영감들에게서 돈을 받아내는 일은 적병을 베는 것보다 더 어려울 것 같아."

그러자 엘트가 지지 않고 응수했다.

"없는 살림에 이리저리 구멍을 메우며 그날 그날 넘기는 일 만하겠습니까? 전 용병단 시절부터 돈 걱정에서 헤어나질 못하는군요."

"미안하게 됐군."

베르테스는 피식 웃으며 문을 열었다.

베르테스와 엘트가 상인들이 기다리는 방으로 들어서자 미리 모여 있던 여섯 명의 사람들이 자리에서 일어났다. 대부분 4, 50대였고 그 중 두 명은 여자였다. 베르테스는 상석에 앉으며 그들에게도 앉기를 권했다.

"편히 앉으십시오."

상인들은 어떤 이야기가 나올 것인지 이미 짐작하고 있는 모양으로 수심 어린 기색들을 하고 있었다. 베르테스도 그것을 모르지는 않는 터라 안색을 부드럽게 하고 입을 열었다.

"일부러 시간을 내주셔서 감사하오. 가볍게 뭐라도 드시면서 이야기를 나누기로 합시다."

두 명의 병사가 큰 쟁반을 가지고 들어와 사람들의 앞에 접시와 스푼을 내려놓았다. 접시에는 차게 식힌 푸딩이 담겨 있었다. 푸딩을 처음 접하는 상인들은 접시에 담긴 매끈한 덩어리를 물끄러미 내려다보고 있었다. 그리고 큰 접시 두 개가 테이블의 가운데 얹혔는데 거기에는 동글동글한 슈크림이 가득 담겨 있었다. 둘 다 박창의 지도 하에 옛 왕궁의 주방 사람들이 만든 것이었다. 정체 모를 음식물을 앞에 두고 선뜻 손을 내밀지 못하고 보고만 있던 상인들은 베르테스와 엘트가 스푼으로 푸딩을 먹는 모습을 보고 따라 했다.

음식으로 분위기가 조금이나마 풀어지기를 기다려 의제를 꺼내려던 베르테스는, 그러나 상인들이 너무도 열심히 푸딩에 집중하고 있는 모습을 보고 잠시 그 생각을 미루어야 했다. 큼직한 푸딩을 깨끗이 다 먹고도 못내 아쉬운 눈치를 보이며 입맛을 다시던 상인들은 이번에는 주저없이 슈크림으로 손을 뻗었다. 씹을 필요도 없는 폭신한 과자의 감촉에 이어 입 안으로 퍼져 나가는 커스터드 크림의 부드러움과 달콤함에 그들은 눈을 동그랗게 뜨고 신기해하다가 그때부터 경쟁적으로 부지런히 입으로 가져가기 시작했다. 베르테스와 엘트 사이에 소리없는 웃음이 오간 뒤 엘트가 몸을 일으켜 자신들의 가까이에 있던 슈크림 접시도 상인들에게 밀어주었다. 상인들은 황송해하면서도 사양하지 않고 기꺼이 받았다. 큰 접시 두 개에 가득 담겼던 슈크림이 남김없이 없어지고 나서야 상인들의 말문이 터졌다.

"놀랍습니다. 정말이지, 이 달콤함은 무엇에도 비할 바가 없군요. 대체 어디에 이런 음식이 있었습니까?"

곡물상인 에메라이가 입가에 묻은 커스터드 크림을 닦아내며 물었다. 그러자 향신료를 주 품목으로 취급하는 메자라는 상인이 냉큼 말했다.

"피스벵의 향이 희미하게 나는 것 같지 않습니까?"

"그러고 보니 그렇군. 어디서 맡아본 듯하다 싶더니만 피스벵과 비슷하군요."

다른 상인이 맞장구쳤다.

"혹시 이 단맛과 피스벵이 관련있습니까?"

메자가 베르테스에게 물었다.

"그렇소. 구왕궁에 머물고 계신 신의 사도들께서 피스벵을 원료로 하여 만드신 선홍빛의 가루가 음식의 단맛을 더하는 것이오. 그것을 신의 사도께서는 피스벵 설탕이라고 명명하셨소."

베르테스의 대답이 끝나기 바쁘게 상인들은 거의 동시에 질문을 해 댔다.

"신의 사도들께서 만드신 것이라는 말입니까?"

"다시 만들 수는 없습니까?"

"이것들 이외에 다른 음식에도 사용할 수 있습니까?"

"만드는 방법을 배울 수 있을까요?"

상인들은 베르테스를 지나칠 정도로 어려워하던 여느 때의 모습에서는 상상하기 어려운 적극성을 보였다. 그들의 열띤 반응에 베르테스와 엘트는 도리어 당황스럽기까지 했다. 베르테스는 하려던 이야기는 일단 미뤄두고 그들의 질문에 답해주었다.

"신의 사도께서 말씀하시기를 피스벵을 비롯하여 레스프라트에서 구할 수 있는 것들로 만드셨다고 하셨소. 구왕성의 주방에서 일하는 자들이 그분들을 도우면서 방법을 배웠다고 들었소. 그리고 가루이기 때문에 여러 가지 음식에 다양하게 넣어서 맛을 낼 수 있는 것으로 알고 있소."

향신료상 메자가 숨 가쁘게 재우쳐 물었다.

"그것을 지금 볼 수 있을는지요?"

"잠시 기다리시오."

베르테스는 병사를 불러 이곳의 주방에 가져다 놓은 피스벵 설탕을 가져오도록 시켰다. 얼마 후 병사를 따라 요리사 한 명이 방으로 들어섰다. 그는 구왕성의 주방에서 박창에게 설탕 만드는 법을 배운 사람들 중 하나였다. 피스벵 설탕이 들어 있는 토기 항아리를 가져온 그는 방 안의 사람들에게 고개를 조아려 인사하고 항아리를 테이블 위에 올려놓았다. 상인들은 왕의 앞임에도 불구하고 흥분을 주체하지 못해 몸을 일으켜 항아리의 내용물을 조금씩 덜어내어 손으로 만져 보고 입 안에 넣어보는 등 직접 살펴보기 시작했다.

"이것인가?"

"신기하군. 이런 가루가 있다니."

"피스벵 냄새가 나긴 나는군요."

경탄의 말들을 주고받으며 설탕이라는 신기한 가루를 품평하던 그들은 한참 만에 가까스로 흥분을 가라앉히고 착석했다.

메자가 손끝에서 녹아 끈적이는 설탕을 털어내면서 베르테스에게 물었다.

"폐하, 만드는 방법을 알고 있다는 것은, 즉 이 피스벵 설탕이라는 것을 더 많이 생산할 수 있다는 뜻입니까?"

베르테스는 자신이 대답하지 않고 요리사를 보았다. 요리사는 쭈뼛거리면서도 분명한 어조로 대답했다.

"예, 신의 사도께서 방법을 잘 가르쳐 주셨기 때문에 저희들도 만들 수 있습니다."

다른 상인이 요리사에게 직접 물었다.

"한 번에 만들 수 있는 양은 어느 정도인가?"

"양이 꼭 정해져 있지는 않습니다. 재료와 물, 숯을 얼마나 많이 준비하느냐에 달려 있지요."

"만드는 데 걸리는 시간은?"

"재료를 다듬고 불에 졸이고 빻는 시간까지 합하면 한 번 만드는 데 한나절은 족히 걸립니다."

"그러면 적어도 하루에 한 번은 만들 수 있다는 말이지?"

"예."

요리사는 연거푸 쏟아지는 상인들의 질문에 당황스러워하면서도 성실하게 대답했다.

"만드는 방법은 어떤가? 많이 어려운가?"

메자의 질문에 요리사가 대답하려는데 엘트의 낭랑한 목소리가 그것을 막았다.

"됐네. 자네는 이만 주방으로 돌아가 보게."

요리사는 사람들에게 인사하고 물러났다. 그가 나가고 나자 엘트가 메자에게 양해를 구했다.

"죄송합니다, 메자님. 신의 사도께서 가르쳐 주신 지식을 함부로 입에 올려도 되는 것인지 알 수가 없어 말을 멈추게 하였습니다. 너그러이 이해해 주십시오."

메자는 짐짓 부드럽게 미소 지으며 말했다.

"아닙니다. 미처 그 생각을 하지 못했군요. 제 생각이 짧았습니다. 오히려 제가 사과드려야지요."

메자의 말이 끝난 뒤 상인들은 서로 은밀한 눈짓을 주고받았다. 그들 중 가장 연장자인 곡물상 에메라이가 베르테스에게 말했다.

"폐하, 이 피스벵 설탕을 저희들이 팔 수 있게 해주실 수는 없겠는지요. 그렇게만 해주신다면 저희도 국가의 재정에 최대한 보탬이 되도록 최선을 다하겠습니다. 이 마법과 같은 맛이라면 비싼 값을 치르고라도 사먹을 사람들은 얼마든지 있습니다."

뜻밖의 제안에 베르테스는 어리둥절해져서 에메라이를 가만히 건너다보았다. 에메라이와 상인들은 대단히 진지하고 긴장된 자세였다. 엘트가 에메라이에게 질문했다.

"그러니까 에메라이님의 말씀은 피스벵 설탕을 대량으로 생산하여 이 자리에 계신 여러분이 판매할 수 있게 해달라는 것입니까?"

"바로 그것입니다."

에메라이가 대답했다. 베르테스의 시선이 엘트를 향했다. 엘트는 자신에게 맡겨달라는 듯 고개를 아주 살짝 저어 보였다. 베르테스는 그의 뜻을 받아들여 잠자코 상황을 지켜보았다. 엘트는 서두르지 않고 침착한 태도를 유지하며 에메라이에게 계속 질문했다.

"이것이 그만한 상품성이 있다고 판단하신 것이겠군요."

"그렇습니다. 양만 충분히 확보되면 판매는 문제없습니다. 이것은 우리 레스프라트 최고의 산물이 될 겁니다."

"그럴 수도 있겠군요."

동의하는 것처럼 대답하던 엘트는 일부러 걱정스러운 표정을 지으며 뜸을 들였다.

"그러자면 시설이며 인력이 많이 들 텐데 현재 왕국의 재정이 여의치가 못해서 말입니다."

그러자 에메라이가 재빨리 말했다.

"그런 문제라면 전혀 염려하지 마십시오. 저희가 기꺼이 투자하겠습니다. 필요한 것이 있으시면 말씀만 하십시오."

나머지 상인들도 그의 말에 동조해 고개를 저었다.

"그렇게 말씀해 주시니 감사합니다."

엘트는 감사를 표하고도 그 자리에서 결론을 내지는 않았다.

"여러분의 뜻은 잘 알겠습니다만 지금 당장 확답을 드리기는 어렵겠습니다. 조금 전에 말씀드렸다시피 피스벵 설탕은 신의 사도들께서 만드신 것이니만큼 그분들께 먼저 여쭤보는 것이 순서일 것 같습니다. 그러나 여러분의 희망이 이루어질 수 있도록 최대한 노력해 보겠습니다."

에메라이는 노회한 대상인답게 실망하거나 초조한 기색을 내비치지 않고 우아하게 받아들였다.

"알겠습니다. 모쪼록 잘 부탁드립니다. 이것은 우리 레스프라트에 있어서도 대단히 중요한 일이 될 것입니다. 단기간에 막대한 수익을 올릴 수 있는 큰 사업이 될 것이라 확신합니다."

상인들과의 면담은 생각 밖으로 전개되었다. 애초의 목적이었던 재정 이야기는 나올 겨를도 없이 피스벵 설탕에 대한 계획이 분주하게 오갔다.

면담을 끝내고 엘트와 집무실로 돌아온 베르테스는 아직도 약간 얼떨떨해 있었다.

"생각지도 않은 이야기가 나와서 정작 하려던 이야기는 꺼내지도 못했군."

베르테스가 중얼거리자 엘트가 빙긋 웃었다.

"오히려 잘된 일이지요. 과연 상인들입니다. 피스벵 설탕을 상품으로 팔 생각을 하다니 저는 그저 놀라운 맛이라고 감탄하고 즐기는 데 급급했는데 말입니다."

"나 역시 마찬가지야. 상인들의 말대로만 되어준다면 굉장한 일이기는 할 텐데……."

"그렇게 될 겁니다. 생각해 보십시오. 이것이 음식에 들었을 때와 들어 있지 않을 때의 차이가 얼마나 큽니까? 상인들의 말처럼 한 번 맛을 보기 시작하면 돈이 있는 자들은 계속 사들이게 될 것입니다."

"하긴… 비노로 만든 죽만 해도 그렇더군. 전에는 아무 생각 없이 그러려니 하고 먹었는데 일단 설탕이 든 것을 먹어본 다음에는 예전 그대로는 못 먹겠더군. 내가 이런 무미건조한 것을 먹고 살았었나 싶기도 하고."

"바로 그겁니다. 이것을 소금처럼 국가 전매로 하면 막대한 재정 수입을 얻을 수 있을 것입니다. 피스벵 설탕이야말로 신의 사도들께서 베풀어주신 세 번째 기적입니다."

엘트는 흥분을 감추지 못했다.

"신의 사도라……."

엘트에게 들리지 않게 입속으로 중얼거린 베르테스는 그에게 말했다.

"일을 추진하기 전에 자네의 말처럼 신의 사도들께 허락을 받아야 하지 않겠나?"

"필요하다면 그렇게 해야지요. 이것은 대단히 중요한 일입니다. 이 일만 잘 성사되면 레스프라트를 반석 위에 올릴 수 있을 겁니다. 지금이라도 그분들을 만나뵙고 부탁을 드리는 것이 어떻겠습니까?"

"꽤나 서두르는군."

"이런 일은 서두를수록 좋은 법입니다."

"알았네. 파디아 대신관님께 연락을 드려서 찾아뵙도록 하지."

두 사람이 파디아와 동행하여 박창을 만나러 갔을 때 박창은 주방에서 새로운 과자를 만드는 중이었다. 구왕궁의 왼쪽 건물에 있는 응접실에서 박상 형제를 만난 엘트는 상인들의 제안에 대해 설명하고 박상과 박창의 허락을 구했다. 물론 박창은 기쁘게 찬성했다.

"설탕을 많이 생산해서 상품화한다는 것은 좋은 생각입니다. 여러분의 뜻대로 하십시오. 이 주방에 있는 사람들이 만드는 방법을 알고 있으니 그들을 데려가시면 될 겁니다."

"감사합니다."

베르테스와 엘트는 박창의 흔쾌한 동의에 크게 안도했다.

"그런데 설탕을 어디에서 만드실 생각이십니까?"

박창의 질문에 엘트가 대답했다.

"프라트 시가지에 작업할 장소를 따로 마련할까 합니다."

"그게 좋을 것 같군요. 작업할 곳을 만들 때 제가 도울 일이 있으면 말씀해 주십시오."

"그렇게 하겠습니다."

베르테스와 엘트가 인사하고 물러나려는데 무엇 때문인지 박창이 그들을 불러 세웠다.

"잠깐만요."

그들이 돌아보자 박창이 말했다.

"설탕 공장, 그러니까 설탕 만드는 곳을 만들 때 처음부터 주요한 작업을 각각 분리해서 처리하도록 하면 효율이 훨씬 좋을 겁니다. 여기서도 그렇게 하고 있거든요. 예를 들자면 피스벵을 씻고, 껍질을 깎아내고, 알맹이를 잘게 자르고, 숯불을 때고, 졸이고, 굳힌 것을 빼는 등의 각각의 개별 작업을 그것만을 전담하는 사람들로 나누어서 작업을 하는 거죠."

"예, 잘 알겠습니다."

엘트는 이해하겠다는 얼굴로 고개를 저었다.

"주방에서 만드는 작업을 한번 직접 보시겠습니까?"

엘트의 대답에도 마음이 놓이지 않은 박창은 견학을 제안했다. 이런 시대의 사람이 현대식 대량 생산 체제를 한 번의 설명만으로 이해할 것이라는 생각이 들지 않아서였다.

"말씀에 따르겠습니다."

엘트는 기꺼이 박창의 말에 따랐다.

"그럼 지금 당장 가시죠."

박창은 엘트를 데리고 주방으로 갔다. 베르테스는 다른 일이 밀려 있어 먼저 내려가고 엘트는 남아서 피스벵 설탕 만드는 과정을 지켜보았다. 엘트는 모든 과정을 자신의 머리 속에 새기려고 마음먹은 듯 대단한 열의와 집중력을 가지고 임했다.

설명이 끝나고 돌아가는 엘트에게 박창이 말했다.

"설탕이 여러분에게 도움이 되면 좋겠습니다."

엘트는 환한 미소를 머금었다.

"레스프라트에 정말 큰 힘이 될 것이라고 생각합니다. 최선을 다해 호의에 보답하겠습니다."

엘트가 주방을 나간 뒤 박창은 통역기를 끄고 주방 한쪽에서 일행의 식사를 만들고 있는 박상에게 기세등등하게 외쳤다.

"형, 들었지? 피스벵 설탕을 대량 생산 하겠대. 드디어 난 이 별 사람들의 식생활에 혁명을 일으킨 거야!"

"장하다. 설탕의 아버지로 역사에 남겠구나."

박상이 실실 웃으며 농담처럼 말했다.

"역사에 남는다구?"

역사라는 말을 듣더니 박창은 심각해졌다.

"형, 역사라는 말을 들으니까 생각났는데 우린 나중에 이 별 역사에 어떻게 남게 될까?"

"글쎄다. 우리에 대한 기록이 후대까지 남는다면 역사의 미스터리가 되지 않을까? 외계인설, 신의 사도설, 가공의 인물설 등이 난무하지 않을까 싶은데."

"하지만 설탕이 남을 거잖아?"

"정말로 대량 생산에 들어간다면 남게 되겠지."

"비록 다른 행성이기는 하지만 내가 역사에 남는 인물이 되다니 대단하다. 안 그래?"

"좋기도 하겠다."

박상은 피식 웃고 돌아서서 자신의 일에 열중했다.

2

　베르테스와 엘트가 피스벵 설탕을 대량 생산 하겠다는 계획을 의논해 온 지 며칠 지나지 않아 박상 형제의 주방에서는 여러 명의 사람들이 교체되었다. 설탕 만드는 방법을 아는 요리사들이 시가지에 새로 생긴 설탕 생산 시설로 옮겨가고 대신 다른 사람들이 선발되어 온 것이었다.

　"잘됐다. 설탕을 다른 곳에서 만들면 이젠 설탕 졸이는 단 냄새에서 해방되겠구나."

　기뻐하는 박상을 보고 박창이 짓궂게 말했다.

　"이래서 인간이 간사하다는 말이 나온다니까. 설탕 덕을 그렇게 보면서도 만들 때 나는 냄새는 싫어하다니."

　"솥 한두 개에 하는 것도 아니고 사방에 단내가 진동하는데 좋아할 사람이 어디 있어? 그리고 그 냄새를 맡고 있으면 후각이 마비돼서 요리의 간도 잘 안 돼. 이제 설탕은 여기서 안 만들 거지?"

"저 아래에서 많이 만들기 시작하면 굳이 여기서 만들 필요가 없지. 가져다가 쓰면 되니까."

커다란 항아리에 가득 담아놓은 설탕을 흐뭇하게 쳐다보던 박창이 문득 박상에게 물었다.

"형, 우리가 여기에 온 지 얼마쯤 됐지?"

"여기 날짜로 한 달 조금 덜 된 것 같다. 시간이 연방 표준시랑 다른 점을 감안하면 지구 시간으로는 좀 더 지났을 거고."

"아직 한 달이 안 지났다고?"

박창은 깜짝 놀랐다.

"믿어지지가 않네? 몇 달은 지난 것 같은데 말이야."

"그러게 말이다."

박상도 같은 기분이었다.

"지혜 누나의 작업은 끝나려면 아직 멀었지?"

"최소 15에서 20일은 더 지나야 끝이 날 것 같다더군."

"정말 우주에 인공위성이라도 있는 걸까?"

"모르지."

자신도 모르게 박상의 목소리에서 힘이 빠지고 있었다. 박창이 푸념 조로 말했다.

"설탕은 이제 내가 더 손댈 필요는 없을 것 같고 이젠 뭘 하면서 시간을 보내지?"

"과자랑 빵을 굽겠다더니?"

"설탕만 있다고 다 되나?"

시무룩하게 중얼거리던 박창의 눈에 조리대에 놓인 작고 노란 열매가 들어왔다. 레스프라트 사람들이 생선회나 육회를 먹을 때 찍어 먹는 소스의 재료인 톡이었다. 그쪽으로 가서 톡을 집어 든 박창은 손톱으로 껍질을 살짝 깠다. 아주 약간 속살이 드러났을 뿐인데도 지독한 매운 내음이 확 풍겼다.

"형, 이걸로 고추 맛을 만들어볼까?"

"고추 맛?"

박상은 무슨 소리냐는 듯 박창을 쳐다보았다.

"그때 그 노란 소스 기억나지? 이게 그 재료잖아. 이것에 설탕과 그 밖의 무엇인가를 섞으면 혹시라도 고추나 고추장 비슷한 맛을 얻을 수 있지 않을까? 독하긴 하지만 매운맛 계통이잖아. 내가 시작하면 이번엔 형도 도와줄 거지? 고추 맛을 만들면 주로 쓸 사람은 형이잖아."

"절대 무리라고 봐."

박상은 대단히 부정적이었다.

"원산지가 같다는 칠리와 고추만 해도 그렇게 다른데 그 톡이란 건 아예 전혀 다른 종자 아니냐? 그걸 이용해서 고추 맛을 낸다는 건 아무래도……."

"그래도 매운맛이 나는 건 분명하잖아. 한번 해보는 거지. 손해볼 것 있어? 성공하면 다같이 좋은 건데."

박창은 점점 진지해졌다. 처음에는 반쯤 농담으로 해본 말이었는데 말하다 보니 스스로도 그럴싸하다는 생각이 들기 시작했던 것이다.

"설탕만 해도 형은 안 될 거라고 말했지만 결국 해냈잖아."

"그거랑 이건 다르지. 설탕은 피스벵이란 열매 자체가 지구의 사탕수수보다 높은 당도를 가진 재료여서 가능했다지만 톡은 그게 아니잖아."

"이거 안 하면 형이 달리 바쁜 일이라도 있어? 가만히 있으면 뭐 해, 심심하기만 하지. 뭐라도 하는 게 좋잖아. 형이 나 좀 도와주라."

박창은 체격에 어울리지 않게 애교스러운 웃음을 지으며 박상의 팔을 잡고 흔들었다.

"덩치는 소만한 녀석이 웬 귀여운 척이야?"

"그러지 말고 같이하자."

둘이 한참 실랑이를 벌이고 있는데 미테르의 사제가 주방으로 들어왔다. 박상 형제에게 다가온 그는 고개를 조아리고 말했다.

"국왕 폐하로부터의 전갈입니다. 위대한 도시 펠레즈의 성주께서 수도에 오신 길에 신의 사도 여러분을 뵙기를 청하셨다고 합니다."

'위대한 도시?'

수도인 프라트에도 붙이지 않는 칭호인 터라 위대한 도시라는 것이 무엇일까 궁금하게 여겼으나 지나치게 모든 일에 모르는 티를 내는 것도 이상할 것 같아 박상은 직접 묻지는 못하고 우회적으로 표현했다.

"위대한 도시의 성주라면 레스프라트에서 중요한 분이겠군요?"

"그렇습니다. 위대한 도시 펠레즈는 여타 위대한 도시들 중에서도 각별히 중요한 의미가 있는 곳입니다. 다른 여타 도시들과 비교할 수 없는 곳이기 때문에 펠레즈의 이름을 입에 담을 시는 반드시 대화의 앞부분에 위대한 도시라는 경칭을 붙여서 말하고 있습니다. 레스프라트의 해방을 축하하고 새로운 국왕이신 베르테스 폐하께 인사드리기 위해 이번에 수도에 오셨습니다."

박창이 뭔가 물으려는 것을 손을 살짝 쳐서 입을 다물게 하고 박상이 침착하게 답했다.

"그러면 아무 곳에서나 그분을 맞을 수는 없겠군요. 이 건물의 응접실에서 뵙기로 하지요."

"예, 그렇게 전하겠습니다."

사제가 나간 뒤 박상과 박창은 주방을 나와 우주선으로 갔다.

"어떻게 해? 지혜 누나랑 다른 사람들도 같이 만날 거야?"

"그게 좋겠지. 그 성주라는 사람이 설마 우리 둘만 보려고 오는 건 아닐 테니까."

우주선으로 돌아간 박상 형제는 다른 승무원들도 불러서 사정을 이야기하고 성주의 도착을 알리는 연락이 오기를 기다려 자신들이 숙소로 쓰고 있는 왼편 건물의 응접실로 갔다.

응접실에는 파디아와 베르테스, 그리고 처음 보는 중년의 남자가 그들을 기다리고 있었다. 멋지게 손질한 수염을 기르고 훌륭한 의복을 걸친 중년 남자는 예사롭지 않은 기품이 몸에 배어 있어 그가 위대한 도시의 성주라는 것을 짐작할 수 있었다. 펠레즈의 성주는 무엇 때문인지 박상 일행을 보자마자 무척 놀란 표정이 되었다.

"뵙게 되어 영광입니다. 위대한 도시 펠레즈의 성주인 슈스 바달라입니다."

허리를 깊숙이 숙이며 절하는 그의 눈에는 눈물이 글썽이고, 음성은 북받치는 감정으로 떨려 나오고 있었다. 그가 왜 그렇게 감격하는지 짐작할 도리가 없는 무적택배 사람들에게는 그의 그런 태도가 과장되게 느껴져 이상하기만 했다.

고개를 든 슈스 성주는 그윽한 눈길로 수정을 바라보았다. 마치 오랫동안 헤어져 있던 친구나 연인을 보는 것으로 여겨질 만큼 친숙한 그리움이 가득 담긴 표정이었다. 무적택배 사람들은 갈수록 어리둥절해졌다. 슈스 성주는 눈가에 맺힌 눈물을 손끝으로 닦아내며 사과했다.

"죄송합니다. 제가 그만 흉한 모습을 보이고 말았습니다. 이렇게 살아 움직이는 철인간을 뵙는 날이 올 줄은 생각지 못한 터라……."

"철인간?"

지혜는 이상해하며 수정을 보았다. 푸른 크리스털처럼 영롱하게 반짝이는 수정의 몸체는 아무리 보아도 철이나 금속으로 보이지는 않았다.

'통역기의 오류인가?'

그렇게 생각하는데 성주의 다음 말이 일행의 귀를 번쩍 트이게 만들었다.

"우리 도시에도 많은 철인간들을 모시고 있지만 이곳에 계신 저분은 아주 특별하군요. 저렇듯 보석처럼 빛나는 철인간은 일찍이 뵌 적이 없습니다."

"성주님의 도시에 철인간이 있습니까?"

지혜가 다급히 물었다.

"예, 물론 아주 오래전부터 움직이지 못하는 상태이긴 합니다만 도시의 중앙에 그분들을 모셔놓고 있습니다."

성주는 태연하게 자신의 도시에 로봇이 있다고 인정했다. 지혜는 통역기를 끄고 긴장된 목소리로 일행에게 속삭였다.

"이 사람의 말을 어떻게 생각해요? 그 철인간이라는 것이 설마 로봇을 말하는 걸까요?"

다른 사람들도 지혜를 따라 통역기를 껐다.

"설마요?"

릴리는 그럴 리가 있겠느냐는 표정이었으나 우진의 생각은 달랐다.

"그건 모르죠. 우리의 전파를 되쏘는 무엇인가가 우주에 있는 상황이니까요."

바다는 고개를 저었다.

"그렇지만 로봇이라고 생각하는 것은 무리 아니겠습니까? 로봇이 존재하려면 이 시대에서 몇백 년 이상 뒤로 가야 할 겁니다."

"상식적으로 생각하면 그렇죠. 하지만 우진 씨 말처럼 우리가 보내는 전파를 수신해서 재송신하는 뭔가가 있는 건 확실하잖아요. 아무래도 확인해 보는 게 좋겠어요."

그렇게 말한 지혜는 통역기를 켜고 슈스 성주에게 말했다.

"펠레즈에 있는 철인간들은 우리의 철인간과 다르게 생긴 모양이지요?"

"모습은 다소 차이가 있습니다. 우리 도시의 철인간들은 여기에 계신 그분처럼 머리칼이 있지 않고 몸도 투명하지 않습니다."

아무런 망설임 없이 대답하는 것으로 보아 성주는 자신들의 도시에 있는 철인간들을 직접 보아서 알고 있는 것 같았다. 지혜는 통역기를 끄고 일행에게 말했다.

"아무래도 그 도시에 가보는 게 좋겠어요."

"블랙박스의 해독은 어쩌고?"

박상이 말했다.

"하루, 이틀만 중지하기로 하지. 지금은 이쪽을 확인하는 것이 더 급할 것 같아. 정말로 로봇이 있다면 우리에겐 굉장한 희망이 생긴 거야."

그렇게까지 말하는데 반대할 이유는 없었다. 펠레즈에 가보기로 의견을 모은 뒤 지혜는 통역기를 켜고 성주에게 부탁했다.

"한 가지 부탁드려도 되겠습니까?"

"예, 무엇이든지 말씀만 하십시오."

"위대한 도시 펠레즈를 저희가 방문해도 될는지요?"

"우리의 도시에 오신다는 말씀이십니까? 언제든지 대환영입니다."

성주는 쾌히 수락했다. 지혜가 성주에게 물었다.

"성주님께서는 언제 펠레즈로 돌아가실 계획이십니까?"

"모레 아침에 돌아가려던 참입니다."

"성주님만 괜찮으시다면 그때 저희가 동행을 해도 되겠습니까?"

"알겠습니다. 여러분을 위해 마차와 시중들 사람들을 마련하겠습니다."

"아니, 마차는 준비하지 않으셔도 괜찮습니다. 저희가 따로 탈것을 마련해서 성주님과 먼저 펠레즈로 갈 수 있었으면 합니다."

"저와 먼저 그곳까지 가신다구요?"

성주는 그 말의 의미가 얼른 이해가 되지 않는지 지혜를 멀거니 건너다보았다.

"예, 그렇습니다."

지혜는 그렇게만 대답했다. 지금 성주를 상대로 에어 카나 에어 바이크에 대해 설명을 해도 소용없을 터였다.

"알겠습니다."

펠레즈의 성주는 이상하게 여기면서도 지혜의 말을 받아들였다.

성주와 만남을 끝내고 우주선으로 돌아가면서 지혜가 박창에게 말했다.

"파디아님에게 부탁해서 이 나라의 지도를 구해다 줄래? 그걸 보고 루트를 잡아보게."

박창이 시큰둥하게 말했다.

"지도를 구하면 뭐 하겠어? 여기 글자를 모르는데."

"수정이 읽을 줄 알잖아. 수정의 주요 기능 중 하나가 통, 번역인 걸 잊었어?"

"참, 그랬지."

박창은 머리를 긁적였다.

"정말 그 도시에 로봇이 있을 거라고 생각하세요?"

릴리가 지혜에게 물었다.

"모르죠. 하지만 확인해 볼 필요는 있다고 생각해요. 어쩌면 이것이 우리에게 새로운 전기를 가져다 줄지도 모르잖아요."

"에너지는 괜찮겠어?"

박상이 걱정했다.

"오늘, 내일은 다른 곳에 전기를 쓰지 말고 에어 카와 에어 바이크를 충전시켜 보자. 그간의 여유분도 어느 정도 있으니까 괜찮을 거야."

박상에게 말한 지혜는 마라나와 릴리에게 고개를 돌렸다.

"창이가 지도를 구해오면 마라나 씨와 릴리 씨가 지도를 보고 대략이라도 방향을 잡아주세요. 전 지도 볼 줄 모르거든요."

"그렇게 하죠."

마라나는 머리를 끄덕였다.

이틀 뒤 아침 펠레즈의 성주 슈스 바달라와 그의 아들 겐디가 우주선이 있는 언덕으로 올라왔다. 구왕궁의 정원 터에는 에어 카와 에어 바이크가 두 대씩 대기하고 있었다.

마라나와 릴리, 우진과 바다가 두 대의 바이크 앞뒤에 타고 박창과 박상은 에어 카의 운전을 맡았다. 지혜는 조수를 데리고 박상이 운전하는 에어 카에 타고 박창의 에어 카에는 파다아와 수정, 펠레즈의 성주 부자가 탔다.

"지도로 확인해 보기는 했는데 그래도 모르니까 펠레즈의 성주님께 길을 보고 방향을 말해 달라고 해주세요."

마리나의 당부에 박창이 고개를 끄덕였다.

"알겠습니다."

전원 탑승이 끝나자 마리나가 말했다.

"준비되었으면 출발합니다. 다들 통신 열어놓으셨죠?"

두 대의 에어 바이크가 앞서 날아오르고 에어 카가 그 뒤를 이었다. 박창의 에어 카 뒷좌석에 타고 있는 파다아와 성주 부자는 난데없이 공중으로 떠오르는 부유감에 화들짝 놀라며 오그라들었다.

"금방 익숙해질 겁니다. 긴장 푸세요."

박창이 웃으며 말을 건넸지만 셋 다 뻣뻣하게 굳어버린 채 한동안 움쭉달싹하지 못했다. 고도를 높여 도시 상공으로 날아오른 그들은 펠레즈가 있다는 쪽으로 방향을 틀어 속도를 내기 시작했다. 얼마간 날아가자 프라트 시가지가 끝나고 평원이 펼쳐졌다. 적군과 전투가 벌어졌던 프라트 들판과는 다른 방향이어서 마리나와 릴리에게도 처음 오는 곳이었다.

"여긴 길이 정말 잘 닦여 있네요."

마리나의 뒤에 앉은 릴리가 감탄했다.

"그러게요. 꼭 고속도로처럼 직선형으로 죽 뻗어 있는 데다가 폭도 넓군요. 방향이고 뭐고 복잡하게 생각할 필요 없이 도로를 따라가도 될 것 같은 느낌이 드는데요?"

우진이 맞장구쳤다. 박상이 운전하는 에어 카의 조수석에 앉아서 아래를 내려다보던 지혜가 말했다.

"이 일대는 주로 경작지인 것 같은데 경작할 땅을 줄여가며까지 이렇게 길이 넓을 필요가 있었을까?"

"좀 이상하긴 하군."

박상도 같은 점을 느끼고 있었다. 그러자 박창이 말했다.

"그래서 내가 여러 번 말했잖아. 여긴 꽤나 묘한 구석이 있다고. 어떤 부분은 썩 잘 만들어져 있고 어떤 부분은 형편없이 뒤떨어져 있고, 편차가 심해. 우진 씨는 지구가 아니니까 당연한 거라고 말하지만 그래도 이상하게 느껴질 때가 많아."

"딴 건 몰라도 이 도로는 정말 이상하긴 하네요. 도저히 이럴 필요가 없어 보이는데 말이죠. 축성이나 건축술이 형편없는 것에 비해 도로는 지나치다 싶을 정도로 훌륭하군요."

우진이 말했다.

도로는 거침없이 뻗어 나가더니 도중에 여러 갈래로 갈라졌다. 이정표만 제대로 세워놓는다면 현대의 도로와 큰 차이가 없을 정도였다. 하늘을 날아다니는 새들 이외에는 장애물이 전혀 없는 터라 박상 일행이 탄 에어 카와 에어 바이크는 지구에서의 제한 속도를 해제하고 최고로 속도를 내었다.

"이렇게 하니까 꼭 폭주족이 된 기분이네요. 굉장한 스피드 감인데요?"

마리나가 유쾌한 목소리로 외쳤다.

"전 좀 무서운데요. 역시 전 비행기나 자동차 체질인가 봐요."

신이 나 있는 마리나와는 달리 우진은 긴장해 있었다.

한편 박창의 에어 카에 타고 있는 파디아 등 세 사람은 그때쯤 조금씩 긴장을 풀고 바깥의 풍경을 훔쳐보는 여유를 찾고 있었다. 자동차 창문에서 눈을 떼지 못하고 넋을 잃고 바깥을 보고 있던 성주의 아들 겐디가 아버지의 옷소매를 잡아당기며 밖을 가리켰다.

"저걸 보십시오, 아버님. 저 산은 혹시 파손산 아닙니까?"

아들이 가리키는 지점을 바라본 성주가 낮게 부르짖었다.

"맙소사! 정말 파손산이군! 벌써 저게 보인단 말이냐?"

"그러게 말입니다. 우리가 정말 하늘을 날아온 게 맞나봅니다."

"이러다 오늘 안에 펠레즈에 도착하겠구나."

"오늘 안이 다 뭡니까? 해가 지기 전에 도착하겠는데요?"

그들은 숨을 죽이고 작은 소리로 그런 말을 주고받았다. 슈스 부자의 짐작이 틀리지 않아 정오 무렵 그들은 위대한 도시라 불리는 펠레즈의 성벽을 볼 수 있었다.

"세상에! 저게 대체 뭘까요?"

우뚝 솟은 도시의 성벽을 바라본 마리나가 자신의 눈을 믿을 수 없어했다. 햇살에 비치는 그것은 대단히 높고 매끄러우며 가파랐을 뿐 아니라 성벽 전체가 금속제의 광채를 뿜어내고 있었다. 푸르스름한 은빛으로 빛나는 그것은 빛의 장벽을 이루며 장엄하고 찬연한 풍광을 연출하고 있었다. 박상과 박창, 지혜 등은 한동안 멍해져서 말을 잃고 있었다. 금속의 장벽으로 둘러싸인 도시라니 도무지 상상도 할 수 없는 광경이었다.

"지혜야, 네 생각에는 저게 뭘 것 같냐?"

박상이 황당해하며 물었다. 지혜도 얼떨떨해져 있었다.

"글쎄, 이 별의 고대 문명? 아니면 우리들보다 앞선 시대에 표류해 온 우주인의 유적? 아무튼 이 별의 현재보다는 앞선 문명의 소산이겠지. 지금 이 사람들이 저런 걸 만들 수 있을 리는 없어."

"우리 우주선의 전파를 되쏘는 무엇인가와 관련이 있을까?"

"그럴 가능성도 있겠지. 하지만 이 도시에 있지는 않을 거야. 그건 우주에 있는 게 틀림없어."

"이게 우리에게 나쁜 일은 아닐 테지?"

"아마도 그럴 테지. 아니, 이런 도시가 존재한다는 건 우리에겐 복음 같은 일이야. 어쩌면 이것이 유일한 희망이 되어줄지도 모르니까."

나직이 읊조리는 지혜의 말을 들은 박상은 다른 사람들에게 들리지 않게 에어 카의 통신기를 끄고 물었다.

"지금 그 말의 뜻은 우리가 자력으로 이곳을 탈출할 수 없을 것이라는 의미야?"

지혜는 천천히 고개를 끄덕였다.

"사실은 그래. 아니면 내가 왜 블랙박스에 그토록 매달렸겠어?"

박상은 어두운 얼굴로 중얼거렸다.

"역시 그랬었군. 말은 못했지만 나도 그렇지 않을까 생각했었어."

그리고 잠시 입을 다물고 잠자코 있던 박상이 혼잣말처럼 말했다.

"이제… 우리 희망을 가져도 되는 걸까?"

지혜는 소리없이 웃었다.

"그랬으면 좋겠어. 누구의 솜씨인지는 몰라도 이런 도시를 남겼을 정도면 뭔가 다른 것들도 있지 않겠어?"

그때 헤드폰을 통해 박창의 음성이 들려왔다.

[펠레즈의 성주님 말씀으로는 저 도시가 펠레즈랍니다. 철인간들이 있는 곳으로 가려면 성벽을 넘어 더 안쪽으로 들어가야 한다고 합니다. 성주님이 안내해 주신다고 하니까 제가 선도하겠습니다. 따라오세요.]

그 말을 남기고 박창의 에어 카가 앞으로 쑥 나섰다. 다른 사람들은 그 뒤를 따라서 성벽을 넘어 도시 안으로 들어갔다. 성벽 위를 경비하던 병사들이 어찌할 바를 모르고 당황하는 모습들이 보였다. 성내에 불필요한 소요가 발생하지 않도록 박창은 성주에게 마이크를 건네고 볼륨을 최대한 크게 해서 스피커를 켰다.

"위대한 도시 펠레즈의 병사와 시민들에게 고한다! 나는 성주 슈스바달라다! 지금 수도 프라트에서 신의 사도 여러분과 미테르 교의 파디아 대신관님을 모시고 오는 길이니 전혀 놀라거나 두려워할 필요가 없다! 모두 기쁘게 이 영광을 맞으라!"

그의 목소리가 아래로 울려 퍼지자 사람들은 어안이 벙벙한 얼굴이었으나 어떻든 안심을 한 모양이었다. 그들은 에어 카와 에어 바이크를 향해 고개를 조아려 복종의 의미를 나타냈다. 금속으로 덮인 성벽을 지나자 안쪽에는 경작지와 집들이 있었다. 경작지를 지나 보다 안쪽에 있는 또 하나의 성벽 역시 바깥 성벽처럼 금속으로 빈틈없이 덮여 있었다. 그리고 그 너머에는 시가지가 펼쳐져 있었다. 한눈에 보기에도 펠레즈는 대단히 잘 정비된 도시였다. 일사불란하게 뚫려 있는 도로망과 반듯하게 구획이 나누어진 시가지에 고풍스러운 주택들이 자리 잡고 있는 도시의 정경은 수도인 프라트보다 훨씬 훌륭하고 유서 깊게 느껴졌다.

성주는 박창 일행을 시가지 중앙에 위치한 야트막한 언덕으로 안내했다. 사방이 높은 벽으로 둘러싸인 그곳에는 6개의 단으로 이루어진 피라미드 형 건축물과 큰 정원이 있었고 정원을 사이에 둔 맞은편에는 그보다 작은 4개의 석조 건물이 있었다. 피라미드 형 건축물은 전체가 기이하게 선명하고 알록달록한 색채로 덮여 있었으며 1층의 각 면 중앙에 있는 커다란 정문 이외에 어느 층에도 창문이며 출입구가 없었다.

"저 건물이 철인간들을 모시고 있는 곳입니다. 저희는 저곳을 시간 의 관으로 부르고 있습니다."

성주가 피라미드 건물을 가리키며 말했다.

"저 건물에 철인간들이 있답니다."

탁창의 전달에 박상이 말했다.

"도착한 모양입니다. 내려갑시다."

에어 카와 에어 바이크가 피라미드 건물의 근처로 내려섰다. 건물 정면과 정원에서 경비를 서고 있던 병사들은 놀라고 당황하여 그 모습 을 바라보고 있다가 박창의 에어 카에서 성주와 그 아들이 내리는 것 을 보고 황급히 자세를 갖추어 경례했다.

"아버님, 정말 믿을 수가 없군요. 벌써 여기에 돌아오다니 말입니 다."

겐디는 아직도 믿어지지 않는지 주위를 휘휘 둘러보았다. 슈스 성주 도 하늘을 날아왔다는 경이로운 체험에 취해 상기된 얼굴이었다. 박상 일행이 모두 내렸을 즈음 피라미드 형 건물에서 관리의 복장을 한 두 명의 남자가 나와 그들에게 서둘러 달려왔다. 한 명은 진중한 느낌의 중년 남자였고 다른 한 사람은 아직 소년 티가 남아 있는 앳된 얼굴의 청년이었다. 성주가 그들에게 일행을 소개했다.

"프라트에 계신 신의 사도 여러분과 미테르 대신관 파디아님이시오. 이곳을 보고 싶다고 말씀하셔서 이렇게 모시고 왔소."

중년 남자는 가슴에 손을 얹고 정중하게 인사했다.

"뵙게 되어 영광입니다. 위대한 도시 펠라즈의 시간의 관을 관리하 고 있는 관리자 라이팔란과 부관리자 페린입니다."

아무 예고도 없이 하늘을 날아와서 들이닥친 방문객들을 접한 놀라움과 당혹감에 라이팔란의 음성은 가볍게 떨리고 있었다. 곁에 있는 페린은 무적택배 사람들의 차림도 그렇지만 수정과 조수 쪽에 더욱 신경이 쓰이는지 고개를 반쯤 들고 흘끔흘끔 훔쳐보고 있었다.

슈스 성주가 라이팔란에게 말했다.

"신의 사도 여러분께서 시간의 관과 철인간들을 보시고 싶다고 말씀하고 계시오. 안내와 설명을 부탁하오."

"부족하나마 제가 안내하겠습니다."

라이팔란이 대답하고 앞장섰다. 성주 부자와 파디아, 박상 일행은 그를 따라 건물을 향해 걸음을 옮겼다. 건물 정면의 중앙에 있는 정문 앞으로 간 라이팔란이 문을 열려고 하는데 지혜가 다급히 그를 저지했다.

"잠깐 기다려 주세요."

라이팔란과 사람들이 문 앞에서 대기하고 있는 동안 지혜는 건물의 외벽으로 다가가 그것을 자세히 살펴보았다. 멀리서 보았을 때부터 눈길을 끌던 선명하고 다양한 색채는 가까이에서 보니 한층 뚜렷하고 생생했다.

"재질이 뭘까? 타일 비슷하군."

지혜의 옆으로 온 박상이 중얼거렸다. 지혜는 손끝으로 표면을 매만지면서 말했다. 매끄럽고 차가우면서도 반투명한 재질이었다.

"그보다는 세라믹에 가까운 느낌이 들지 않아?"

"어떤 무늬인 걸까요?"

우진은 건물 전체를 뒤덮고 있는 화려하면서도 현란하리만치 불규칙적으로 엉켜 있는 색채를 살펴보며 어떤 법칙성이 있는지 찾아보려

애썼다. 지혜가 말했다.

"의도적인 무늬가 아닌 것 같아요. 제가 보기에는 서로 다른 곳에서 가져온 조각들을 표면에 이어 붙인 것 같군요."

"혹시 초현대 미술 같은 것 아닐까? 지구에서도 그렇잖아. 영문 모를 예술 작품들이 오죽 많아?"

박창이 말했다.

"글쎄, 그런 것도 아닐 것 같은데……."

지혜는 고개를 가로젓고 라이팔란에게 물었다.

"이 건물, 시간의 관은 언제 지어진 것입니까?"

라이팔란이 지혜의 앞으로 와서 고개를 조아리고 답했다.

"시간의 관은 위대한 도시 펠레즈가 건설될 당시부터 존재해 온 건물입니다."

"대략 몇 년쯤 된 건물인가요?"

"흔히 위대한 도시 펠레즈를 비롯한 위대한 도시들은 천 년의 도시로도 불리고 있습니다만 이 건물은 정확하게 963년 전에 지어진 것으로 알고 있습니다."

"963년?"

지혜와 박상 등은 놀라움과 황당함이 뒤섞인 표정으로 건물을 쳐다보았다. 박상이 통역기를 끄고 지혜에게 조용히 물었다.

"900년이 넘었다고? 그게 사실일까?"

지혜에 앞서 박창이 못 믿겠다는 투로 말했다.

"그렇게 오래된 건물치고는 너무 멀쩡한 거 아니야?"

"하지만 현재 이 사람들의 상태를 볼 때 어쩌면 그럴지도 모르죠."

우진이 성주 부자와 관리자들을 곁눈질하며 말했다.

"거의 천 년 가까이 된 옛날의 유적이라면 건질 만한 것이 남아 있을까요? 전부 진작에 고물이 되어 있을 텐데요."

마리나가 실망해서 중얼거렸다.

"일단 들어가 보지요. 그러면 뭔가 확실해지지 않겠습니까?"

바다만은 희망을 꺾지 않고 정문을 바라보며 재촉했다.

"그게 좋겠습니다. 내부를 보면 알 수 있겠지요. 들어가 봅시다."

박상이 그렇게 말하고 걸음을 돌렸다. 미닫이 형태로 되어 있는 문은 건물 외벽을 덮은 것과 비슷한 재질로 만들어져 있었다. 그것은 얇으면서도 대단히 견고해 보였다. 젊은 부관리자 페린과 성주의 아들 겐디는 문 양 옆에 놓여 있는 커다란 화로 옆에서 천 뭉치가 감겨 있는 작대기를 집어 불을 켜 들었다. 그것으로 안을 밝히려는 모양이었다.

외견부터 현대 문명의 흔적을 짙게 풍기던 건물은 내부 역시 바깥 세계와는 전혀 다른 시간에 속해 있었다. 횃불에 비춰진 벽이며 천장은 의심의 여지없이 명백히 금속제였다. 매끈하고 반질거리는 금속의 벽은 횃불의 불빛을 받아 차가운 푸른 광채를 반사했다. 분명히 정문으로 들어갔는데 그 앞에는 이상하게도 문이 없고 양 옆으로 긴 복도가 똑바로 뻗어 있었다. 그리고 복도에도 문이 없기는 마찬가지였다.

"로봇, 아니, 철인간들은 어디에 있습니까?"

지혜의 질문에 라이팔란이 설명했다.

"그분들은 이 건물 2층에 모셔져 있습니다. 2층으로 가려면 1층의 복도를 돌아간 연후에 올라갈 수 있습니다. 먼 옛날에는 빨리 갈 수 있는 움직이는 길이 있었다고 하는데 어떤 것인지는 잘 모르겠습니다."

"복도가 긴가 보지요?"

박창이 물었다.

"예, 좀 그런 편입니다."

슈스 성주가 대답했다.

꽤나 이상한 구조라는 생각이 들었지만 2층으로 오르려면 복도를 지나야 한다고 하니 다른 도리가 없었다. 일행과 파디아는 라이팔란을 따라 복도를 걷기 시작했다.

앞뒤로 두 개의 횃불이 켜져 있어 생각보다 어둡지는 않았지만 좀더 자세히 살펴보고픈 마음에 지혜는 라이트를 켜서 천장이며 다른 곳들을 비추어 보았다. 천장에 투명한 재질로 덮인 원형 판이 일정한 간격을 두고 점재되어 있는 것이 먼저 눈에 띄었다.

"저건 뭘까요?"

우진이 그것을 보고 궁금해했다.

"글쎄요. 아마 조명등이 아니었을까 싶네요."

"지금도 켜질까요?"

"글쎄요. 이곳이 얼마나 되었는지는 모르지만 무리가 아닐까요?"

그런 말을 주고받는데 앞에서 라이팔란에게 질문하는 박상의 목소리가 들려왔다.

"이 그림은 뭡니까? 벽화입니까?"

지혜는 얼른 손전등을 끄고 앞으로 가보았다. 왼쪽 벽면에 벽화라고 해도 무방할 커다란 그림이 붙어 있었다. 그림은 그것 하나가 아니라 복도를 따라 죽 이어져 있었는데 이 공간의 사방을 이루고 있는 금속 벽과는 달리 하얀 바탕 위에 그려져 있어 확연히 구분되었다. 자세히 관찰해 보니 그것은 금속제 벽면 위에 하얀 도료를 두껍게 바르고 그림을 그린 뒤 투명한 플라스틱 같은 것을 덧발라서 손상되지 않게 굳힌 것이었다. 각각의 그림 아래에는 설명문 같은 글이 붙어 있었다.

"이 그림들에는 뭔가 의미가 있을 것 같군요."

박창의 말에 라이팔란이 공손하게 대답했다.

"그렇습니다. 이것들은 위대한 도시 펠레즈가 건설되기 이전의 이야기와 도시의 유래에 대한 이야기가 담긴 기록들입니다."

"그럼 이것의 내용을 아십니까?"

우진이 급히 물었다. 라이팔란은 당연하다는 듯 말했다.

"예, 이곳을 지키고 관리하며 그 가르침을 후대에 전하는 것이 저의 임무니까요. 이곳에 처음 오던 날부터 이곳에 계셨던 전임 관리자께 가르침을 받았습니다. 그분은 또한 그 전대의 관리자께 들으셨다고 합니다."

"그 이야기를 꼭 듣고 싶군요. 설명해 주실 수 있겠습니까?"

박상이 정중하게 청했다. 라이팔란은 흔쾌히 응락했다.

"물론입니다. 혹시 제가 말씀드리는 것에서 잘못된 내용이라도 있다면 깨우쳐 주시기 바랍니다."

무적택배 사람들을 신의 사도라고 믿고서 하는 말이었으나 박상 일행이 그럴 수 있을 리가 없었다. 그러나 그런 기색을 보일 수도 없어서 박상 등은 그저 어색한 미소를 흘리고 있을 따름이었다.

그때부터 박상 일행과 파디아는 라이팔란을 따라 복도를 느리게 전진하면서 벽화를 보고 그에 따른 설명을 들었다. 지혜는 나중에 자세히 분석하기 위해 조수에게 벽화와 설명문을 녹화하도록 했다.

가장 처음의 그림에는 태양계와 그 주변의 별들이 간략한 형태로 그려져 있었다. 태양을 상징하는 듯한 붉은 별을 가운데에 두고 궤도를 그리며 그려져 있는 그 그림이 이 행성이 속한 태양계를 나타내는 것임은 바로 짐작할 수 있었다. 붉은 태양을 중심으로 15개의 행성이 그려져 있고 이 별인 것으로 보이는 행성은 태양에서 네 번째였으며 푸른색으로 칠해져 있고 그 위에 인간이 서 있었다. 그 외의 별은 각기 다른 색으로 채색되어 있었는데 인간이 서 있는 푸른 별의 위성으로서 달일 것으로 추정되는 별과 그 외 세 개의 행성에는 길쭉한 탑처럼 생긴 것이 그려져 있었다. 그리고 태양계 안팎의 몇몇 공간에는 고리를 두른 탑이 그려져 있었다.

라이팔란은 경건한 자세로 목소리를 가다듬고 그림을 설명하기 시작했다.

"이 이야기는 먼 옛날의 위대한 시대부터 시작됩니다. 그 시절 우리들의 선조는 자유롭게 하늘을 날아다녔고 땅속과 바다 밑뿐 아니라 저 먼 하늘의 별까지 지배했습니다."

태양계의 모습과 주변의 우주를 묘사한 그림의 옆에는 라이팔란의 말을 뒷받침하듯 현대화된 도시임이 분명한 높은 건축물들과 그 사이를 날고 있는 물체들이 그려져 있었다. 땅 밑에는 지하 터널과 그 속을 달리는 차들이 있고 물속의 도시를 묘사한 그림도 있었다. 그것들은 공통적으로 고도로 발달한 문명도시를 보여주고 있었다.

"곳곳에 장엄한 도시가 세워져 있었고 아픈 사람도, 굶주리는 사람도 없었으며 인간들은 부족한 것이 없는 화려한 생활을 누렸습니다."

과거의 유토피아적 생활에 대한 라이팔란의 설명을 듣고 있던 박창이 박상의 귀에 대고 소곤거렸다.

"그런 시대가 어딨어?"

박상이 뭐라고 대답하기 전에 지혜가 눈을 흘기며 박창의 팔뚝을 꼬집었다.

"조용히 해. 지금 잡담할 때야?"

박창은 꼬집힌 자리를 문지르면서 머쓱하게 입을 다물었다. 라이팔란의 설명은 계속되고 있었다.

"…또한 인간을 돕고 봉사하기 위한 존재인 철인간들이 있어서 인간들의 생활은 천상의 그것처럼 대단히 안락하였습니다."

과거의 생활을 묘사한 그림에서는 인간들을 돕는 철인간, 즉 로봇의 존재가 그려져 있었다. 물건을 생산하고 아이를 돌보며 땅을 경작하는 등 다양한 작업을 위한 여러 형태의 로봇들이 있어서 당시에 로봇의 존재가 일반적이었음을 보여주고 있었다. 개중에는 명백히 인간의 형태를 한 안드로이드들도 있었는데 지구와 다른 점이라면 두부가 머리카락 없이 헬멧을 쓰고 있는 것처럼 생겼으며 의복의 형태가 아니라 동체에 직접 채색되어 있다는 정도였다. 그러나 편리하고 풍요로운 문명 생활을 보여주던 그림은 어느 지점부터 파괴의 풍경으로 바뀌었다. 도시가 파괴되어 불길과 검은 연기가 치솟고 있고 그 아래로는 많은 사람들이 쓰러져 있었다.

"언제까지나 계속될 것처럼 보이던 위대한 시대는, 그러나 파멸적인 전쟁으로 종언을 고하게 되었습니다. 하늘과 땅을 가리지 않고 일어난 거대한 전쟁은 도시를 파괴하고 수많은 사람들을 죽음으로 몰아갔습니다. 하지만 진정한 재앙은 그때부터 시작이었습니다. 인간들의 끝없는 탐욕과 잔혹한 살육에 대해 신의 분노가 미쳤던 것입니다. 원인을 알 수 없는 병이 하늘과 땅에서 동시에 발생하여 전쟁으로 인한 희생보다도 더욱 많은 사람들이 죽어가기 시작했습니다. 그것은 끔찍한 고통을 동반하고 찾아와 전신에서 피와 고름을 쏟아내며 죽음에 이르게 하는 무섭고도 공포스러운 병이었습니다. 처음에는 주로 노인들과 청장년들이 죽었으나 시간이 흐르면서 아이들까지 희생되기 시작했습니다. 너무나도 빠른 병의 확산과 희생의 규모에 놀란 하늘의 사람들이 땅으로 돌아오고 전쟁도 끝났으나 신의 분노는 사라지지 않았습니다."

원인 모를 질병이 초래한 참상을 그린 그림에는 온몸에서 피를 쏟고 몸을 뒤틀면서 쓰러진 사람들이 가득 그려져 있었다. 라이팔란의 말처럼 죽은 사람들은 주로 청장년층 이상의 성인들이었다.

"치료 약도 없는 가운데 희생은 그칠 줄 모르고 늘어만 갔고 절망한 사람들은 극도의 무질서에 빠져들었습니다. 그리하여 또다시 촉발된 전쟁과 치유되지 않는 질병, 그에 따른 굶주림과 파괴는 화려하고 위대했던 문명을 완전히 파괴해 버렸습니다."

어둡고 암울한 색채로 가득한 그림이 이어졌다. 그것은 죽음과 공포의 이미지로 가득했다. 질병과 굶주림, 폐허의 풍경이 이어진 뒤에는 들판을 가득 메우고 있는 주검들과 그것을 딛고 서 있는 많지 않은 생존자들이 있었다. 생존자들 대부분은 명백히 아이의 모습을 하고 있었다. 성인들이 상대적으로 더 많이 희생되었다는 것을 보여주는 것 같았다. 그리고 생존자들의 옆에는 로봇들이 있었다.

"기나긴 불행 끝에 대부분의 사람들이 죽어갔고 마침내 세상에는 얼마 되지 않는 어른들과 그보다 많은 아이들, 그리고 철인간들만이 남았습니다. 소수의 어른들과 철인간들은 아이들을 모아 보호하면서 폐허를 딛고 새로운 도시를 건설하기 시작했습니다. 우리의 위대한 도시 펠레즈를 비롯하여 이 세상에 존재하는 위대한 도시들은 그 시기에 만들어진 것들입니다."

생존자들의 그림 다음에는 파괴된 도시의 잔해 위에서 집을 짓고 경작지를 만들고 울타리를 두르는 작업이 묘사된 내용이 이어져 있었다. 그런 작업들을 수행하는 것은 주로 인간형 로봇들과 중장비임에 분명한 여러 가지 형태의 로봇들이었다.

"위대한 도시 펠레즈는 위대한 시대에 존재했던 장엄한 도시의 터 위에 세워졌습니다. 철인간들은 옛 도시의 지하에 남은 것들을 가져다가 새로운 도시를 건설했습니다. 파괴된 도시의 잔해를 치우고, 길을 닦고, 아이들이 살 집을 짓고, 외부의 적들로부터 아이들을 지키기 위해 성벽을 세우고, 죽어버린 땅을 다듬고 골라내어 새로운 경작지를 일구었습니다. 하지만 그런 동안에도 남아 있던 어른들은 극복되지 못한 병으로 차례로 아이들을 남기고 죽어갔습니다⋯⋯."

라이팔란의 설명대로 그림이 계속될수록 어른들의 숫자는 줄어들었고 급기야는 아이들과 로봇들만이 남았다.

"어른들이 전부 사라진 뒤에도 남은 철인간들은 아이들을 위한 작업을 계속했습니다. 그들은 아이들만 남게 된 도시를 지키기 위해 처음에 만들었던 성벽을 더욱 높이고 그 바깥에 경작지를 에워싸는 거대한 성벽을 또 둘렀습니다. 그리고 그 성벽이 절대로 무너지지 않게 하기 위해 땅 밑에서 가져온 금속을 녹여 성벽에 발랐습니다."

아이들을 안전한 도시 안에 머물게 하고 로봇들은 도시의 안팎에서 여러 가지 작업을 수행했다. 그러나 로봇들도 점차 숫자가 줄어들어갔고 마지막 그림에 이르자 그들마저 자취를 감추고 높은 성벽에 둘러싸인 도시에는 아이들만이 남았다.

라이팔란은 마지막 그림 앞에 멈추어 서서 조금은 슬픈 듯 감상에 잠긴 음성으로 말했다.

"마침내 위대한 도시 펠레즈에는 아이들만이 남았습니다. 그러나 그들은 이제 더 이상 힘없고 연약한 아이들이 아니었습니다. 위대한 시대의 마지막 어른들과 철인간들이 지켜주는 동안 아이들은 자라서 청년이 되고 장년이 되었으며 그리하여 마지막 철인간이 움직임을 멈추었을 무렵에는 처음의 아이들은 노인이 되어 있었습니다. 그렇게 위대한 시대는 역사에서 사라졌고 많은 것들이 시간의 흐름과 더불어 잊혀져 갔습니다. 그러나 결코 잊혀지지 않는 것들도 있었습니다. 위대한 도시의 아이들은 자신들을 끝까지 지키고 보호해 주었던 마지막 어른들과 철인간들을 기억하기 위해 그들을 이곳에 모셨습니다. 현재 시간의 관이라 불리는 이곳은 펠레즈의 재건 당시 마지막 어른들과 철인간들이 거주하며 도시 재건의 중심을 담당했던 곳이며 지금은 그분들과 과거의 위대했던 시대를 기억하기 위한 장소로 남아 있습니다."

그림이 끝나고 마지막 벽면 전체에는 빽빽하게 문자가 새겨져 있었다. 벽면은 4개의 구간으로 길게 분할되어 있었는데 모든 구간의 가장 위에는 큰 문자로 무엇인가가 쓰여져 있고 그 아래에는 일정한 크기의 문자들이 죽 이어져 있었다. 라이팔란은 문자를 가리지 않게 조심스럽게 옆으로 서서 벽면을 가리켰다.

"이곳에 있는 것은 위대한 도시 펠레즈를 건설하신 위대한 시대의 마지막 사람들의 이름과 몰년도입니다. 위에 큰 글자로 이름이 쓰여진 4분은 각 시기별로 사람들을 이끄신 지도자들이십니다."

첫 번째 구간을 거의 메우고 있던 문자들은 두 번째, 세 번째로 갈수록 줄어들었고 마지막 네 번째 구간에 이르러서는 빈 공간이 눈에 띄게 많아졌다. 네 번째 구간의 인명은 당시의 지도자를 포함해도 채 30명이 되지 않았다.

파디아와 성주 부자는 가슴에 손을 얹고 고개를 숙였고 무적택배 사람들도 숙연한 기분으로 한동안 그 명단을 바라보고 있었다.

벽화의 복도가 끝난 곳에는 2층으로 오르는 계단이 있었다. 아마도 1층의 중앙 부분일 것으로 보이는 그곳은 작은 홀의 형태를 하고 있었고 계단 주위에는 원통형의 기둥 4개가 둘러싸고 있었다.

"이거 엘리베이터 아닐까요?"

우진이 기둥을 가리키며 말했다. 4개의 기둥에는 명백히 문처럼 보이는 홈이 있었다. 지혜가 말했다.

"위치나 생김새로 봐서 엘리베이터일 가능성이 크겠네요. 하지만 건물이 900년이 넘었다는데 예전에 다 망가지지 않았을까요?"

엘리베이터의 문 옆에는 열림 버튼으로 짐작되는 것도 남아 있었다. 마리나가 감탄을 섞어 말했다.

"적어도 외장은 굉장히 보존이 잘되어 있네요."

"정말 꼭 박물관 같은데요?"

박창이 맞장구쳤다. 라이팔란이 걸음을 멈추고 돌아섰다.

"뭔가 하실 말씀이라도······."

박상은 일행에게 조용히 하라는 눈치를 주고 말했다.

"아무것도 아닙니다."

라이팔란은 고개를 까딱하고 다시 앞장섰다.

1층이 빙빙 돌아가는 벽화의 복도로 이루어진 것과는 달리 2층은 전체가 하나의 공간으로 넓게 트여 있었다. 그러나 천장과 바닥을 살펴보니 원래는 여러 개의 공간으로 구획되어 있던 곳이라는 것을 알 수 있었다. 후대에 벽을 치우고 전체를 터버린 모양이었다. 그곳에는 성주가 말했던 것처럼 이곳 사람들이 철인간이라 부르는 안드로이드들이 모셔져 있었다.

  침대 정도 높이의 돌로 만든 단 위에 석재 관이 죽 늘어져 있는 풍경은 낯설고 기묘한 느낌을 자아냈다. 아래층의 벽화에 묘사되어 있던 죽음의 공간에 들어와 있는 것 같은 기분까지 들었다. 그러면서도 이곳의 철인간에 대한 호기심은 억제할 수가 없어서 무적택배 사람들은 가까이 있는 관부터 들여다보기 시작했다.

  석관의 위에는 유리처럼 투명한 재질로 만든 뚜껑이 덮여 있어 안의 모습이 잘 보였다. 이들이 본 첫 번째 관에 누워 있는 것은 여성형 안드로이드였다. 그것은 벽화에서 본 대로 헬멧 같은 것을 머리에 쓰고 있고 몸에 딱 붙은 유니폼을 입은 것처럼 몸체 자체에 채색이 되어 있었다. 헬멧 아래의 얼굴에는 인조 피부를 씌웠고 눈꺼풀까지 덮여 있어서 거의 인간에 가까운 생김새였다. 그런데 특이하게도 안드로이드의 동체와 팔다리의 색깔이 제각기 다른 것이 눈에 띄었다. 뿐만 아니라 팔다리 각각의 크기도 약간씩 차이가 있는 것을 알 수 있었다.

  그곳에 누워 있는 다른 안드로이드들도 몸과 팔다리의 색과 사이즈가 제각각인 것은 마찬가지였다. 어떤 부분은 동체와 같은 색과 디자인을 하고 있었지만 다른 곳에서 떼어다 붙인 것처럼 이질적인 느낌의 부분들이 반드시라고 해도 과언이 아닐 만큼 섞여 있었다. 개중에는 인조 피부가 손상된 뒤 복구하지 못한 모양으로 일부가 벗겨진 모습을 한 것들도 있었다. 안드로이드들이 누워 있는 관의 머리맡에는 그들의 이름이 쓰여 있는 작은 석판들이 하나씩 놓여 있었다.

  "건물도 알록달록하더니 로봇도 알록달록하네?"

  박창이 고개를 갸웃거렸다. 로봇을 자세히 관찰하던 지혜가 머리를 흔들었다.

"처음부터 이렇게 만든 건 아냐. 당장 양손을 봐도 사이즈가 달라. 일부러 이런 식으로 만들 리는 없지. 다른 로봇에서 필요한 부분을 떼어다 붙인 것이 아닌가 싶어."

"그렇게 해도 돼?"

"지구의 로봇 같으면 어림도 없어. 당장 수정에게 조수의 팔을 달아준다고 바로 사용할 수 있을 것 같아? 제어부터 문제가 발생할걸? 그런데 상위 모델 한두 대도 아니고 이곳의 거의 모든 안드로이드들이 그런 식으로 활용 가능했다는 것은 그만큼 기술이 발달했다는 뜻이겠지."

"그럼 지구보다 발달한 문명이라는 말이야?"

"적어도 사이버네틱스와 로봇 공학에서는 훨씬 앞서 있었다고 볼 수 있을 것 같아."

박상 일행은 안드로이드들을 둘러보고 건물을 올라갔다. 로봇들의 무덤은 2층에서 5층까지 걸쳐져 있었다. 위로 올라갈수록 후대에까지 가동했던 로봇이라는 것이 라이팔란의 설명이었다.

5층 중앙에 모셔져 있는 최후의 철인간은 한눈에도 많이 낡아 있는 것을 알아챌 수 있었다. 동체의 칠이 퇴색되고 군데군데 벗겨져 있었으며 팔다리는 전부 다른 색과 사이즈의 것들의 조합이었다.

말끔하게 보존되어 있는 건물 내부와 안드로이드들의 상태로 비추어 이곳이 얼마나 대단한 정성과 세심한 주의로 관리되고 있는지 능히 짐작할 수 있었다. 그것만으로도 이 도시 사람들에게 철인간이 지닌 의미가 얼마나 큰 것인지 잘 전달되고 있었다. 마지막 철인간이었다는 여성형 안드로이드의 앞에서 한참을 물끄러미 내려다보고 있던 지혜가 라이팔란에게 말했다.

"마지막 아이들에게 있어서 이들 철인간들이 무척 소중한 존재였나 보군요?"

라이팔란은 고개를 힘차게 가로저었다.

"예, 당연히 그러하였지요. 그들의 헌신적인 노력과 보살핌이 없었다면 지금의 위대한 도시 펠레즈도 존재할 수 없었을 것이고, 아직 어렸던 아이들이 어떻게 폐허가 된 세상에서 살아갈 수 있었겠습니까? 펠레즈의 철인간들은 도시의 건설자이자 아이들의 보호자, 충실한 친구였습니다. 펠레즈의 모든 사람들은 언젠가 철인간들이 다시 깨어나 도시에 과거의 영광을 재현해 줄 것이라 굳게 믿고 있습니다."

라이팔란의 얼굴과 말투에는 안드로이드들에 대한 깊은 애정과 확신이 담겨 있었다. 조용히 그의 말을 듣고 있던 지혜는 통역기를 끄고 박상을 돌아보며 탄식처럼 말했다.

"너무 아름답지 않아?"

감동 때문인지 그녀의 눈에는 약간의 물기까지 비치고 있었다. 박상은 마지막 철인간을 유심히 살펴보았다.

"글쎄, 별로 예쁘다고는……."

지혜는 한심하다는 투로 박상의 말을 잘랐다.

"그 이야기가 아니잖아. 난 이 문명의 로봇들 전반을 말하는 거라구."

그녀는 그곳에 누워 있는 철인간들을 둘러보면서 말했다.

"불의의 사태로 문명이 무너지고 폐허가 된 속에서도 묵묵히 인간들을 도와 재건을 담당하고, 명령을 내릴 어른들이 사라진 뒤에도 남아 마지막 순간까지 아이들을 위해 일하다니… 이건 사이버네틱스가 추구할 수 있는 정점이라고 생각해. 만일 지구에서 비슷한 일이 일어난다면 조수나 수정 같은 지구의 로봇들이 과연 그렇게 해줄 수 있을까?"

박상은 자신들을 따라와 있는 조수와 수정을 보았다. 그들이 인간의 충실한 보조자라는 것은 잘 알고 있는 바지만 인간의 명령과 통제 없이 그만한 일을 해내리라는 생각은 들지 않았다.

"난 이곳의 안드로이드를 한 대만이라도 꼭 깨워보고 싶어. 이건 정말 아름다운 테크놀로지야."

"여기 있는 것들은 무리 아닐까? 기능이 멈출 때까지 활용을 한 모양들인데."

"그래? 이것들 중에는 무리일지도 모르지. 하지만 다른 위대한 도시도 있다잖아. 그런 곳에 쓸 만한 것이 남아 있지 않을까? 딱 한 대, 더도 덜도 말고 딱 한 대만 구할 수 있다면 정말 좋겠는데……."

지혜는 잠시 자신들의 처지도 잊어버리고 감동에 빠져 있었다.

"안드로이드가 생기면 뭐 할 건데? 그런 것보다 집에 돌아갈 생각을 해야지."

박창의 심드렁한 말에 지혜는 퍼뜩 현실로 돌아왔다. 그녀는 씁쓸한 얼굴로 안드로이드들에게서 시선을 거두었다.

"그런데 이 위층에는 뭐가 있습니까?"

아까부터 천장을 유심히 바라보고 있던 우진이 라이팔란에게 물었다. 이 건물이 6층이었다는 사실을 기억한 것이었다.

"이 위로는 들어갈 수가 없습니다. 입구가 없습니다."

라이팔란의 대답에 일행은 어리둥절해했다. 입구가 없는 층이 있을 리 없었다. 그러나 라이팔란의 말은 사실이었다. 1층부터 연결된 기둥들만이 있을 뿐 위층으로 연결되는 계단이 아예 없었던 것이다.

"기둥이 있는 걸 보면 엘리베이터로는 연결이 되는 모양인데……."

혼자 중얼거린 바다가 라이팔란에게 말을 건넸다.

"저 위층은 무엇을 위한 곳이었습니까?"

"그곳은 날개의 방으로 불리고 있습니다."

"날개의 방?"

"철인간들이 활약하던 시절 우리 도시의 상공에는 빛의 날개가 펼쳐져 있어 태양의 은혜로 도시에 빛을 밝히고 철인간들을 움직이게 하였다고 합니다."

"태양열 시스템을 말하는 것 같은데……."

라이팔란의 설명을 듣고 지혜가 그렇게 말하자 박창이 반색을 하며 일행에게 말했다.

"잘됐네요. 태양열 시스템이라면 희망적인 것 아니에요? 잘만 하면 우리 우주선의 에너지도 금방 채우겠네요."

그러나 지혜는 신중한 태도를 취했다.

"그렇게 낙관할 수만은 없어요. 먼저 우린 아직 이 건물의 통제실도 찾지 못했고 찾아낸다 해도 언어와 시스템이 지구와 전혀 다른데 어떻게 통제할 것인가도 문제예요. 이런 유의 통제 시스템에 락이 걸려 있는 건 상식인데 키까지는 구한다 쳐도 락을 어떻게 풀 것인가는 엄청난 난제예요. 또 락을 풀어서 통제가 가능해진다 해도 문제는 남아요. 에너지나 전파의 파장이 얼마나 다양한데 전혀 다른 문명인 이곳의 것을 우리 우주선에 사용할 수 있다는 보장은 하나도 없어요. 중간에 전파를 바꾸어줄 변환기가 있어야 하는데 그런 걸 만드는 건 그야말로 신문명 창조에 비견할 만큼 어려운 일이에요. 마지막으로 무시할 수 없는 가장 큰 문제는 과연 이 도시의 태양열 시스템이 현재 사용 가능한 수준인가 하는 점이에요. 우주라면 몰라도 지상에는 풍화, 미생물, 습기 등 기계를 파괴하는 수많은 변수가 존재해요. 900여 년이나 지난 지금 과연 사용 가능할지 전혀 장담할 수 없어요."

조목조목 불가능성을 짚어내는 그녀의 말을 듣고 있던 무적택배 사람들의 표정은 납빛으로 가라앉았다. 박창이 볼멘소리를 했다.

"누나 말대로면 가능성 제로 아냐? 아예 이 별에서 썩자고 말하지 그래?"

지혜는 화를 벌컥 내며 박창에게 쏘아붙였다.

"네가 과학을 알아? 엄밀한 과학적 사고야말로 우리를 구할 수 있는 유일한 열쇠야. 나는 머리 빠개지게 온갖 경우를 다 생각하며 상황 타개를 위해 노력하는데 넌 그 딴 소리나 해!"

"그만 흥분하고, 그래서 네 생각에는 어떻게 했으면 좋겠냐?"

박상이 팔짱을 끼며 물었다. 지혜는 흥분을 가라앉히려 심호흡을 한 차례 하고 말했다.

"당장 활용할 수 없다 해도 이곳을 조사할 필요는 분명히 있겠지. 하다못해 이곳의 금속이라도 이용할 수 있다면 그것만으로도 큰 도움이 될 테니까. 여기 성벽을 보더라도 도시 어딘가에 용광로가 있을 테고 그걸 사용하려면 이 시설이 필요해."

"이 위층부터 조사해 볼까?"

박상의 의견에 지혜는 반대했다.

"억지로 손댈 필요 없어. 날개의 방으로 불리는 것으로 봐서 이 건물 최상층에는 태양 에너지를 모으는 집열판 같은 것이 수납되어 있을 것 같아. 어차피 그것만 가지고는 아무것도 못해. 진짜 중요한 건 통제실이야. 그곳을 찾아보자. 이 건물의 지상층에 없다면 지하에라도 있겠지."

박상에게 말한 지혜는 통역기를 켜고 라이팔란에게 물었다.

"혹시 지하로 내려가는 계단이나 길은 없습니까?"

"죄송합니다. 그런 것은 알지 못합니다."

라이팔란은 곤란한 표정으로 대답했다.

"엘리베이터를 이용하면 어떨까요? 엘리베이터 자체는 부서졌더라도 어쨌든 아래로 통하는 통로가 있을 것 아닙니까?"

우진이 제안했다.

"그것도 한 방법이겠네요. 1층으로 내려가 봅시다."

무적택배 사람들은 급한 걸음으로 계단을 내려갔다. 1층으로 내려간 그들은 즉시 입구를 여는 작업에 착수했다. 조수에게 엘리베이터를 조사시킨 지혜가 말했다.

"완전 전자식이네요. 수동으로 전환해서 여는 방법도 없는 모양이니 억지로 여는 수밖에 없겠어요. 그러자면 문에 끼우고 힘을 실을 만한 뭔가가 필요한데……."

적당한 것을 찾아 이리저리 둘러보던 지혜의 눈에 성주 부자가 허리에 차고 있는 검이 띄었다. 지혜는 성주에게 부탁해서 그와 아들의 장검을 빌렸다. 성주 부자는 영문도 모르고 검을 풀어 내어주었다. 지혜는 검을 검집에서 뽑아 조수에게 내주고 명령했다.

"이것을 이 문틈 사이에 끼워 넣어."

조수는 지혜의 명령대로 검신을 엘리베이터의 문틈에 끼워 넣었다. 두 자루의 검을 나란히 꽂아 넣고 나자 지혜는 검자루를 한 손에 하나씩 잡고 안쪽으로 당기는 시늉을 해 보였다.

"이렇게 잡고 안쪽으로 힘껏 잡아당겨."

─알겠습니다.

조수는 지혜가 해 보인 시범을 그대로 실행해 양손에 하나씩 검자루를 잡고 안쪽으로 힘을 실어 당겼다.

끼이익, 끼익 소리를 내며 휘어지는 듯 보이던 두 자루의 검은 다음 순간 까강~ 소리를 내며 조각조각 나서 부서져 버렸다.

"앗!"

성주가 자신도 모르게 크게 소리를 질렀다. 성주 부자는 황급히 달려나와 무릎을 꿇고 칼 조각을 줍기 시작했다.

"아, 죄송합니다."

"괜찮습니다……."

놀라서 사과하는 지혜에게 성주는 괜찮다고 말했으나 흙빛으로 변한 그의 얼굴은 전혀 괜찮아 보이지 않았다. 떨리는 손으로 검 조각을 주워 든 성주의 아들 겐다가 황당해하며 중얼거렸다.

"아버님, 가문의 보검이……."

가문의 보검이라는 말에 무적택배 사람들은 너무도 미안해져서 함부로 위로할 엄두도 내지 못하고 우물쭈물 성주의 눈치를 보았다.

"무슨 보검이 저렇게 약하대?"

박창이 박상에게 소곤거렸다. 박상은 그를 흘겨보았다.

"지금 그게 문제냐?"

뜻밖의 사태에 난감해하며 엘리베이터의 문을 쳐다보고 있던 지혜는 그럼에도 포기하지 않고 다른 방법을 모색했다.

"마리나 씨와 릴리 씨한테 아절트 나이프가 있었죠? 그거라도 빌려주세요. 이왕 이렇게 된 것 어떻게든 열어봐야죠."

"예?"

마리나와 릴리는 내키지 않는 듯 선뜻 대답하지 않았다. 마리나가 주저하며 말했다.

"이건 부러지면 여기서 수리도 못할 텐데……."

그러자 박창이 목소리를 가다듬고 엄숙한 태도로 말했다.

"그렇게 말씀하시면 안 되죠. 이곳의 성주님은 가문의 보검도 희생 하셨는데."

마리나 자매는 비탄에 잠긴 성주 부자를 쳐다보고 하는 수 없이 종 아리에 차고 있던 아절트 나이프를 내주었다. 그러나 잠시 후 조수가 지혜에게 보고했다.

—죄송합니다. 나이프가 너무 짧아 지렛대로 사용할 수가 없습니다.

그 말이 떨어지자 마리나와 릴리는 노골적으로 기뻐하며 재빨리 조 수에게서 자신들의 나이프를 찾아갔다.

"그럼 이제 어떡하지?"

지혜는 아쉬움이 가득한 얼굴로 엘리베이터의 문을 쳐다보고 있었 다. 박창이 박상을 쳐다보고 말했다.

"형이 왼발로 차면 안 될까?"

"너, 진짜로 내 동생 맞냐?"

박상이 동생을 째려보는데 옆에 있던 지혜는 신경질을 내며 낮은 소 리로 박창에게 으르댔다.

"그걸 말이라고 해? 그러다가 고장, 아니, 다치면 어쩌려고?"

"그래도 문은 열어야 하잖아."

"문이 중요해, 형의 다리가 중요해? 넌 왜 그렇게 철이 없어?"

지혜와 박창이 작은 소리로 옥신각신하고 있는데 우진이 성주에게 물었다.

"혹시 도시의 지하로 내려갈 수 있는 방법이 없습니까?"

산산조각난 보검의 파편을 주워 들고 있던 성주가 풀 죽은 목소리로 대답했다.

"입구가 있기는 합니다만……."

너무도 간단하게 튀어나오는 그의 대답에 지혜와 박창을 포함한 무적택배 사람들은 허탈해지고 말았다.

"진작에 말해 주지. 그러면 검이 부러질 일도 없었잖아."

릴리가 조그맣게 투덜거리자 박상이 웃음을 삼키며 말했다.

"우리가 물어보지 않았잖습니까?"

성주는 보검 조각들을 아들에게 건네주고 구겨진 얼굴을 애써 펴며 일행을 안내하기 위해 일어섰다.

"가시지요."

슈스 성주는 복도를 빙글빙글 돌아서 들어왔던 길을 되짚어 일행을 건물 바깥으로 안내해 갔다. 시간의 관의 정문을 나온 그는 건물 앞에 펼쳐진 정원으로 향했다. 라이팔란과 페린은 시간의 관을 항시 떠나지 않는 모양으로 문 앞에서 작별했다.

멀리서 보았을 때 잘 가꾸어진 정원으로만 생각했던 그곳은 단순한 정원이 아니었다. 넓은 면적에 걸쳐 꽃이 피는 작은 관목과 짧고 부드러운 풀을 심고 말끔하게 단장해 놓은 그곳에는 검은 돌을 깎아서 만든 길쭉한 사면체가 규칙적인 배열을 이루며 박혀 있었다. 지나치면서 바라본 돌의 표면에는 저마다 글자가 새겨져 있었다.

"어쩐지 지구의 공원묘지 같은 느낌이군요."

우진이 그곳을 둘러보며 말했다.

성주는 정원을 똑바로 가로질러 시간의 관 맞은편에 세워져 있는 4개의 석조 건물 쪽으로 갔다. 4채의 건물 중 가장 오른쪽에 있는 건물이 그의 목적지였다. 시간의 관에 비해 상대적으로 작게 느껴졌던 석조 건물들은 앞에서 보니 생각보다 꽤 커서 족히 2, 3층 건물쯤은 되는 높이였다. 그러나 900여 년이라는 세월에도 불구하고 시간의 흐름이 거의 느껴지지 않는 시간의 관과는 달리 지구의 벽돌 색과 비슷한 색감의 돌로 지어진 석조 건물들은 비바람에 쓸린 세월의 흔적을 고스란히 담고 있었다. 굳게 닫힌 정문에는 굵은 쇠사슬을 두른 육중한 자물쇠가 걸려 있고 무장한 병사들이 지키고 있었다.

"이곳은 위대한 도시 펠레즈를 건설할 당시 사람들을 지도하셨던 지도자들 중 마지막 분이셨던 4번째 지도자 고렌 메노프님께서 잠드신 곳입니다."

그렇게 말한 성주는 문을 향해 정중히 절하고 품에서 열쇠를 꺼내 자물쇠를 열었다. 그를 따라 안으로 들어가자 성주의 아들 겐디가 횃불을 들고 마지막으로 들어와 문을 닫았다. 들어간 곳에는 또 하나의 커다란 문이 가로막고 있고 그곳에도 자물쇠가 채워져 있었다.

성주를 따라 그 문 안쪽으로 들어간 사람들은 깜짝 놀랐다. 당연히 관이 있을 것으로 예상했는데 그 안에 있는 것은 뜻밖에도 비스듬히 아래로 뚫린 커다란 터널이었다. 성주가 설명했다.

"마지막 지도자께서는 유해를 남기지 않으셨습니다. 그 대신 도시의 지하에서 기다리고 계신다는 말씀을 남기셨습니다."

"이 터널 아래에 무엇이 있습니까?"

박상이 물었다.

"저도 모릅니다. 저희가 알고 있는 것은 우리의 도시 아래에 끝없이 깊고 넓은 암흑의 심연이 존재한다는 사실뿐입니다. 과거에 몇 차례 지하를 조사하려는 시도가 있었지만 전부 실패했다고 들었습니다. 너무 깊이 들어가서 돌아오지 못한 사람들도 많았고 특히 300여 년 전에 대규모 조사단이 들어갔다가 단 한 명만이 살아나온 참사가 있은 뒤로는 다시 시도하지 않고 있습니다."

암흑의 심연이라는 성주의 말을 입증하듯 터널 안쪽은 끝이 보이지 않는 깊은 어둠에 휩싸여 한 점의 빛도 비치지 않았다. 손전등을 켜고 벽을 살펴보던 지혜가 말했다.

"현대적인 공법으로 만든 터널이네요. 강력한 골조로 받치고 표면에 특수 코팅 처리를 한 것 같아요. 이런 기술을 사용한 것을 보면 도시 건설 초기에 만든 것이겠어요."

터널 저편의 어둠을 응시하고 있던 박상이 일행에게 말했다.

"한번 들어가 볼까요?"

"공기가 정체되어 있어서 위험하지 않을까요?"

우진이 염려했다. 그러자 마리나가 자신의 손가락에 침을 살짝 묻히고 잠시 있다가 말했다.

"아니, 괜찮을 것 같아요. 공기의 흐름이 있어요. 지하 공간 어딘가에 여러 곳 환기구를 만들어놓은 거겠죠. 과거에 여러 사람들이 안에 들어갔다가 나왔다는 이야기도 있는 걸 보면 호흡하는 데는 큰 지장이 없다는 뜻일 거예요."

"그렇다면 다행이군요. 그래도 아무 준비 없이 오래 머물 수는 없을 테니 오늘은 잠깐만 살펴보고 나옵시다."

박상의 결론으로 무적택배 사람들은 조수에게 라이트를 켜게 하고 앞세워서 터널 안으로 걸어 들어갔다. 파디아와 성주 부자는 어둠으로

가득한 공간에 발을 디디기가 영 꺼림칙했던지 입구에 남아 있겠다고
했다.

터널은 완만하게 아래로 경사져서 뚫려 있었다. 한참을 가다 보니
갑자기 터널이 지금까지의 몇 배의 크기로 확대되면서 수평이 되었다.
넓어진 터널의 바닥과 천장에는 레일 비슷하게 생긴 금속 띠가 길게
뻗어 있었다. 꽤나 깊이 들어온 것인지 이들이 걸어 들어온 방향에서
도 빛이라고는 전혀 보이지 않았다. 캄캄한 암흑 속을 오로지 약간의
빛에 의지해 걸어가는 것은 대단히 기이하고 기분 나쁜 경험이었다.
어둠을 뚫고 뭔가가 불쑥 튀어나올 것 같은 불안한 기분이 들고 스멀
스멀 공포심이 치밀어 올랐다. 박상 등은 자신도 모르게 서로 몸을 밀
착시키고 조수를 따라 걸음을 재촉했다. 어디선지 건조하고 차가운 바
람이 희미하게 불어오고 있었다.

한참 걸어가던 중 지혜가 박상에게 물었다.

"우리가 여기 들어온 지 얼마나 지났어?"

박상은 손목에 찬 시계를 확인하고 말했다.

"한 20분?"

"그것밖에 안 됐어?"

지혜는 불안한 낯으로 주위를 둘러보았다. 굉장히 오래되었을 것이
라 생각했는데 겨우 20분이라니…….

약 10여 분쯤 더 걸어갔을 때 또다시 풍경이 바뀌었다. 터널 왼쪽으
로 새로운 공간이 나타나 넓게 트였다. 레일이 깔리지 않은 너비 5m가
량의 편편한 바닥이 있고 그 너머에는 또 하나의 터널이 있었다. 두 개
의 터널 사이에 있는 바닥은 터널보다 불과 10㎝ 정도 높이여서 쉽게
올라설 수 있었다.

두 개의 터널과 그 사이에 끼어 있는 공간을 돌아본 그들은 이곳이 지하철, 또는 전철의 플랫폼이 틀림없다고 결론 지었다. 플랫폼의 바닥과 기둥, 벽에는 애초에 타일 같은 것이 붙어 있던 것으로 짐작되었으나 현재는 말끔히 벗겨져 있었고 전등이며 기둥과 벽에 설치된 내부 회선, 의자 등의 비품은 그런 것들이 한때 있었다는 흔적만 간신히 남기고 있을 따름이었다.

"정말 알뜰하게 몽땅 걷어갔네."

지혜는 건질 것 하나 없는 황량함에 아쉬워했다. 그러나 수확이 전혀 없지는 않았다. 플랫폼 중간쯤 있는 어느 기둥에 커다란 금속판이 한 장 붙어 있는 것을 수정이 발견한 것이다. 표면을 잘 닦아내고 불빛에 비추어보니 복잡한 선이 교차된 그림과 자잘한 글씨가 쓰여 있었다.

"이거 꼭 생긴 게 지하철 노선도 같지 않아요?"

우진의 말에 다들 고개를 끄덕였다. 한참을 금속판 여기저기로 내달리고 얽혀드는 각기 다른 선들을 바라보던 릴리가 말했다.

"이게 정말 노선도라면 여긴 엄청나게 큰 도시였나 본데요? 이게 대체 몇 호선까지 있는 걸까요?"

마리나가 말했다.

"이런 곳이라면 어중간하게 준비해서는 조사할 엄두도 내지 못하겠어요. 에어 카와 에어 트럭은 필수고 식량과 에너지를 충분히 확보하고 길을 잃지 않으려면 발신기도 여러 개 있어야겠어요."

"어떡하지, 형? 나중에 또 와서 조사해 볼 거야?"

박창의 질문에 박상은 고민스러운 표정으로 팔짱을 꼈다.

"성주님의 이야기 중에 이 도시의 마지막 지도자가 지하에서 기다린다고 한 대목이 마음에 걸려. 그 옛날 사람이 아직 살아 있을 리는 없

으니 그 자신이 기다린다는 말이라기보다는 뭔가 중요한 것을 후대를
위해 남겨놓았다는 의미가 아닐까 싶은데……."

"시간이 얼마나 걸리든 조사해 볼 필요가 있지 않겠습니까? 우리 우
주선을 수리하고 에너지 문제도 어떻게든 해결해야 하는데 자력으로는
아무래도 무리입니다. 잘 보존된 벙커 같은 것이라도 발견한다면 정말
큰 도움이 될 겁니다."

바다가 말했다. 박상은 마리나와 릴리에게 물었다.

"탈것과 기타 필요한 것을 준비해서 이곳을 조사할 경우 어느 정도
시간이 걸릴 것이라 보십니까?"

"도시의 규모가 상당히 큰 것 같아요. 적어도 일주일 이상은 예상해
야 하지 않을까 싶습니다."

마리나의 말투에는 별로 자신감이 없었다. 지혜는 난처해했다.

"곤란한데……. 일주일 이상이나 걸린다면 지금까지 해놓은 블랙박
스의 해독을 그대로 포기해야 돼요. 워낙 복잡한 작업이라서 도중에
접어둘 수가 없거든요. 나중에 재시도하려면 처음부터 다시 시작해야
할 거예요."

"해독이 전부 끝나려면 앞으로 어느 정도 걸리는데?"

박상이 물었다.

"2, 3주 정도?"

"2, 3주라……."

박상이 어떻게 할지 망설이는데 우진이 말했다.

"이곳을 조사하는 일도 필요하지만 블랙박스의 해독을 그만둘 수는
없다고 봅니다. 우리가 이 별에 불시착하기 전에 어떤 항로로 왔는지
도 봐야 하고 또 우리 전파를 되쏘는 존재를 비롯해서 우주 쪽에 뭔가

활용 가능한 것이 남아 있을지도 모르니까요."

지혜가 고개를 끄덕였다.

"내 생각도 그래요. 언제 해도 해야 할 일인데 지금까지 해놓은 것도 있고 하니 그것부터 끝내는 편이 좋을 같아요."

그들의 말을 들은 박상이 일행에게 말했다.

"그러면 이렇게 하지요. 이 도시의 지하를 조사하려면 충분한 준비가 필요한 만큼 당장은 무리입니다. 이번에는 이대로 프라트로 돌아가서 지혜 씨는 블랙박스를 해독하고 우리들은 그동안 필요한 것들을 준비해서 블랙박스의 해독이 끝난 뒤 정식으로 조사하러 오는 것으로 합시다."

"그게 좋겠습니다."

모두들 그 의견에 찬성하여 일행은 그쯤에서 터널을 나왔다. 터널 입구에서는 성주 부자와 파디아가 그들을 기다리고 있었다.

"한참 걸리셨군요. 안에서 뭔가 발견하셨습니까?"

일행의 모습을 보고 성주가 큰 소리로 물었다.

"아니오. 오늘은 조금 둘러보고 왔을 뿐입니다. 다음에 준비를 갖추어 자세히 조사해 봤으면 합니다만 그래도 되겠습니까?"

박상의 청을 성주는 기꺼이 받아들였다.

"물론입니다. 우리 도시의 지하에 어떤 비밀이 있는지는 저희들도 항상 궁금하던 터였습니다. 신의 사도 여러분께서 직접 그 궁금증을 풀어주신다면 저희로서는 그 이상 고마울 일이 없지요."

"감사합니다. 그럼 그렇게 알고 준비하겠습니다."

무적택배 사람들이 터널을 나오자 성주는 들어올 때처럼 문을 단단히 잠그고 돌아섰다.

"이제 이곳에서의 볼일이 대충 끝나신 듯한데 성주관으로 가시지요. 미리 알려두지 못해 대접할 준비가 미진하겠지만 최선을 다해 모시겠습니다."

성주가 무적택배 사람들과 파디아를 초대했다. 박상은 일행을 대표하여 정중하게 거절했다.

"말씀은 감사합니다만 급하게 처리해야 할 일이 있어서 오늘은 이만 프라트로 돌아갈까 합니다. 다음에 왔을 때는 꼭 초대에 응하겠습니다."

"그렇습니까? 아쉽지만 하는 수 없지요."

"앞으로 15일이나 20일쯤 뒤에 연락드리고 다시 찾아뵙겠습니다.

박상 일행과 파디아는 성주 부자와 작별하고 그 자리에서 에어 카와 에어 바이크를 타고 펠레즈를 떠났다. 펠레즈의 상공을 지나면서 박창은 뒤에 앉은 파디아에게 물어보았다.

"건설된 지 900년이 넘는다니 정말 오래된 도시군요. 이 도시는 레스프라트의 수도인 프라트보다 더 오래된 도시겠군요?"

"위대한 도시는 모두 그렇습니다."

"전에 이곳에 오신 적이 있습니까?"

"예, 아메트에게 쫓기던 시절 한때 이곳에 몸을 숨긴 적이 있습니다. 그리 오래 머물지는 않았습니다만……."

"그때도 저 성주님은 그대로 계셨던 겁니까?"

"이곳은 위대한 도시니까요. 아메트의 국왕이 아무리 포악하고 경건심이 없는 자라 해도 위대한 도시만큼은 함부로 대하지 못합니다. 아메트의 수도인 오르세 역시 위대한 도시 중 하나이고 예로부터 위대한 도시를 파괴하면 무서운 저주가 내린다고 믿고 있습니다. 위대한 도시 펠레즈는 그런 도시들 중에서도 특별한 도시로 알려진 곳일 뿐 아니라 아메트 군에게 패하지도 않았습니다. 레스프라트가 패망한 때문에 어쩔 수 없이 항복하고 아메트에 세금을 바쳐 온 것뿐이지요."

박창은 견고하고 오만하게 버티고 있는 펠레즈의 성벽을 보면서 납득했다.

"그렇겠군요. 저런 성벽을 가진 도시가 쉽게 점령될 리가 없겠죠."

그렇다면 어째서 이런 도시를 수도로 하지 않고 강가에 위치한 프라트를 수도로 삼았던 것일까? 이상하게 생각하던 박창은 그 순간 시야에 들어온 펠레즈의 바깥 성벽 너머의 풍경에서 그 답을 찾을 수 있었다.

성벽 안쪽의 경작지가 푸르름을 자랑하는 것과 대조적으로 성벽을 지나서는 메마른 황무지가 펼쳐져 있었다. 황량한 색조의 거친 땅에는 드문드문 키 작은 나무와 덤불이 보일 따름이었다. 그런데 이상한 것은 한참 지나서 그 황무지를 벗어나자 푸른 숲지대가 열린다는 점이었다. 위에서 내려다본 펠레즈는 푸른 지대 안에 든 드넓은 광역의 메마른 땅 한가운데에 터를 잡고 있는 형국이었다.

'옛날에 파괴된 도시 위에 세웠다더니 그래서일까?'

우진 같으면 이것을 보고도 더 많은 것들을 추정해 냈을지 모르겠다고 생각하며 박창은 고개를 돌렸다.

'너무 열심히 생각했더니 머리가 다 아프네. 이런 건 생각하기 좋아하는 사람들에게 맡기고 지금은 운전이나 하자.'

우주선이 있는 프라트로 돌아온 무적택배 사람들은 각자 하던 일로 돌아갔다. 지혜는 그날 저녁부터 당장 블랙박스 해독을 재개했고 나머지 사람들은 필요한 장비와 물품을 점검하며 펠레즈의 지하에서 가져온 노선도를 놓고 어떤 루트로 어떻게 조사할 것인지 구체적으로 계획을 짜기 시작했다.

『무적택배』 2권에 계속…